KB129789

교육과정 설계자이며 최종 실천자인 교사여

학교 교육과정을
DIY하라

김현우 지음

Do It Yourself

목차

미래교육 · 혁신교육, 교육과정에서 답을 찾자

2015 개정 교육과정 해설서에서는 교육과정을 '설계도'에 비유하고 있다. 설계도는 건물을 짓는 실질적인 지침으로 설계자의 의도는 설계도를 통해 시공자에게 전달된다.

설계도에 기초하여 실제로 공사가 진행되지 않는다면, 설계도는 아무 의미가 없다. 비싼 종이쪼가리에 불과하다. 설계도가 시공자에게 바르게 읽혀지지 않는다면 이 또한 큰일이다. 장마철마다 물이 새고, 구석구석 곰팡이가 생기며, 전기도 배선도 조명도 문제투성이가 될 것이다. 살만한 공간이 완성되기 위해 설계도는 그 자체로 중요하고 그것을 바르게 해석하는 시공자의 역할도 더 없이 중요하다.

영화 건축학개론에는 설계도를 수정하며 집을 건축하는 과정이 잘 나타나 있다. 영화 속 주인공은 어릴 적 추억과 지난 삶을 떠올리며 집을 설계한다. 자신의 의도에 맞게 설계도를 수정하는 과정을 거쳐 과거의 상처와 미래의 소망을 자신이 살 집에 투영한다. 몇 번이고 설계도를 수정해가며 자신이 꿈꾸던 집을 완성한다. 그곳은 살만한 집, 따뜻한 일상을 살아가는 삶의 공간이 된다.

최근 학생들의 배움과 삶에 적합한 교육과정을 설계하여 이를 수업과 평가에 적용하는 능력이 교사에게 요구되고 있다. 과거에는 전국의 모든 아이들이 동일한 교과서로 비슷한 교실에서 경쟁을 통해 배움을 지속해왔다면, 이제는 아이들 개개인의 삶과 적성에 집중하는 것으로 배움의 초점이 옮겨가고 있다. 이러한 변화는 교사의 역할도 변화시켰다. 교사는 더 이상 완성된 설계도를 학생들에게 전달하고 시공하는 역할에 만족하지 않는다. 이 시대의 교사는 아이들의 눈높이에 맞춰 교육과정을 설계하고 이를 통해 수업과 평가를 실현하는 설계자이자, 실천자가 되어야 한다. 이는 미래 교육, 혁신 교육을 대표하는 중요한 교육 패러다임의 변화이다.

　교사에게 요구되는 설계자, 실천자로서의 역할은 교육과정 안에 해답이 있다. 바로 학교 교육과정과 교사 교육과정이다. 교사는 국가 및 지역 교육과정에 기초한 설계자·실천자의 역할을 학교 교육과정과 교사 교육과정을 통해 동시에 실행한다. 교사는 학교가 위치한 지역의 특색과 교육공동체의 요구를 반영한 학교 비전, 교육 목표, 중점 과제를 설정하고 6년간의 학교 교육 방향을 설계한다. 그리고 이를 바탕으로 각 학급 학생들의 흥미, 진로, 특성에 적합한 수업과 평가를 설계하고 실천한다.

　이러한 두 역할을 균형 있게 수행하기 위한 중요한 기준은 다름 아닌 아이들이다. 교육과정 설계와 실천은 교사의 역량에 의존하지만 학생의 배움과 성장이란 목적을 고려한다면 우리의 관심과 시선은 늘 아이들에게 머물러 있어야 한다.

　교육과정의 설계자이며 최종 실천자인 교사는 미래 교육과 혁신 교육의 열쇠를 쥐고 있다. 교사의 자발성과 전문성에 기초한 설계자, 실천자의 역할은 미래교육·혁신교육의 시금석이다.

2018년 12월, 나는 도내 모든 초등학교 교장선생님을 모시고 민주적인 학교 교육과정 편성·운영과 업무 분장을 주제로 강의를 한 적이 있다. 30분 정도 짧은 강의를 마친 다음날, 여러 학교로부터 연수 요청과 자료를 보내 달라는 전화가 걸려 왔고, 우리 학교로 방문하겠다는 연락도 왔다. 이를 계기로 여러 학교를 다니며 선생님들을 만날 수 있는 기회도 얻었다. 하지만 강의 때마다 시간이 부족하여 학교 교육과정의 전체적인 내용을 전달하지 못했고 지엽적인 부분에 머문다는 느낌을 지속적으로 갖게 되었다. 이는 '말'이 아닌 '글'로 표현해야겠다고 결심한 동기가 되었다.

이 책의 처음 제목은 '교육과정을 DIY하라'였다. 하위 장으로 '학교 교육과정'과 '교사 교육과정' 챕터를 구분하여 기술하고자 하였다. 하지만 글을 쓰는 과정에서 한 권으로 담아내기에는 너무 분량이 많아 두 권으로 나누어 집필하게 되었으며, 그 중 첫 번째 책의 제목을 '학교 교육과정을 DIY하라'로 정하게 되었다. 멀지 않은 미래에, '교사 교육과정을 DIY하라'도 집필할 예정이다.

이 책의 주인공은 인평초등학교의 모든 구성원이다. 각자의 위치에서 맡은 바 역할에 최선을 다하신 분들이 계셨기에, 학교 교육과정을 책으로 쓸 용기를 갖게 되었다. 특별히 교육과정에 대한 탁월한 식견과 민주적인 리더십으로 격려하고 이끌어주신 김보상 교장선생님, 따뜻한 미소로 행복을 주시는 박주희 교감선생님, 학교의 크고 작은 일에 바른 방향을 잡아주시는 이성진 교무부장님, 수업을 위한 지원을 아끼지 않으시는 권유진 실장님, 박영미·김수진 교무행정원님께 감사의 말씀을 드린다. 더불어 수업과 평가의 전문가로 거듭난 각 반 담임 선생님과 든든한 후원을 아끼지 않으시는 행정실, 급식소, 보건실, 도움반 선생님께도 이 자리를 빌려 깊은 감사의 말씀을 드린다.

엉성한 글 솜씨를 다듬고 빛나게 해준 내 친구 일두와 나의 부족함까지 사랑해준 아내 유미와 아들 요한이에게도 감사의 말을 전한다.

되돌아보니 감사할 것뿐인 인생이다.

인평초 행복연구부장

교사 김현우

p. 010-6710-4193

mail. hyunwoo4193@naver.com

「먼저 읽은 이들의 글」

학교는 기본적으로 공부와 놀이, 쉼과 여백이 상호작용하는 생태공간이어야 한다.

현재와 미래 사회의 교사들은 교육과정과 수업 그리고 평가에서 지금보다 훨씬 확대된 자율성을 갖게 될 것이며 이는 구성원들의 자치와 분권, 그리고 자율을 전제 조건으로 한다. 또한 미래 교육은 아이들이 좀 더 편안하고 안전한 환경 속에서 자유로운 상상력을 발휘하는 가운데 이뤄진다. 미래 교육의 핵심역량을 함양하는데 있어 학교에서 이루어지는 교육의 내용과 평가, 다양한 교수 학습 방법의 적용을 둘러싼 교사들의 적극적인 관심과 연구가 절실한 상황이다.

이러한 시대적 요청에 인평초등학교의 자발적이고 창의적인 교육과정의 디자인과 실천은 행복학교로서의 역할일 뿐만 아니라 일반 학교에서도 요청되는 시의적절한 일이다. 아무쪼록 교사와 학생의 다양한 경험들이 상호 작용을 통하여 미래 사회가 필요로 하는 새로운 지식의 창조로 이어지기를 기대하며 집필자와 적극적으로 지원하는 학교 관계자들의 노고에 감사드린다.

경상남도교육청 학교혁신과 장학관 신종규

4차 산업혁명 시대, 급격한 사회 변화의 홍수 속에서도 전문가들은 교육의 생존 전략을 교사에게서 찾고 있다. 교사들이 서로 소통하고 상호 지원하는 협업 문화를 바탕으로 학교의 체질을 개선하고 미래 사회변화를 선도할 수 있을 것이라 예측한다.

하지만 학교의 변화는 말처럼 쉽지 않다. 마이클 풀란은 「학교혁신은 왜 실패하는가?」에서 혁신이 실패하는 이유를 지극히 폐쇄적이고 개인적인 교사 문화에 기인한다고 지적한다. 매년 쏟아져 나오는 다양한 도움 자료에도 불구하고 변화의 물결을 체감하기 어려운 이유는 일정부분 폐쇄적인 교사 문화에서 비롯된다.

학교 교육과정은 비유컨대 함께 집을 짓는 것과 같다. 집짓기는 그 집에서 거주할 사람의 취향과 생각을 바탕으로 설계도를 그린 후 터 파기부터 외벽과 내부 인테리어까지 다듬어야 비로소 완성된다.

터파기와 집의 뼈대를 세우는 것이 집짓기의 시작이듯 아이들의 행복하고 즐거운 배움은 교육과정을 함께 설계하는 것에서부터 출발한다

터파기와 집의 뼈대를 세우는 것이 집짓기의 시작이듯 아이들의 행복하고 즐거운 배움은 교육과정을 함께 설계하는 것에서부터 출발한다. 함께 마음을 모

아 설계한 집은 살만한 집이 되고 사랑과 행복이 넘치는 가정의 기초가 된다. 함께 만든 집에서는 폐쇄적이고 개인적인 교사 문화가 자연스럽게 극복될 수 있다.

이러한 관점에서 김현우 선생님이 풀어낸 인평초의 교육과정 이야기에는 업무와 학년을 배정하는 것부터 학부모와 만남, 학생 자치까지 현장에서 고민하는 다양한 문제를 함께 극복한 과정이 차곡차곡 담겨있다. 겹겹이 쌓인 교육과정 이야기는 교실의 벽을 넘어서 동료 교사와의 소통 과정에서 함께 만들어간 것들이라 더욱 의미가 깊다. 인평초등학교에서부터 시작된 작은 변화가 큰 울림이 되어 경남 교육의 또 다른 출발점으로 자리매김하는 바람을 가져본다.

경상남도교육청 초등교육과 장학관 박진우

교육과정 중심의 학교 운영은 민주적인 학교 문화의 바탕위에 교육공동체의 자율적 참여와 전문적 학습공동체 운영이 활성화될 때 비로소 그 빛을 드러낸다. 인평 교육공동체가 함께 만들어간 생생한 학교 교육과정의 이야기가 이 책에는 고스란히 담겨 있다. 손에 잡히는 우리들의 이야기, 우리 손으로 만들어간 우리의 것은 읽는 이들에게 울림을 주기에 충분하다. 역시나 문제해결의 해답은 현장에 있었다.

인평초 교육공동체가 함께 만들고 실천해 온 나비올라 교육과정 운영 내용을 토대로 '학교 교육과정을 DIY하라'를 출간해 준 김현우 행복교육연구부장의 노력에 감사를 드리며 작은 날개 짓의 나비효과를 기대해 본다.

인평초등학교 교장 김보상

'따뜻하다. 건강한 웃음이 있다. 서로를 신뢰하고 있다. 함께하는 즐거움과 행복을 알고 있다!'

지난 3월말 인평초등학교를 방문하여 전 직원이 함께 대화하는 장면을 참관하며 받았던 느낌이다. 오랫동안 학교 현장에 있었지만 학교의 모든 구성원이 이처럼 편안한 가운데 생동감 있게 이야기를 나누는 장면을 본 적이 없었으므로, 내겐 특별한 경험이었고 감동이었다.

'겨우 3월인데 이러한 친밀함 형성이 가능한가?', '교원, 행정직, 교육공무직을 포함한 전 직원이 한 마음으로 대화를 나눌 수 있는 학교문화 조성의 비결은 무엇일까?' 부러움이 가득 담긴 여러 의문에 대한 모든 답을 나는 이 책속에서 찾을 수 있었다. 그동안 수많은 소통과 공감을 통하여 교육공동체가 학교의 교육적 비전과 철학을 공유하여 왔고, 진정성 담긴 학교 교육과정 설계를 위한 토의와 고민 나눔의 과정에서 한 곳을 바라보는 사람들만이 가질 수 있는 돈독한 신뢰관계가 형성되었던 것이다. 교육공동체가 함께하는 「학교교육과정 DIY」로 모든 구성원이 배우고 성장하며 행복한 꿈을 꿀 수 있는 학교가 더 많아지기를 희망한다.

통영교육지원청 장학사 이인선

다가올 미래를 위해 '지금의 우리는 어떤 모습이어야 하고, 무엇을 해야 할까?' 이 책에서는 우리의 모습과 할 일을 교육과정에서 찾고 있다. 다양성, 자율성, 특수성의 색깔이 더욱 짙어질 것으로 예상되는 학교교육과정의 편성과 운영에서 가장 중요한 것은 '관계'이다. 학생, 교사, 학부모, 지역에 이르기까지 교육 주체들 간의 관계는 교육과정이 운영되는 과정과 결과의 질을 결정하기 때문이다. 이 책은 학교교육과정을 어떻게 만들고 운영해야하는지 그럴 듯한 답을 제시하려는 것이 아니라 관련된 사람들이 다양한 상황의 장면에서 어떻게 소통하고 공감하며 협력해나가야 하는지를 계속해서 질문하고 생각해보게 하는 '관계'에 관한 책이다.

이 책의 저자와 같은 공간에서 '하나면 꿈이 되지만 열이면 현실이 된다.'는 말을 믿고 매번 그러함에 놀라며 많이 달라진 나와 우리의 모습이 목격되는 요즘, 이 책이 부디 많은 이들로부터 읽혀지기를 바란다.

인평초등학교 교사 이성진

걱정이다. 학교 교육과정 또 학급 교육과정은 어떻게 계획할지, 매번 하는 일이지만 매번 걱정이다. 티베트 속담에 이런 말이 있다. 걱정을 해서 걱정이 없으면 걱정이 없겠네. 걱정으로 교육과정이 만들어지면 참 좋겠다. 하지만 속담처럼 그런 마법은 본 적이 없다. 마법은 아니지만 여기 좋은 친구가 생겼다. 옆에서 함께 고민하고 걱정해 주는 친구 같은 책이 생겼다.

이 책은 마법처럼 당신의 걱정을 교육과정으로 바꾸어주지는 않는다. 하지만 이 책에는 우리의 걱정을 긍정적인 고민과 주저 없는 실천으로 바꾸는 힘이 있다. 교육과정으로 걱정하는 당신에게 좋은 친구 한 권을 추천한다.

백암초등학교 수정분교장 교사 김일두

교육과정 설계자이며 최종 실천자인 교사여, 교육과정을 D.I.Y 하라

"혁명이 대체로 그러하듯 교육 혁명은 오랜 시간에 걸쳐 그 기운이
싹터왔고 이미 곳곳에서 진행 중이다. 교육 혁명은 위로부터가 아니라
마땅히 그래야 하듯 아래로부터 일어나고 있다"
– 학교 혁명 中 (켄 로빈슨, 2015) –

우리에게 비교적 잘 알려진 미래학자인 엘빈 토플러는 오늘날 우리 교육 현실을 분석하며 "한국의 학생들은 하루 15시간 동안 학교나 학원에서 미래에 필요하지도 않을 지식과 존재하지도 않을 직업을 위해 시간을 낭비하고 있다"고 하였다. 그리고 그는 "학교는 더 이상 산업화 시대의 교육 공장이어서는 안 된다"며 "한국의 아이들이 미래를 준비하기 위해서는 대량 생산 체제를 위해 고안되었던 대량 교육 시스템의 전면적 변화가 필요하다"고 강조하였다.

우리나라는 단기간에 한강의 기적을 이룩하며 세계의 중심에 우뚝 섰다. 세계가 주목한 성장의 이면에는 교육의 힘이 자리 잡고 있었다. 하지만 지금은, 한때 대한민국의 성공 열쇠였던 교육이 전 국민의 걱정거리가 되고 있으며 미래를 향한 변화의 행진에 걸림돌로 인식되는 지경에 이르렀다.

특히 초연결, 초지능의 기술혁신이 기반이 된 4차 산업혁명이 현실화되기 시작하면서 기존의 교육으로는 더 이상 우리나라의 미래가 밝지 않다는 인식이 사회에 만연해졌다. 기존의 교육과는 다른 새로운 교육 패러다임이 필요하다는 사실은 교육계뿐만 아니라 우리 국민 대다수가 인정하고 받아들이게 되었다. 정보화 이전의 산업사회 패러다임에 맞춰져 있는 우리의 교육현실은 지속적인 혁신의 요구에 직면하고 있으나 이러한 변화에 효과적으로 대응하지 못하고 있는 실정이다.

그럼에도 불구하고 교육이 사회경제적 변화에 순응하는 차원을 넘어, 교육 비전을 간직한 채, 미래 사회와 개인의 발전을 주도해갈 수 있는 방법은 없을까? 다가올 미래에 대한 막연한 염려와 불안 속에서도 희망적인 교육 담론을 형성하고 비전과 로드맵을 제시하는 방안은 무엇일까?

우리는 미래교육과 관련한 다방면의 연구 결과에서 문제 해결의 단서를 찾을 수 있다. 국제미래학회 대한민국 미래교육보고서(2017)에서는 산업사회 대량생산 방식의 특징인 표준화, 규격화, 정형화된 교육을 탈피하여 4차 산업혁명 시대의 주요 특징인 다양성, 창의성, 유연성을 강화하는 방향으로 교육이 변화해야 한다고 제안한다. 학교 혁명의 저자인 켄 로빈슨 박사 역시 표준화된 학교 제도와 교육 환경이 아이들의 창의성과 배움의 흥미를 억압하여 타고난 다양성과 재능을 발휘하지 못하게 한다고 지적했다. 또한 미래학교 체제 연구 보고서(경기도교육연구원, 2017)에 따르면 미래 학교 교육과정은 학습자의 필요와 흥미, 학습방식, 역량, 진로 등을 고려하여 개인에 적합한 개별화 교육을 제공하는 특징을 갖는다.

이상의 내용을 종합해보면, 미래 학교는 더 이상 '표준화된 교육'으로 동일한 내용을 동일한 방법으로 전달하는 것이 아니라, 다양성과 창의성을 인정하는 유연한 '학생 맞춤형 교육 체제'로 변화되어야 한다는 결론에 도달하게 된다.

중앙집권적이고 통제적인 표준화 교육에서 벗어나 자율적이고 창의적인 교육제도가 정착될 때 개별화 교육과정, 선택 중심 교육과정, 맞춤형 교육과정이 실현 가능해진다. 제6차 교육과정부터 2015 개정 교육과정에 이르기까지 우리나라는 초·중등 교육의 다양화, 지역화, 자율화를 위해 교육과정 결정 방식의 분권화를 지속적으로 시도하고 있다. 이는 중앙집권적 교육과정 편성·운영의 한계를 적극적으로 극복하고, 지역교육청을 최상위 행정 기관으로 인정하며 초·중등 교육과정에 대해 시·도에 주체적인 역할을 부여했다는 점에서 의의를 지닌다(노민정, 2013). 최근 교육 자치, 학교 자치에 대한 논의가 공론화되었고 국가교육위원회와 정부의 100대 국정 과제인 '교육 민주주의 회복 및 교육자치 강화'(국정과제 76번) 및 '교실혁명을 통한 공교육 혁신'(국정과제 50번)과 결을 같이 한다.

권위적이고 통제 일변도의 교육 정책에서 자율성, 다양성, 미래형 교육 혁신을 논하는 것은 적절하지 않기 때문에 최근 일어나는 교육 변화는 미래교육의 관점에서 매우 가치가 있다.

자율적이고 창의적인 교육 제도 아래 '학교'는 지식 습득과 역량 함양이 조화로운 교육을 전개해야 한다. 일방적인 주입식 교육을 넘어 학생의 능동적 참여와 협력적 활동을 보장하는 교육, 줄 세우기식 평가를 넘어 개별 학생의 배움을 확인하고 성장을 돕는 과정 중심의 평가, 교과서 중심의 수업을 넘어 학생의 흥미와 특성을 고려한 맞춤형 수업이 이루어져야 하고, 나아가 학생들이 꿈을 꾸고 앎과 삶을 살아가는 공간이 되어야 한다.

이러한 미래 교육 변화의 중심에는 바로 '교사'가 있다. 교육의 핵심은 학생과 교사의 관계다. 다른 모든 것은 이 관계가 얼마나 건강하고 성공적인가에 따라 좌우된다. 이 관계가 잘되지 않으면 제도가 제대로 돌아가지 않는다. 교사와 학생의 관계는 교육의 본질이자 미래 교육 실현의 마중물이다.

교육 혁신의 해답이 교사들에게 있음을 인정한 곳은 미래지향적인 변화를 가져왔다(학교 혁명, 2015). 학교 혁명은 외부자의 시선에서 시작되는 것이 아니라 단위 학교와 교사들로부터 시작되고 발전한다는 사실을 인정해야 한다. 정책과 제도의 변화가 학교의 문턱은 넘을 수 있어도 교실의 문턱까지 넘기 위해서는 교사의 역할이 중요하다. 혁신의 가치가 교사의 가치와 철학으로 통합될 때 변화는 시작된다. 변화의 시작을 위해 이제는 교사의 책임과 역할에 대해 존중하고 고민해 보아야 할 때이다.

따라서 교육 혁신의 열쇠를 쥐고 있는 교사는 더 이상 단순한 지식 전달자에 머물지 않는다. 미래 학교의 교사는 학생 맞춤형 교육과정 결정자, 최종 실천자, 학생들의 미래 사회 적응력을 돕고 창의성과 인성을 함양하는 조력자와 멘토가 되어야 한다. 더 이상 교사는 지식 전달자로 자신의 역할을 제한해서는 안 된다. 폭 넓은 관점으로 교육 변화의 중심에 서야 한다. 미래 교육이 요구하는 책임과 소명을 바르게 인식하고 직시해 나가야 한다. 이것이 교육 혁신을 위한 교사의 역할이다.

최근 강조되는 교사의 전문성은 교육과정 설계 능력이다. 국가 교육과정을 단순히 주어진 것으로 받아들이는 수동적인 태도에서 벗어나 학교의 실태와 학생의 흥미, 교사의 가치와 철학에 맞게 교육과정을 적극적으로 해석하여 맞춤형 교육과정을 설계하는 역량이 요구되고 있다. 국가에 의해 제시된 교육과정을 우리 반 학생들에게 적합하게 재구성하여 제시할 수 있는 위치에 있는 사람은 교사가 유일하다. 교사는 일차적으로 학생을 가장 잘 알고 학생 개인의 특수성과 학교의 특수성을 이해하며, 국가 교육과정의 기준을 바탕으로 우리 반 학생에게 가장 적합한 교육과정을 설계할 수 있기 때문이다. 교사가 교육과정 설계자, 결정자가 되면서 새롭게 부각되고 있는 용어가 바로 '교사 수준 교육과정'이다.

교사 수준 교육과정은 "국가·지역 수준의 교육과정을 기준과 지침으로 학교 수준 교육과정에서 제시하는 요구 및 교육환경 등을 반영하여 단위 학급(학년)별로 편성·운영하는 실천 중심 교육과정"을 의미한다.(에듀쿠스, 2018).

교사 수준 교육과정은 학생을 가장 잘 아는 교사에 의해 학생의 흥미와 필요를 반영한 맞춤형 수업을 설계·실천하는 실천 중심의 교육과정이므로, 미래형 교육체제의 변화와 흐름을 같이한다. 이는 미래를 준비하는 교육 혁신에서 교사 교육과정이 강조되는 이유이다. 더불어 교사 교육과정이 활성화 될 때, 교사의 역할은 단순 지식 전달자에서 학생 맞춤형 교육과정 설계자이자 교육과정의 최종 실천자로 강화되며, 교육 전문가로서 위상을 더욱 공고히 하게 될 것이다.

끝으로 미래 교육과 혁신 교육의 중심에서 새롭게 역할이 부각되고 있는 교사에게, 교육과정 설계자이며 최종 실천자로서 요구되는 역량과 하위 요소를 다음과 같이 범주화해볼 수 있다.

〈교육과정 설계자, 실천자로서의 교사 역량〉

Design · 지역의 특성과 공동체의 요구, 학교의 교육 비전이 스며든 학교 교육과정을 설계하는 **전문성**
· 학생 중심의 맞춤형 교사 교육과정을 설계하는 **전문성**

교사 역량 Ⅰ - 교육과정 설계자

❶ 학교 교육과정 ❷ 교사 교육과정 ❸ 배움중심수업과 과정중심평가

I ntegrity
ntegration · 진실하고 참된 것을 주고자 하는 **진정성**
· 앎과 삶, 계획과 실행, 수업과 평가의 간극을 좁히는 통합성

교사 역량 Ⅱ - 교육과정 실행 주체

❶ 앎(지식)과 삶(행동) ❷ 계획과 실행 ❸ 교육과정-수업-평가의 통합

You&I
· 소통하고 협력하는 공동체성
· 학교 교육과정과 교사 교육과정을 함께 만들어가는 공동체성

교사 역량 Ⅲ - 교육과정 중심 소통과 협력

❶ 함께 만들어가는 교육과정 ❷ 전문적 학습공동체 ❸ 수업 나눔

전문성(D), 진정성·통합성(I), 공동체성(Y)을 갖춘 교사,
미래교육·혁신교육을 능동적이고 적극적으로 주도해가는
용기와 도전 정신 D·I·Y (Do It Yourself)

교육과정 설계자이며 최종 실천자인 교사여, 주저하지 말고, 교육과정을 DIY 하라!

1 교사에게 요구되는 역량 1

Design - 설계하다 - 전문성

- 지역의 특성과 공동체의 요구, 학교의 교육 비전이 스며든 학교 교육과정을 설계하는 **전문성**
- 학생 중심의 맞춤형 교사 교육과정을 설계하는 **전문성**

교육과정 설계자로서의 교사 전문성

❶ 학교 교육과정 ❷ 교사 교육과정 ❸ 배움중심수업과 과정중심평가

학교 자치 - 학교 구성원들이 함께 단위 학교의 교육과정을 계획, 실행, 평가하며 그 결과에 책임지는 것 - 와 학생 맞춤형 교육과정의 건강한 안착을 위해서는, 학교 교육과정을 편성하고 운영할 때 교사의 전문성이 발휘되어야 한다. 교사가 교실에서 얻게 되는 생생한 경험, 교육과정에 대한 학문적 지식, 아이들에 대한 열정, 시대와 변화를 바라보는 교육관이 서로 조화를 이루어 '지금, 여기, 우리'에게 가장 적합한 학교 교육과정을 만들어갈 수 있어야 한다.

이러한 전문성은 외부자의 시선에서는 언제나 그 한계가 드러나기 마련이며, 학교라는 조직과 공동체 속에서 기획, 실천, 평가, 나눔을 함께하는 구성원만이 지닐 수 있는 반성적이고 실천적인 능력이다. 교사의 경험에 기반한 전문성을 기초로 할 때 특색 있는 학교 교육과정이 설계될 수 있는

것이다. 단위 학교의 모든 교사가 자신의 교육 철학과 가치, 반성적 전문성을 마음껏 드러내어 함께 소통하고 조율하는 의사 결정 과정이 바로 '함께 만들어가는 학교 교육과정'이며 '학교 자치'의 실제이자 '미래 교육과정'의 모습이다.

또한 교사의 반성적, 실천적 전문성은 학교 교육과정에만 머물지 않고 교실 속으로 스며들어 간다. 국가 수준의 일관성과 지역, 학교, 학생 수준의 다양성을 조율해가며 아이들과 만나는 교실에서 실제적인 모습을 갖추어 적용하는 것은 오롯이 교사의 몫이다. 다른 누군가가 대신할 수 없는 교사의 책임이자 역할이다. 관계의 어려움을 겪는 아이들에게 회복을 위한 수업을 준비하는 것도, 수학을 두려워하는 아이들에게 놀이와 체험 중심 수업으로 배움을 문턱을 낮추어 주는 것도, 아이의 관심과 흥미를 포착하여 미래의 꿈과 연결 짓는 다리를 만들어 주는 것도, 교실에서 아이들과 함께 삶과 배움을 만들어가는 교사만이 할 수 있는 소소하지만 본질적인 활동이다.

다시 말해 교사가 아이들과 만나며 삶과 배움을 가꿔가는 교실은 학교 교육활동의 중심이다. 교사는 학교 교육과정의 기반 위에 교실의 한해살이를 꾸려나가야 한다. 교사의 경험과 전문성이 반영된 교사 교육과정은 교실의 한해살이 과정이며, 학교 교육과정의 실현을 위한 핵심 작업이다. 따라서 교사는 학생 중심 학교 교육과정의 큰 그림 안에서, 실제적인 삶과 배움을 존중하는 교사 교육과정을 디자인하는 전문성을 발휘할 수 있어야 한다. 교사가 아이들 한 명 한 명의 배움을 고려하여 특색 있는 교사 교육과정을 준비하고 실천할 때 학교 교육은 비로소 살아있는 교육으로 변모하게 된다.

I ntegrity
ntegration - 통합하다, 진정성을 담아내다 - 통합성, 진정성

> · 앎과 삶, 계획과 실행, 수업과 평가의 간극을 좁히는 **통합성**
> · 진실하고 참된 것을 주고자 하는 **진정성**
>
> ### 교육과정 실행 주체로서의 교사 전문성
>
> ❶ 앎(지식)과 삶(행동) ❷ 계획과 실행 ❸ 교육과정-수업-평가의 통합

진정성(眞情性)은 진실하고 참된 성질, 참되고 애틋한 정이나 마음을 가지고 있는 것을 의미한다. 또한 하나도 남김 없는 온전한 헌신의 자세, 인간과 인간 사이에 신뢰감을 줄 만한 내면적 상태를 지칭한다.(네이버 어학사전)

우리의 일상에 비추어 볼 때, 어떤 대상이나 행위에 대해 진정성을 갖게 되면 마음을 온전히 내어 주게 되고 평상시보다 노력을 기울이고 집중하며 매 순간을 소중히 여기게 된다. 나 자신, 그리고 진정성이 투영되는 대상이나 행위에 대해 진실하게 되고 참되고 바른 것으로 채우기 위해 노력하게 되는 것이다. 진정성이 특별히 관계 속에서 그 모습을 드러낼 때에는 소통과 공감이 싹트고 신뢰와 협력이 꽃핀다.

교육과정이 설계된 후, 교사와 학생 사이에는 진정성이라는 연결 고리가 필요하다. 교육과정이 배움과 삶으로 열매 맺기 위해서는 교사의 진정성 있는 열정이 있어야 한다. 교사와 학생 사이, 교육과정과 배움 사이의 빈 공간은 진정성의 다리로 연결될 수 있다. 진실하고 참된 것을 온전한 헌신의 자세로 가르치는 것이 바로 교육이며, 진정성과 통합을 기초로 형성되는 것이 믿음과 신뢰, 배움의 기쁨과 열정이다.

진정성은 통합의 형태로 교육활동에 나타난다. 계획과 실행의 통합, 배움과 삶의 통합, 생각과 행동의 통합, 수업과 평가의 통합, 교과와 자치의 통합, 역량 중심의 통합, 주제 중심의 통합 등 다양한 통합의 과정에서 진정성은 의미 있게 발현되며, 반대로 진정성이 교육적 통합을 갈망하게 하는 원인이 되기도 한다.

최근 현장에서 강조되고 있는 교육과정-수업-평가-기록의 일체화도 동일한 관점에서 바라보아야 한다. 교육과정, 수업, 평가를 하나로 연결해주는 것은 계획과 실행의 괴리를 극복하고자 하는 교사의 진정성이다. 교육과정, 수업, 평가, 기록은 교실과 배움의 장면에서 통합적으로 실천되어야 하고 이는 학생의 전인적 성장으로 이어진다.

결론적으로 설계된 교육과정과 실현된 교육과정, 삶과 배움, 생각과 행동, 수업과 평가가 교사의 진정성을 중심으로 통합되어질 때 미래 교육을 위한 변화도 시작된다. 진실하고 참된 진정성 있는 마음은 교육과정을 바꾸고 수업에 깊이를 더하며 아이들의 삶을 성장하게 하는 원동력이 될 것이다.

3 교사에게 요구되는 역량 3

You&I - 소통하고 협력하다 - 공동체성

- 소통하고 협력하는 공동체성
- 학교 교육과정과 교사 교육과정을 함께 만들어가는 **공동체성**

  교육과정을 중심으로 소통하고 협력하는 교사 전문성

  ❶ 함께 만들어가는 교육과정 ❷ 전문적 학습공동체 ❸ 수업 나눔

미래 교육의 변화는 보편적인 교육과정을 교과서를 매개로 획일적으로 전달하는 역할을 넘어 학교와 학생의 다양성을 지향하는 방향으로 전개될 것이다. 남의 것을 따라하는 '모방형 교육과정'보다 학교별 특색과 역량을 담아내는 '맞춤형 교육과정'이 교육 혁신을 주도할 것이다. 이를 위한 조건으로 학교 교육과정 개발과 운영을 학교 교육 공동체가 결정하고 책임지며 발전시키는 시스템을 갖추어야 한다. 이러한 시스템이 '학교 자치' 또는 '학교 민주주의'다.

창의적이고 특색 있는 교육과정을 교육공동체와 함께 만들어가기 위한 내적 기초는 바로 '공동체성'이다. 교육 주체인 교사, 학생, 학부모가 함께 소통하고 공감하며 이끌어 낸 숙의 과정과 교육적 합의를 기초로 교육과정이 편성·운영될 때 비로소 내실 있는 학교 민주주의가 가능해진다. 학교 교육과정의 정당성과 타당성을 확보하고 유연한 학교 교육체제를 구축하기 위해서도 교육 공동체가 함께 교육과정을 만들어가는 공동체 의식은 필요하다. 이처럼 교육 공동체의 의견이 자연스럽게 공유되는 통로가 마련되고 공동체성에 기초한 활발한 소통이 이루어질 때, 학교의 중요한 의사 결정이 갈등 없이 이루어질 수 있다.

교사 교육과정의 운영도 예외가 아니다. 교사가 지닌 철학과 신념, 능력의 영향을 받는 교사 교육과정도 학습공동체를 통해 건강하게 성장하고 발전한다. 홀로 타는 장작은 쉽게 꺼지지만 함께 타는 장작은 오랫동안 더 큰 열기를 더할 수 있는 것처럼 '함께'의 지속은 큰 힘을 발휘한다.

전문적 학습공동체에서는 독립된 각 교실에서 일어나는 실제 수업의 성공과 실패 경험을 함께 공유하며 타산지석의 배움이 일어나는 모임이다. 이러한 모임은 반성적 실천가로서 교사의 전문성이 강화되고 학교 내 개인주의와 형식주의를 극복하는 훈련이 되기도 한다. 이제 우리는 수업을 교사 개인의 역량이나 자질 문제로 여겼던 과거의 인식에서 벗어나 교실 수업이 곧 학교 교육력의 핵심이며 교사들은 서로 소통과 협력을 통해 성장해간다는 사실을 깨달아야 한다.

학교와 교사 교육과정은 학생의 배움을 최종 목표로 연대한 공동체성에 기초하여 운영될 때, 함께 만들어가는 교육과정에 능동적으로 참여할 때, 개인과 공동체의 균형 잡힌 시선을 갖출 때, 비로소 교육적 당위성과 정당성을 확보하게 된다. 교육과정 편성·운영에 공동체성이 갖는 의의는 바로 여기에 있다.

이상의 내용을 정리해보면,
미래교육·혁신교육의 열쇠는 교육과정에서 찾을 수 있다. 앞으로의 교육과정은 맞춤형 교육과정, 개별성과 다양성을 존중하는 교육과정으로 변화한다. 미래 교육과정은 단위 학교에 교육과정 편성·운영의 자율성과 재량권을 돌려주고 교사의 전문성인 수업권·평가권·교재권을 강화하는 방향으로 전개될 것이다.

이러한 변화의 중심에 서 있는 교사에 대한 기대와 역할은 이전에 요구되지 않았던 새로운 전문성을 요구하고 있다. 이미 교사는 단순 지식 전달자를 넘어 교육과정 설계자이자 최종 실천자로서, 교육과정-수업-평가의 통합 역량을 길러가고 있다.

교사는 교육적 식견과, 학생·학부모와의 관계를 기반으로 교육공동체의 의견을 수렴하고 학교 교육과정 개발과 운영의 구심점이 되어야 한다. 뿐만 아니라 계획된 교육과정을 실현된 교육과정, 학생의 삶과 배움에 직접 맞닿을 수 있는 생생한 교육과정으로 발전시켜 나가야 하며 전문적 학습공동체에서 함께 연구하고 적용하여 폭과 깊이를 더해야 한다.

교사가 위의 논의를 아우를 수 있는 교육과정 주체이자 교육혁신과 미래 교육의 주체로 자리매김하기 위해 갖추어야 할 세 가지 전문적 자질은 전문성, 진정성·통합성, 공동체성으로 집약된다.

  무수한 교육 현안의 해결책을 교육과정에서 찾고자 하는 시도와 노력은 교육이 경제와 정치 논리에 휘말리지 않고 헌법이 보장한 자주성과 전문성을 기초로 미래 사회의 변화를 견인하는 장치다. 미래 사회의 변화를 선도하는 교육의 물결은 전문성(D), 진정성·통합성(I), 공동체성(Y)을 갖춘 교사에 의해 생성되고 확산될 것이다.
교육 전문가를 꿈꾸는 교사들이여, 더 이상 주저하지 말고 교육과정을 DIY 하라.

〈 교육과정을 D·I·Y하라 〉

교사에게 요구되는 역량 I		실천 행동	하위 요소
Design	전문성	설계 하다	학교 교육과정 교사 교육과정 배움중심수업 과정중심평가

Episode3 비전을 공유하고 신념을 나누는 학교 교육과정 위원회
Episode5 우리들의 이야기가 담긴, 읽고 싶은 학교 교육과정
Episode6 시작이 반이다, 2월·8월, 새 학기 맞이 교육과정 재구성
Episode7 학부모와의 첫 만남, 긴 여운
Episode14 업무를 덜어낸 자리에 미래 교육과정을

교사에게 요구되는 역량 II	실천 행동	하위 요소
Integration Integrity	통합성 진정성	통합 하다	교육과정 재구성, 수업, 평가 앎과 삶 지식과 행동 가르침과 배움
		진정성을 담다	교과(성취기준)와 흥미 계획과 실천

Episode2 되돌아보는 어제, 기대되는 내일

Episode10 교사는 수업으로 말한다

Episode11 나눌수록 커지는 반성적 실천 전문가들의 모임

Episode12 학생 자치, 교육과정 운영의 기본 원리

Episode13 학생 주도의 더 자람 + 계절학교

교사에게 요구되는 역량 III	실천 행동	하위 요소
You & I	공동체성	함께 하다	교육공동체 전문적 학습공동체 함께 만들어가는 교육과정 수업 나눔

Episode1 학교 교육 원칙, 교육공동체가 함께 만들어요!

Episode4 교사가 상처받지 않는 학년 및 업무 분장 전략

Episode8 학교 교육의 구심점, 전문적 학습공동체 비·담

Episode9 교육과정은 민주적인 학교 문화의 토양에서 열매 맺는다

Episode1.

학교 교육 원칙, 교육공동체가 함께 만들어요

- 교육과정 성찰을 위한 교육공동체 토론회 -

무엇보다도 진정 중요한 것은 토론회 이후에 결정된다는 사실을 간과해서는 안 된다. 토론회 이후 작업은 학교가 학부모와 학생의 의견을 중요하게 생각하고 있으며 교육공동체와 파트너로 인식하고 있다는 것을 증명해 보일 수 있는 좋은 기회다. - 본문 중 -

Episode1. 학교 교육 원칙, 교육공동체가 함께 만들어요!

- 교육과정 성찰을 위한 교육공동체 토론회 -

들어가는 말

인정하고 싶진 않지만 다수의 공무원 집단은 보수적인 성향이 짙다. 원래 성향이 보수적인 사람들이 공무원이 되었다기보다 공무원이 처리하는 업무 자체가 개개인의 성향과 개성은 고려되지 않는 매뉴얼 기반의 업무 처리 경향성이 반영된 결과일 것이다. 창의적이고 기발한 아이디어보다 정해진 대로 처리하는 것에 익숙한 집단 문화가 뿌리 깊게 자리 잡고 있다.

안타깝게 교사도 공무원 기질이 다분하다. 학부모와의 관계 설정을 '교육 수요자' 또는 '민원인'으로 해 두고 평행선을 달리는 관계를 이상적으로 여긴다. 학부모 참여 학교 교육활동에 저항감이 심하고 소통하며 공감하기보다 형식적인 절차대로 처리하길 선호한다. 즉 관료적이며 형식적이다.

대부분의 학부모는 학부모 공개 수업, 학예회, 운동회 등 각종 행사와 학부모 연수를 위해 학교의 문턱을 넘곤 한다. 하지만 단순 참관일 뿐, 우리 아이의 담임 교사나 교장, 교감선생님을 만나 교육활동에 대한 고민을 나누거나 교육과정에 대한 의견을 제시하는 기회를 가지는 건 아니다. 교사의 보수적인 성향과 학교 교육활동의 행정적인 추진 과정이 시너지 효과를 내며 '함께 만들어 가는' 교육의 걸림돌로 작용하기 때문이다.

2학기 말, 한 해의 농사가 끝나갈 무렵 학부모, 학생, 교사가 함께 한 해를 되돌아보고 서로의 생각을 나누는 '교육공동체 토론회'를 운영하였다. 토론회의 목적은 위에서 언급한 교사와 학교가 지닌 한계점을 극복해보고자 하는 것이었다. 교사와 학부모가 서로 손을 잡고 협력해야 하는 이유는 단순하다. 바로 우리 아이들에게 보다 나은 교육 경험을 제공하고 더 좋은 환경을 마련하기 위해 힘을 보태자는 것이다. 같은 목표를 바라보고 있기에 학부모와 교사는 얼마든지 공감대를 형성할 수 있고 소통할 수 있으며 서로를 의지할 수 있다. 교육의 3주체인 학부모, 교사, 학생이 한 자리에 모여 같은 목표를 두고 심사숙고하는 자리가 어떻게 운영되었으며 어떤 결과를 가져다주는지 살펴보자.

교육공동체 토론회, 무엇을 기대하는가?

토론은 학교 현장에서 즐겨 사용하는 배움 중심의 수업 방법이다. 제대로 된 토론을 위해서는 토론 주제에 대한 풍부한 배경지식이 있어야 하고 주장과 근거를 설득력 있게 표현할 수 있어야 하며 상대방의 의견을 비판적으로 검토하여 대안을 제시할 수 있어야 한다. 인지적인 측면뿐만 아니라 배려, 경청, 존중 등 정의적인 영역 학습도 병행할 수 있는 것이 토론의 장점이다.

최근에 토론이 주는 유익이 사람들 사이에 널리 인식되고 유대인의 토론 학습법인 하브루타가 학교 현장에서 활성화 되면서 다양한 형태의 토의·토론 수업이 적용되고 있다. 또한 기업의 혁신 성장을 위해 각 분야의 전문가들이 모여 조직 문화 개선을 위해 토의와 토론 중심의 회의를 주도하고 있으며 공공기관에서도 소통과 대화의 시도가 늘어가고 있다. 건전한 토론 문화 확산을 위해 다양한 시도들이 계속되고 있지만 우리 사회는 여전히 토론 문화에 익숙하지 못한 것이 현실이다.

토론회를 처음 개최하던 2017년 말, 내부적으로 토론회 개최에 대한 부정적인 의견도 있었다. 부정적인 의견의 공통점은 '불확실성'으로 집약될 수 있다. 모두가 모인 토론회에서 학부모의 불만스러운 민원이나 돌발적인 질문에 대한 막연한 두려움이 있었다. 하지만 두 번의 토론회에서 우려했던 일은 발생하지 않았고, 인근 학교에서도 그런 일이 일어났다는 소문을 들은 적은 없다. 새로운 도전에 대한 두려움이 가져온 기우에 불과했다.

토론회에서는 다양한 이야기가 오고 간다. 토론회라고 학부모가 일방적으로 이야기하는 시간이 아니기에, 교사도 평소 하지 못했던 이야기들을 진솔하게 나눌 수 있다. 특히 평소에 기회가 여의치 않아 충분히 설명할 수 없었던 교사의 교육 철학, 학급 경영 방법, 생활 지도, 수업 전략 등 교육적 신념을 설득력 있게 제시할 수 있는 기회로 삼을 수 있는 것이다. 좋은 것은 좋은 것 그대로, 가치 있는 것은 가치 있는 그대로 충분히 드러내고 전달할 수 있어야 한다. 아무리 교육적으로 옳은 것, 가치 있는 것이라고 해도 충분히 납득시키지 않으면 학부모들은 교사와 학교에 대해 오해와 편견을 가질 수 있기 때문이다. 토론회 자리에서 교사는 학교의 비전과 중점교육활동, 자신의 교육관 등을 충분히 설명하여 학부모를 동의와 공감이 전제 된 파트너로 만들어야 한다.

끝으로 토론회는 소수의 의견도 자유롭게 표현할 수 있는 공식적인 자리이므로 참신하고 의미 있는 제안이 나오기도 하며 진지하게 성찰할 수 있는 비판적인 의견도 제시된다. 참석한 교사와 학부모, 학생들은 평소 생각지 못한 의견에도 귀를 기울이며 학교와 교육공동체를 좀 더 넓은 관점에서 바라보게 된다. 소수의 의견도 자유롭게 나눌 수 있는 공동체 문화가 학교 문화로 자리 잡을 수 있도록 기여하는데 토론회만큼 효과적인 것은 없다.

토론회를 추진하는 업무 부장으로서 나는 선생님들께 몇 가지 기대하는 바가 있었다. 첫 번째는 앞서도 언급했지만 학부모에 대한 막연한 두려움을 없애는 기회가 되어 줄 것이라 생각했다. 시작하기 전에는 두려움이 앞서지만 막상 시작하고 나면 학부모의 관심, 격려, 인정하는 말로 인해 교사됨의 자부심을 느끼는 경우가 대부분이었기 때문이다. 두 번째는 교사가 교육 철학과 신념을 공고히 하는데 도움이 되었으면 했다. 토론회에서 선생님들이 나누는 대화의 내용을 가만히 살펴보면 대부분 자신의 교육관과 가치관이 담긴 표현들이었다. 생각으로 간직하고 있던 것들을 언어로 표현하고 나누는 과정은 교사의 내면을 더욱 깊고 넓게 성장시키는데 도움을 준다. 동료 교사와 학부모에게 교사의 내면을 드러내는 과정에서 교사가 가진 교육 철학과 신념은 더욱 다듬어지게 된다.

운영 방법에 의미를 담기 위하여

교육공동체 토론회는 학기 말 교육과정 편성을 위한 기초 조사와 차기 연도 교육과정 편성을 위한 '함께 만들어가는 교육과정' 절차에 미리 포함시켜 놓았다.

[한 해를 성찰하는 과정에서 교육공동체 토론회의 위치]

설문조사	업무 반성	교육과정 반성	교육공동체 토론회
12. 4.(화) ~ 7.(금)	12. 3.(월) ~ 7.(금)	12. 17.(월) ~ 19.(수)	12. 20.(목)
▶학부모, 학생, 교직원 설문 조사 ▶공통 질문+학급별 특색 있는 문항 구성	▶업무 덜어내기 중심의 부서별 협의 ▶업무 추진 반성 및 차기 연도 계획 수립	▶학교주도적 학교평가 와 연계한 운영 ▶학년군별 교육과정 반성 ▶배움중심수업, 과정중심 평가, 교육과정재구성 등	▶학생, 학부모, 교사가 함께하는 토론 ▶학교교육과정 성찰 및 교육 비전 공유, 토의

[교육공동체 토론회 결과가 학교 교육과정에 반영되는 과정]

1차 워크숍	2차 워크숍	학교교육계획 수립	신학기 교육과정 재구성
1. 10.(목)	1. 14.(월)	1. 21.(월) ~ 2. 14.(목)	2019. 2. 19. ~ 25.
▶학교교육 비전 설정 및 구체화 ▶설문, 토론, 반성 결과를 바탕으로 목표 및 교육 활동 조정	▶학사일정, 중점과제, 특색 과제 등 주요 교육 활동 구체화	▶워크숍 결과를 토대로 학교교육계획 시안 작성	▶학교교육과정 연수 ▶학년별 교육과정 재구성 ▶과정평가 계획 수립 ▶나이스 편성

계획된 교육공동체 토론회를 의미 있게 운영하기 위해 여러 가지 고민이 많았다. 과연 학부모님께서 많이 참여하실까?, 부담스러워 하진 않을까?, 학생들은 어떻게 하지?, 효과적인 토론 진행 방식은? 토론 주제는? 꼬리에 꼬리를 무는 질문이 계속되었다. 되돌아보면 경험의 부재가 가져다주는 번잡함이 아닌가 하는 생각이 든다. 우선 토론회 슬로건을 정하기로 하고 몇 가지 안을 준비했다.

학교 교육의 원칙, 교육공동체가 함께 만들어요.

모두가 함께 꾸는 꿈은 현실이 됩니다.

열 사람의 한걸음이 학교를 바꿉니다.

담당자인 나는 두 번째 슬로건이 마음에 들었으나 '학교 교육의 원칙, 교육공동체가 함께 만들어요'를 선호하는 의견이 많았다. 다음은 참석 대상을 누구로 할지 고민하던 중 교육공동체 토론회인 만큼 교사, 학부모, 학생 모두가 참석하는 것으로 확정하였다. 학생의 참여에 대한 우려 섞인 목소리도 있었지만 토론회의 최종 목적인 아이들을 배제한다는 것은 의미상 맞지 않다는 의견이 많았고, 사전 교육을 통해 충분히 스스로 토론할 수 있다는 결론에 도달했다.

몇 가지 기본 원칙을 정하고 난 이후 토론회 운영 계획을 다음과 같이 수립하여 추진하였다.

- 목적: 교육 공동체 구성원의 건전한 토의·토론을 통한 민주적 문제해결
- 방침
  - 유치원을 포함한 전체 학부모 중 희망자 참여
  - 학생은 4, 5, 6학년 학급 임원 및 전교 어린이회 임원 또는 학급별 희망 인원
    - 일시 및 장소: 2018. 12. 20.(목), 14:30~16:30 / 체육관
    - 슬로건: "학교 운영의 원칙, 인평교육공동체가 함께 만들어요!"
    - 운영 방법

구분	영역	하위 영역	토론 방향 (예시)
주제 I	교육 과정	수업, 평가, 학예행사 등 학교운영 전반	▶ 우리 학교에 꼭 필요한 교육활동은 무엇인가요? ▶ 우리 학교 교육 비전과 목표가 잘 이루어지고 있나요? ▶ 보완하거나 추가되어야 할 학교의 행사가 있나요?
주제 II	학생 생활	학교폭력, 상담, 생활지도, 교칙, 자치활동 등	▶ 학생 생활 교육은 어떻게 이루어져야 할까요? ▶ 학생·학부모 자치활동은 어떻게 하면 활성화될 수 있나요?
주제 III	학교 환경	교실, 복도, 급식소, 화장실, 체육관, 운동장 등	▶ 학교의 공간을 어떻게 활용하면 좋을까요? ▶ 어떤 공간에서 생활하고 싶나요?

시간 계획	내용
식전 영상	▶ 2018. 학교교육활동 영상 시청
14:30 ~ 14:40	▶ 개회 및 인사
14:40 ~ 14:50	▶ 학교장 인사말
14:50 ~ 15:00	▶ 2018학년도 교육과정 기초조사 결과 및 토론 방법 안내
15:00 ~ 16:15	▶ 주제별 월드 까페 토론
16:10 ~ 16:30	▶ 월드 카페 운영 결과 공유 및 폐회

〈 행사장 배치도 〉

 토론 수업의 성패를 결정짓는 열쇠는 '주제'다. 주제가 무엇이냐에 따라 토론에 생기가 넘치고 지적인 성장이 일어나기도 하고, 어떠한 교육적인 의미도 찾을 수 없을 정도로 무기력한 수업이 되기도 한다. 교육공동체 토론회에서도 주제 선정에 많은 공을 들였다. 학교 교육활동의 전반을 아우르는 대표성을 띠면서도 학부모의 의견을 반영할 필요가 있는 영역 중 비교적 가벼운 주제여야 편안한 대화를 할 수 있을 것이라 판단했다. 더불어 학교 교육 비전과 목표가 담긴 주제, 학교가 지향하는 새로운 교육 방향에 대한 의견 수렴 및 공론화를 위한 주제도 좋다.

토론 주제의 영역과 방향을 정하고 난 후, 구체적인 토론 주제는 현장의 이슈와 관심에 따라 유동적으로 선정될 수 있도록 열어 놓았다. 다만, 토론 참석자들이 참고할 수 있도록 몇 가지 예시는 제시해 주었다.

이러한 기준과 방향에 따라 토론 주제는 '교육과정, 생활교육, 학교 환경 (시설)' 3가지 영역으로 범주화하고 세부 토론 예시를 제시하였다.

토론에 참여하는 방식은 '월드 까페' 형식으로 진행하였다. 월드 까페 토론은 다음과 같은 방식으로 운영된다.

[월드 까페 토론]

1. 토론 진행자(퍼실리테이터)[1]를 중심으로 주제별 모둠을 구성한다.
2. 참석자는 마음에 드는 3가지 토론 주제를 정하고 반드시 한 번씩은 참여해야 한다.
   (단, 참석자는 자기가 원하는 주제부터 자유롭게 선택하여 토의에 참여할 수 있다.)
3. 토론 진행자는 토론자들의 의견을 정리하여 다음 차수 토론자에게 간단히 제시하고 좀 더 심화된 토론을 전개한다.

토론회 전 토론 주제에 대해 미리 고민하고 건설적인 의견과 근거를 제시할 수 있도록 안내장을 발송하기로 하였다. 안내장에는 구체적인 세부 토론 주제와 진행 방법, 토론회 의미에 대한 내용이 담겼으며 사전 신청자 수를 파악하기 위해 신청란을 구분하여 제시하였다.

지금부터는 2017학년도 토론회에서 어떤 이야기가 오고 갔는지 간단하게 살펴보자.

---

1) 토론회 첫 해에는 학부모 그룹의 진행자를 부장 교사가 맡았지만 다음해에는 참석한 학부모에게 간단한 진행 방법을 안내하고 진행을 부탁했다. 학생 그룹은 4~6학년 학급 임원들이 참여 했고 전교 임원이 토론 진행을 맡았다. 토론 전 교육을 통해 기본적인 진행 절차와 방법을 숙지하고 토론을 이끌 수 있도록 준비했다.

〈 학생 토론 결과 정리 〉

동아리 다양하게 운영 희망, 학생 취미를 반영한 동아리 개설, 정수기 설치, 교내 와이파이 설치, 종소리가 잘 안 들림(화장실 등 교실 외 장소), 종소리를 다양하게, 전 학년이 함께하는 운동회, 학생 주도의 학습활동, 다양한 방과후 학교 강좌 개설, 쉬는 시간을 늘리자, 간식을 먹을 수 있도록, 학교 안 매점 설치, 놀이시설 추가 설치(그네 등), 등·하교시간 후문 개방, 체육관 남자 화장실 문 설치, 여자 화장실 칸마다 화장지 비치 등

〈 학부모 토론 결과 정리 〉

· 운동회 운영 – 마을 축제 VS 아이들 행복한 하루 가족 참여프로그램 추가, 운동회 시 급식소 개방
· 학생 중심의 학급학예회, 토의·토론, SNS 활용 등 학생 참여형 수업 활성화, 총괄평가 실시 요구, 학생 평가에 대한 다양한 정보제공 필요
· 기초기본 학습 능력 신장 요구, 바른 글씨 쓰기, 다양한 방과후 학교 강좌 개설, 다양한 학년이 어우러질 수 있는 프로그램 요구
· 학예회 운영 방법 ① 학급별 소규모 학예회 ② 학년별 다른 시간 운영 ③ 학예회 사진 개인별 제공
· 급식 운영 ① 알레르기 학생 정보 파악 ② 급식모니터링 학부모 참여 희망 적극적 반영
· 통신문 ① 종이통신문 줄이기, 홍보 필수, SNS 및 문자 등 활용
　　　　② 중요한 내용은 종이통신문 병행
· 학급별 학부모 모임 구성의 필요성, 책 읽어주는 어머니 고학년 확대
· 성교육 담임, 보건교사 운영, 공부보다 인성교육 중요성 공감
· 학생 인사 지도 필요, 다문화 가정 인식 제고, 교우관계 걱정, 다문화 가족 1일 교사 활용 등
· 학교폭력예방 – 언어 폭력이 많음 – 학교의 적극적 중재 역할 요구
· 학교–가정 연계 인성교육, · 학교 규칙 중 화장 – 인근 중학교와 협의 필요
· 독서교육(다독상), 읽지 않고 빌려가기 방지 위한 인증 방법의 변화 필요

〈 교원 토론 결과 정리 〉

· 4차 산업시대에 맞는 학교 교육 변화 – 학력관 재정립 – 과정중심평가 안착
· 과학탐구대회 개선 – 과학축제로서의 기능 – 대회출전과 이원화 운영
· 학예회 공연 중심 운영 탈피 학교·가정 연계 인성교육
　–오고 싶은 학교 : 놀이 활성화, 1인1예술 – 유익한 경험 제공: 영화, 책, 활동 중심
· 인성교육 패러다임 전환 – 회복적 생활교육 교직원 연수
· 전문적 학습공동체 운영 – 불필요한 회의 줄이기 – 강사초빙 연수 강화
　–지속적인 연수 – 학년군 단위 학교구성원 모두 참여 – 인근 지역 학교와 연합 운영

토론회를 추진하면서 기억에 남는 몇 가지 인상적인 장면이 있었다.

첫 번째는 학부모들의 교육에 대한 관심과 열정을 느낄 수 있었다. 최근의 교육 정책 흐름과 다양한 교육적 이슈에 대한 자신들만의 소신이 있는 학부모가 많았으며 특정 분야에서는 교사보다 앞서 있다는 생각이 들 때가 많았다. 맞벌이 부부가 많아 학부모 참여 활동이 저조하다는 이유로 학부모의 교육적 소양을 과소평가한 것이 아닌가 내심 반성이 되었다. 교육에 상당한 관심과 열정을 띠는 학부모님들의 대화를 들으며 든든한 동료가 생긴 것 같은 마음이 들었다. '아이 교육에 관해 학부모도 우리와 비슷한 고민을 하고 있구나' 동병상련의 동질감을 느낀 것은 토론회에서 내가 얻은 큰 수확이다.

두 번째는 학교 교육활동에 대한 예리한 비판 의식과 대안 제시이다. 평소 생각하지 못했던 내용들이 토론회 주제로 자주 등장하는 것을 확인할 수 있었다. 특히 남학생들 성교육이 체계적으로 필요하다는 의견과 평가 방법과 결과에 대한 구체적인 정보를 제공 받기 원한다는 의견은 새로운 자극으로 다가왔다. 학교 차원의 노력들이 보인 한계를 느낄 수 있었으며, 수요자의 입장에서 보다 나은 대안을 제시하였기 때문이다. 학교 교육활동의 과정과 결과를 바라보는 제3자의 시선은 발전을 향한 디딤돌이 되기에 충분했다.

세 번째는 학교에서 역점을 두어 노력하는 특색 교육활동에 대한 학교와 학부모 간의 온도차가 크다는 점이다. 인평초등학교는 3년 전부터 과정중심평가를 도입하여 일제식 평가를 폐지하고 대신 누가 기록 된 배움·성장 포트폴리오[2]를 가정에 발송하고 있다. 또한 과정중심평가의 취지와 필요성을 홍보하는 안내장을 발송하고 평가 정보를 홈페이지에 올려 평가에

---

2) 수업 중 이루어지는 서·논술형 평가지와 평가에 따른 학생의 강점과 약점을 담임 교사가 첨삭하여 누가 기록한 파일. 평가지 이외의 다양한 활동 결과물을 정리하여 학부모에게 통지

대한 이해를 도왔다.이러한 일련의 과정들을 통해 학교에서는 과정중심평가 시스템이 안착되어 가고 있으며 학부모 만족도가 높을 것이라 판단하고 있었다.

하지만 토론회에서 우리 학교는 왜 평가를 치르지 않느냐는 의견과 평가에 대한 정보가 부족하다는 문제가 제기되었다. 다행히 토론 말미에 학부모가 가진 오해에 대해 충분히 설명하고 과정중심평가의 필요성을 피력할 수 있는 기회가 있었다. 이번 사례를 계기로 소통하고자 하는 노력과 지속적으로 변화되어가는 수업 및 평가에 대한 학부모 연수가 필요하다는 것을 깨닫게 되었다. 또한 법적, 제도적 제한점으로 인해 학교에서 수용할 수 없는 것들을 학부모에게 안내하여 불필요한 오해와 갈등을 예방하고 학교에서 잘 하고 있는 교육활동을 충분히 홍보하여 학부모의 만족도와 신뢰도를 높일 수 있는 방안을 지속적으로 강구해야 함을 느낄 수 있었다.

토론회 이후가 중요하다

최근 교육공동체 토론회는 비교적 보편화되고 있다. 하지만 토론회 개최 여부보다 토론 결과를 교육과정에 어떻게 반영할지가 더욱 중요하다.
본교에서는 토론회 후 다음의 3가지 방법으로 결과를 활용하였다.

❶ 토론 결과에 대한 대응 방안을 마련하여 학교 누리집에 탑재
❷ 토론 결과를 정리하여 창의 체험실에 게시
❸ 토론 결과를 학교 교육과정에 반영하고 교육과정 운영의 실질적 근거로 활용

❶ 토론 결과에 대한 대응 방안을 마련하여 학교 누리집에 탑재

토론회에 참석한 학부모들은 토론 내용을 이해하고 자신의 의견을 충분히 표현할 수 있었다. 하지만 참석하지 못한 다수의 학부모들도 토론회에

서 오고 간 대화 내용에 대해 알 필요가 있었다. 또한 학교에서 어떤 방법으로 의견을 수용할 것이며 구체적인 대응 방법도 제시해 주어야 했다. 수용할 수 없는 의견에 대해서는 합당한 이유를 설명하고, 적용이 필요한 의견에 대해서는 효과적인 적용 방법과 시점을 고민하여 답변해 줄 필요가 있었다. 이러한 이유로 토론회 대응 방안을 다음과 같이 마련하여 홈페이지에 탑재하였다.

〈2018학년도 교육공동체 토론회 결과에 따른 본교 대응안 (홈페이지 탑재)〉

토론 결과 및 대응 방안 (교사 그룹)

과정중심평가 안착 방안

▸ 아이들의 성장을 돕는 평가는 어떻게 이루어져야 하는가?
▸ 적용 방법은 무엇인가? 본교의 문제점과 해결방안은 무엇인가?

토론 결과	결과 반영			반영 방안
	2019	장기과제	적용보류	
과정평가에서는 피드백이 중요하며, 피드백 적용 방법의 다양화가 필요함	√	√		▶ 효과적인 피드백에 대한 지속적인 연구와 노력 ▶ 학년별 전문적 학습공동체를 통한 사례 연구 및 나눔
과정평가를 수업 중 적용하기에는 시간이 부족함	√	√		▶ 단원 내, 단원 간, 주제 중심 재구성을 통해 수업 중 평가하기 위한 시간 확보, 지도역량 강화
과정 중심 평가를 통해 성장을 도우며 학교 생활을 행복하게 할 수 있음	√	√		▶ 평가가 학생의 학교 만족도를 높이고 잠재가능성을 발견하는 계기가 될 수 있도록 방향 설정
기초 학력 저하에 대한 우려	√	√		▶ 기초 학력 저하에 대한 교육공동체의 오해를 불식시키기 위한 노력 ▶ 교과 수업을 통해 기초학력에 대한 담임 책임지도 강화
피드백 후 결과 처리가 어려움	√	√		▶ 피드백 결과를 의무적으로 남기고자 하는 것은 또 다른 행정 업무가 될 수 있음. 형식보다 실제 학생의 배움과 성장에 집중하는 피드백이 될 수 있는 여건 조성
결과 통지 형식으로부터 오는 학부모의 오해 (평가 결과가 매우 잘함으로 기입되어 있다 보니 학부모가 학생의 실력을 오해함)	√			▶ 매우 잘함/잘함/노력 의 평가 결과 진술 형식에 변화가 필요 매우 잘함을 '잘함' 이나 '도달' 로 변경할 수 있음
결과보다는 성장에 중점을 둔 평가 방법 적용이 필요함	√	√		▶ 성장의 과정을 꾸준히 기록하고 관찰하며 격려할 수 있는 교사의 안목을 기름 ▶ 성장지향형 통지 방법 개발
과정중심평가에 대한 다양한 연수를 운영하여 교사의 평가 역량을 신장시킴	√			▶ 외부 강사 초청 연수 실시 ▶ 교내 과정평가 자율연수 연수 확대

〈2018학년도 교육공동체 토론회 결과에 따른 본교 대응안 (홈페이지 탑재)〉

토론 결과 및 대응 방안 (학부모 그룹)

교육과정 운영 전반

▶ 수업, 평가, 각종 학교 행사, 상담, 생활교육, 학교폭력예방 등 학생 생활 교육 전반에 대한 의견 제시

구분	토론 결과	결과 반영			반영 방안
		2019	장기 과제	적용 보류	
수업	학급에서 이루어지는 프로젝트나 체험수업에 대해 학부모와 소통하며 정보를 제공하면 좋겠음	√			▶ 학부모와 소통할 수 있는 다양한 방법 구안 ▶ 학급 홈페이지 활성화, 학급 밴드활동 권장
	프로젝트 수업 시 아이들의 열정이 부족하고 실력의 편차가 심함. 좀 더 체계적인 과제 실천 방법 접근 필요	√	√		▶ 학생 주도적인 프로젝트 활동을 위한 조언자, 컨설턴트로서의 교사 역할 강화 ▶ 프로젝트 과제 선정 시 학생의 흥미와 관심을 반영하고 실제 운영할 수 있는 과제인지 고려하여 선정
	독서 관련 수업 방법 다양화, 활성화 (깊이 읽기, 효율적 읽기 등)	√	√		▶ 평가가 학생의 학교 만족도를 높이고 잠재가능성을 발견하는 계기가 될 수 있도록 방향 설정
	수시평가지만 평가 계획 및 결과에 대한 학급별 자세한 안내	√	√		▶ 기초 학력 저하에 대한 교육공동체의 오해를 불식시키기 위한 노력 ▶ 교과 수업을 통해 기초학력에 대한 담임 책임지도 강화
	방과 후 교육 활동 다양화	√	√		▶ 본교 여건상 다양한 방과후 프로그램 개설이 어려움. 강사 확보를 위한 노력 지속
평가	수행평가 시 수행의 난이도 상향	√			▶ 학생의 수준을 진단하여 학년(급)별 시행
	과정평가는 좋으나 중학교 시험과 연계성을 위하여 쪽지시험이나 단원 평가 중심의 지필평가를 활성화 필요		√		▶ 필요한 교과의 경우 단원 및 쪽지 시험 활성화
상담	상담의 활성화, 방법의 다양화, 상담 전담 인력 확보	√	√		▶ 상담 운영 방법 개선을 위한 협의
	교사와의 상담 시, 방해될까 두려워 연락 하는 것이 어려움. 한번씩 전화방문을 해주시면 좋겠음	√			▶ 담임교사에 의한 전화방문 활성화
	학생과의 상담을 한 후 학부모와 상담을 하면 좋겠음	√			▶ 3월 학생상담주간 운영 후 학부모 상담 진행

토론회 대응안이 탑재 된 후 몇 달이 지나지 않아 조회수가 250회를 넘어섰다. 전교생이 250명임을 감안하면 상당수의 학부모들이 관심을 갖고 있었음을 확인할 수 있었다. 토론회 결과를 정리하고 대응안을 마련하는 협의 과정에서 학교가 직면한 문제와 앞으로 나아가야할 방향을 더욱 명확히 인식할 수 있었다. 뿐만 아니라 차기 연도 교육과정 및 업무 추진 방향에 대해 짐작할 볼 수 있었다. 또한 대응 방안을 공론화하여 공개함으로써 실현에 대한 책임감을 느끼며 더욱 능동적이고 적극적인 교육활동을 전개하게 되었다.

❷ 토론 결과를 정리하여 창의 체험실에 게시

주제별, 그룹별 토론 과정에서 생성된 포스트잇과 활동 사진을 정리하여 창의체험실 게시판에 정리하였다.

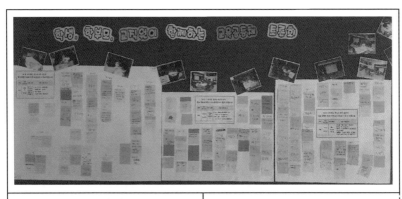

나는 종종 업무를 추진하다가 관련된 정보가 필요할 때 창의체험실에 찾아 토론 결과를 참고하여 계획을 수립하곤 한다. 본교는 유휴교실이 부족하고 전교원이 다 같이 모일 수 있는 공간이 없어 교직원회의나 연수 장소로 창의체험실을 활용 한다. 창의체험실 게시판에 교육공동체 토론회 결과가 전시되어 우리에게 상징성을 갖는 공간이 되었다. 가끔 혁신학교인 본교로 답사를 오시는 분들에게는 창의체험실에서 사례 발표를 하며 게시판에 걸린 토론 결과를 설명해드리고, 교육공동체가 교육과정을 함께 만들어 가는 과정에서 토론을 통한 소통과 공감의 중요성을 언급하곤 한다. 이 후 소통과 나눔을 통해 다양한 의견이 제시되는 교육활동의 경우 결과물을 버리지 않고 잘 정리해 창의체험실 주변에 하나 둘 씩 남겨놓게 되었다. 우리 학교 박영미 교무행정원님은 흩어져 있는 각종 교육활동 결과들을 아름다운 작품으로 승화시키는 능력이 있다. 이 자리를 빌려 감사의 말씀을 드린다.

〈 창의체험실을 활용한 연수 모습 〉

<창의체험실 게시된
밥상머리 학부모교육 연수 결과>

❸ 토론 결과를 학교 교육과정에 반영하고 교육과정 운영의 실질적 근거로 활용

2018학년도 학교 교육과정의 슬로건은 "함께 만들어가는 행복 교육과정"이었다. 기존 학교 교육과정의 한계를 벗어나 교육공동체가 함께 만들어

가는 과정을 학교 교육계획서에 담고 싶었다. 교육공동체 토론회에서부터 시작하여 교육과정 워크숍, 새 학년 맞이 교육과정 재구성 기간 등 일련의 편성 과정이 담긴 우리만의 이야기를 교육과정에 담아내기 위한 과정에서 교육공동체 토론회 결과는 없어서는 안 될 중요한 자료가 되어 주었다. 함께 만들어가는 인평 교육과정의 절차를 다음과 같이 정리하여 학교 교육계획서 첫 장에 제시하였다.

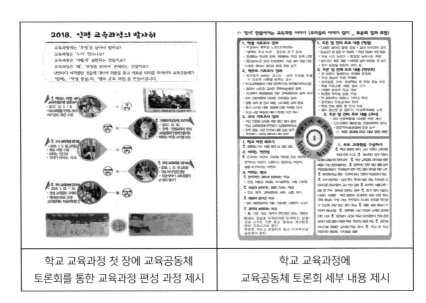

학교 교육과정 첫 장에 교육공동체 토론회를 통한 교육과정 편성 과정 제시	학교 교육과정에 교육공동체 토론회 세부 내용 제시

교육공동체 토론회 결과는 학교 교육과정 곳곳에 반영되어 결실을 맺었다. 시설적인 면에서는 아이들이 건의한 정수기가 2층 중앙 복도에 설치되었고, 종소리가 잘 들리지 않는 복도 중앙과 운동장 쪽 스피커를 설치하였으며, 체육관 남자 화장실 문 설치, 바닥 전통 놀이 시설 및 교실별 다양한 보드게임 구비 등 가능한 범위에서 즉각적인 개선이 이루어졌다. 일부 실현이 불가한 항목도 있었는데, 특히 학교 후문을 개방하는 것은 CCTV 추가 설치 및 학교 위생안전구역 지침과 상충되는 부분이 있어 학부모와 학생을 대상으로 충분히 설명하는 노력을 기울였다.

학부모가 건의한 내용은 교사의 수업 방식과 교육 철학에 영향을 미치는 내용이 상당한 비중을 차지하고 있어 교사 교육과정에 반영될 수 있도록 노력을 기울였다. 또한 학부모회 활성화를 위한 정기 모임이 개설되었고 이를 통해 학부모회가 학교 교육활동을 적극적으로 지원하는 문화가 자리 잡아 가고 있다.

  교사들이 문제를 제기했던 과학의 날 행사는 학교 대표를 뽑는 경쟁 일 변도의 운영을 탈피하여 흥미와 소질에 따라 다양한 과학 탐구 활동을 체험하는 스팀 페스티벌로 개선하였다. 과도한 문서 양산으로 업무를 가중시키는 원인이었던 학급 경영록을 폐지하고 교사 수준의 교육과정을 도입하였으며 주 1회 운영되던 교직원 협의회를 격주로 줄이고 회복적 생활교육 연수를 통해 생활교육의 패러다임 전환을 시도하였다.

  이 외에도 토론회 때 제시된 의견이 마중물이 되어 오랫동안 변화되지 않던 고질적인 문제들이 개선된 사례는 일일이 나열할 수 없을 정도로 매우 많다. 교육공동체의 숙의 과정에서 도출된 문제점은 학교 교육활동의 과정에서 해결되어야 할 숙제와 같았고, 칭찬과 격려의 메시지는 어렵고 힘든 가운데서도 한걸음 더 내딛게 하는 용기가 되어 주었다.

  무엇보다도 진정 중요한 것은 토론회 이후에 결정된다는 사실을 간과해서는 안 된다. 토론회 이후 작업은 학교가 학부모와 학생의 의견을 중요하게 생각하고 있으며 교육공동체와 파트너로 인식하고 있다는 것을 증명해보일 수 있는 좋은 기회다. 이런 기회를 통해 학교는 교육공동체의 의견이 좀 더 나은 교육을 위해 값지게 사용된다는 것을 알려줄 수 있다. 이러한 작은 체험들이 쌓였을 때 교육공동체는 지속적으로 소통하고 공감해 나갈 것이며, 진정한 의미의 '함께 만들어가는 교육'을 그려나갈 수 있을 것이다.

Episode2.

되돌아보는 어제, 기대되는 내일

– 내실 있는 학년 말 교육과정 반성회 운영 –

지난 과거를 돌아보는 것은 더 나은 내일을 위해 반드시 필요한 과정이다. 진정성 있는 성찰과 반성, 비판과 수용의 과정이 부족하기 때문에 관행적인 업무들이 쌓여가고 학교가 쉽게 바뀌지 않는다는 푸념이 떠도는 것이다. 형식적으로 이루어지는 반성회로는 학교 문화와 교육 활동을 개선할 힘이 없다. 변화를 주도할 힘은 서로를 이해하는 마음으로 이루어지는 진정한 소통에 있다. - 본문 중 -

Episode2. 되돌아보는 어제, 기대되는 내일
- 내실 있는 학년 말 교육과정 반성회 운영 -

들어가는 말

하루 중 가장 감성적인 시간은 저녁 해가 뉘엿뉘엿 넘어 가는 초저녁이 아닐까 싶다. 특히 봄·가을의 저녁 노을과 선선하고 맑은 공기는 영혼에 깊이 각인되어 있다. 낮 동안 이성으로 해결되지 않는 문제들도 저녁 감성의 따스함에서는 쉽게 풀어지곤 한다.

바쁘게 돌아가는 학사 일정 속에서 교사의 감성에 호소할 수 있는 적기는 언제일까? 냉철한 이성과 논리를 넘어 감성과 소통에 유리한 최고의 타이밍 말이다.

한 해를 마무리 하고 교실의 한해살이를 되돌아보게 하는 12월, 바쁜 학교 행사가 모두 마무리 된 후 몸도 마음도 여유를 찾고 다시금 희망을 꿈꾸는 그때, 우리는 지난 시간을 되돌아보고 내일을 기대한다. 이맘때쯤엔 마음과 생각이 열리고, 소통하고 공감하기 위한 심리적·환경적 조건이 충분히 갖추어졌다고 볼 수 있다.

지난 과거를 돌아보는 것은 더 나은 내일을 위해 반드시 필요한 과정이다. 진정성 있는 성찰과 반성, 비판과 수용의 과정이 부족하기 때문에 관행적인 업무들이 쌓여가고 학교가 쉽게 바뀌지 않는다는 푸념이 떠도는 것이다. 형식적으로 이루어지는 반성회로는 학교 문화와 교육 활동을 개선할 힘이 없다. 변화를 주도할 힘은 서로를 이해하는 마음으로 이루어지는 진정한 소통에 있다. 내일을 기대하는 마음으로, 보다 나은 미래를 열어가겠다는 신념을 지닌 채, 12월을 맞이해야 한다. 지난 기억을 더듬어 이성과 논리에 호소해야하고, 더불어 이 모든 것의 바탕에 공감과 경청, 나눔과 소통의 감성을 곁들어야 한다.

이미 출발한 열차를 세워 방향을 바꾸기는 어렵다. 학기가 시작되고 나서 새로운 일을 추진하고 개선하는 것은 생각보다 아주 힘든 일이다. 한번 관성이 붙은 후에는 핸들을 살짝 돌리는데도 저항이 심한 법이기 때문이다.

12월 충만한 감성으로 한 해를 마무리하는 시기, 이때가 지난 시간을 성찰하고 더 나은 내일을 위한 실제적인 방안을 마련할 적기이다. 변화의 결정적 시기를 놓치지 말자.

타이밍이 중요하다

시간을 어떻게 사용하는지 살펴보면 그 사람이 무엇을 중요시 여기는지 금방 확인할 수 있다. 정말 중요한 일을 할 때에는 준비 시간, 실행 시간, 이후 시간 까지도 고려하여 여유 있고 넉넉하게 계획한다. 학교에서 일어나는 교육활동도 마찬가지다.

일반적으로 7월과 12월에 운영되는 '업무 및 교육과정 성찰'을 중요하게 생각한다면 충분한 준비기간을 두고 여유 있게 운영 계획을 수립해야 한다. 운영 계획이 미리 세워진다면 교육과정 반성의 의미와 중요성을 교직원과 공감하고 관련 내용에 대해 생각할 시간을 줄 수 있어서 좀 더 내실 있는 반성회가 될 수 있을 것이다.

상당수 학교가 학년(기) 말 교육과정 반성을 '형식적인' 절차로 인식하고 있다. 교육과정 반성의 결과와 무관하게 학교 교육과정은 편성되었고 업무는 여전히 관행대로 처리되기 때문일 것이다. 이러한 인식 전환을 위해 소통하고 공감하며 준비할 수 있는 기간을 충분히 배정해 놓을 필요가 있다.

학교 주요 행사가 마무리 된 시점부터는 교육과정 성찰을 언제 어떻게 할 것인가에 대한 고민이 필요하다. 학사 일정이 구체화되는 2월부터 내년도 교육과정 성찰 기간을 배정하여 교육계획을 수립하는 것도 효과적인 방법이다. 성찰 계획이 정해진다면 성찰 주간을 전후로 교사에게 심리적 부담을 주는 업무와 교육활동들은 시기를 조절할 필요가 있다.

학년(기) 말에는 생활기록부 정리로 인해 교사의 업무가 가중되는 경향이 있다. 깊이 있는 교육과정 성찰을 위해 생기부 업무 처리 기간을 방학 중으로 조정한다거나 학기 중 완료해야할 범위와 내용을 명확하게 지정하는 것도 도움이 될 수 있다. 최근에는 2월 학사운영을 최소화하는 학교도 많아 공통적인 방법을 제안하기 어렵기 때문에 학교별 상황에 맞게 최선의 방법을 탐색해야 할 것이다.

타이밍이 중요하다. 골든 아워가 있듯이, 교육과정의 첫 단추를 꿰는 반성회도 시기가 중요하다. 업무에 쫓기지 않고 차분하게 생각할 수 있는 여유를 가질 수 있는 순간, 그 순간을 파고들어야 한다. 그러기 위해서는 미리 준비해야 한다. 구성원 모두가 반성에 집중할 수 있는 시간을 마련하고, 여건을 조성해야 한다. 마음의 여유를 가지고 되돌아보는 시간에 매진할 때 의미 있는 반성회가 될 수 있으며, 실질적인 교육과정 개선으로 이어지게 되기 때문이다. 교육과정 반성회를 준비하는 시간이 교육과정 혁신을 위한 골든 아워임을 기억해야 하는 이유이다.

무엇을, 어떻게 성찰할 것인가?

반성회 자리는 마련됐다. 그럼 무엇을 어떻게 해야 할까? 어떤 주제를 어떤 방법으로 성찰할 것인가를 결정하는 것은 매우 중요하면서도 쉽지 않은 일이다. 주제는 좋지만 진행 방법이 미숙하여 의미 있는 결론을 도출해 내지 못하는 경우도 많고, 방법은 효과적이나 주제가 진부하여 알맹이가 없는 경우가 허다하다. 주제와 방법의 밸런스가 잘 맞아야 원하는 목적을 달성할 수 있다.

학년(기)말 반성회 협의 주제가 갖는 몇 가지 조건을 살펴보자.

▶ 학교 교육활동 전반을 아우를 수 있는 포괄성과 대표성이 있어야 한다.
  – 성찰의 과정에서 일부 영역이 소외되지 않도록 주의한다.
▶ 당해 연도 학교 교육활동 관련 현안 문제를 다룬다.
  – 관심과 열정이 집중되어 있는 문제는 반드시 다루어야 한다.
▶ 학기 중 교사나 학생에 의해 문제가 제기된 주제를 포함한다.
  – 일상적인 대화에서 협의 주제를 도출해내는 세심한 관찰이 필요하다.

▶ 동기부여가 약하고 소모적인 협의가 될 가능성이 높은 주제는 배제한다.

 – 형이상학적이고 철학적인 주제는 가볍게 다루거나 가급적 제외한다.

 (해당 주제는 비교적 시간이 넉넉한 숙박형 워크숍에서 집중적으로 다룬다)

학교의 상황에 따라 협의 주제는 다양하게 존재할 수 있다. 중요한 것은 어떤 주제를 선정하느냐에 따라 반성회의 성패가 결정된다는 것을 인식하는 것이다. 본교에서는 1학기 교육과정 성찰 운영 주제를 다음과 같이 설정하였다.

[1학기 교육과정 성찰 주제]

주제1) 1학기 반성을 통해 2학기에 개선·반영해야할 내용은 무엇이 있을까? [포괄성]

 되돌아보는 1학기) 더놀자 프로그램, 회복적 생활교육관련, 수업나눔의 날, 학급교육과정 나눔의 날 운영, 전문적학습공동체, 교수평 일체화 관련, S/W 수업, 민주적인 교직원 회의운영 방법, 독서교육, 스포츠클럽, 학년단위 교육과정 재구성 방법, 학년학급 교육과정을 뒷받침하는 예산 사용 등

주제2) 회복적 생활교육 및 더놀자 프로그램 활성화 방안 [현안 문제]

 – 이유: 회복적 생활교육과 더 놀자 프로그램을 처음으로 적용한 학기였기 때문

주제3) 5, 6학년 S/W수업 적용 방안 [현안 문제]

 – 이유: S/W 선도학교를 운영한 첫 해이자, 내년부터 5~6학년군 교육과정에 전면 도입되기 때문

「학기말 교육과정 성찰」은 학년 말과 성격이 조금 다르다. 가장 큰 특징은 학년 말에 비해 내용과 방법을 간소화하여 운영한다는데 있다. 1학기 운영 결과 나타난 문제점 중 2학기에 즉시 개선해야할 문제가 있다면 이를 중심으로 논의 하면 된다. 만약 그러한 문제가 없다면, 한 학기를 마무리하는 측면에서 비교적 부담 없이 교육과정 전반적인 영역을 성찰하는 기회로 활용한다.

본교의 1학기 교육과정 성찰은 크게 3차에 걸쳐 진행되었다. 수업 실천 사례를 나누고 교육과정 및 업무를 토의하며, 토의 결과를 2학기 교육과정 편성에 반영하는 방법 안내까지 계획하여 운영하였다.

[1학기 교육과정 반성회 운영 흐름]

| 1학기 학년별 수업 사례 나눔 | ⇨ | 토의 중심 반성회 | ⇨ | 토의 결과를 반영한 2학기 교육과정 편성 안내 |

☞ (1차) 일시 : 7. 17.(화), 15:20 ~ 16:30 / 수업 사례 나눔

□ 주요 운영 내용
○ S/W 중점학교 운영 사례 나눔 (5학년)
➜ (이유) 2학기부터 적용되는 6학년의 방향 제시, 문제점 보완
○ 행복수업 사례 나눔 (4학년)
➜ (이유) 10월에 운영될 교육청 단위 세미나와 연계 방안 모색
○ 학급별 독서교육 및 더 놀자 프로그램의 실천 결과 나눔
➜ (이유) 9시 등교로 아침 독서 시간이 줄어든 문제점을 내실 있
는 학급별 독서교육으로 보완한 사례 공유

☞ (2차) 일시: 7. 23.(월), 15:30 ~ 19:30 / 토의 중심 운영

□ 토의 주제 : 1학기 반성을 통해 2학기에 개선·반영해야할 내용은 무엇이 있을까?
□ 운영 방법: 토의 주제 안내 ➜ 구체적인 협의 안건 도출 및 공유 ➜ 안건 중심의 토의
□ 분과별 협의회 / 학년군별 저녁 식사와 병행
○ 1-2학년군 : 회복적 생활교육 및 더놀자 프로그램 활성화 방안
○ 3-4학년군 : 행복수업 내실화 방안 / 5-6학년군 : S/W수업 적용 방안

〈 학년군별 협의회 분과 구성 〉

구분	구성
1~2학년군	교장, 보건교사, 교무행정원, 1~2학년 담임
3~4학년군	교감, 과학전담, 스포츠강사, 영양교사, 3~4학년 담임
5~6학년군	특수, 특수교육실무원, 영어전담, 5~6학년 담임
유치원	유치원, 종일반 강사
교육지원부	실장, 주무관, 영양사, 조리사

1학기 교육과정 성찰 자료는 학년별로 취합하지 않았기에 자세한 기록이 남아있지 않다. 다만, 핵심 내용은 올해 처음으로 적용했던 교육활동에 대한 반성과 피드백이 중심을 이루었다. 9시 등교로 인해 생긴 아침 독서활동의 공백을 학급별로 대체할 수 있는 방안, 지역교육청 역점 교육활동인 '행복수업'의 교과와 연계한 시범 적용 사례, S/W 선도학교 5학년 프로그램 성찰, 더놀자 프로그램 등 새로운 교육적 시도들에 대한 경험담을 나누고 서로를 격려하는 자리였다.

「학년 말 교육과정 성찰」은 1년 동안 진행한 교육 활동을 공유하고 향후 교육 과정에 불필요한 요소들을 제거하는 방향으로 진행하였다. 교육 활동 공유를 통해 교육과정에 대한 공감대를 형성하였으며, 특정 시기에 개별적으로 운영되던 업무를 통합하여 업무 부담을 줄이고 효율성을 높였다. 이를 통해 '반성을 통한 발전 방향 수립'의 맥락성을 확보해 나갔다. 이는 당해 연도의 반성과 성찰을 기초로 내년도 교육과정의 발전적 방향을 모색하고 학교 교육력을 제고하기 위함이다. 희망찬 내일은 지난 시간을 충분히 반성하고 성찰하는 수고에 의해 만들어지는 것이기 때문이다.

이번에는 본교의 '학년 말' 교육과정 성찰 및 워크숍 계획을 살펴보겠다. 아래는 전반적인 운영 계획의 흐름도이다. '업무 및 교육과정 반성'을 중심으로 자세히 살펴보자.

[학년 말 교육과정 성찰 및 워크숍 계획]

○ 일시

    가. 되돌아보는 2018. ☞ 2018. 12. 4.(화) ~ 12. 26.(수)

    나. 기대되는 2019. ☞ 2019. 1. 10.(목) ~ 2. 26.(화)

○ 대상: 전 교직원

○ 운영 일정

> 자세히
> 들여다보기

▸ 되돌아보는 2018.

설문조사	업무 반성	교육과정 반성	교육공동체 토론회	재구성 수업 사례 나눔
12. 4.(화) ~ 7.(금)	12. 3.(월) ~ 7.(금)	12. 17.(월) ~ 9.(수)	12. 20.(목)	12. 26.(수)
▸ 학부모, 학생, 교직원 설문 조사 ▸ 공통 질문 + 학급별 특색 있는 문항 구성	▸ 업무 덜어내 중심의 부서별 협의 ▸ 업무 추진 반성 및 차기연도 계획 수립	▸ 학교주도적 학교평가와 연계한 운영 ▸ 학년군별 교육과정 반성 ▸ 배움중심수업, 과정중심평가, 교육과정재구성 등	▸ (오전)학급교육과정 나눔 ▸ (오후)학생, 학부모, 교사가 함께 하는 토론회 ▸ 학교교육과정 성찰 및 교육 비전 공유, 토의	▸ 학년별 재구성 수업 사례 나눔 및 공유 ▸ 학년별 재구성하여 실천된 수업 사례 발표

▸ 기대되는 2019.

1차 워크숍	2차 워크숍	3차 워크숍	학교교육 계획 수립	신학기 교육과정 재구성
1. 10.(목)	1. 14.(월)	1. 17.(목) ~ 18.(금)	1. 21.(월) ~ 2. 14.(목)	2019. 2. 19. ~ 25.
▸ 학교교육 비전 설정 및 구체화 ▸ 설문, 토론, 반성 결과를 바탕으로 목표 및 교육 활동 조정	▸ 학사일정, 중점과제, 특색 과제 등 주요 교육 활동 구체화	▸ 학교교육활동의 전반적인 운영 검토 ▸ 토의 및 토론 중심의 깊이 있는 나눔과 성찰	▸ 워크숍 결과를 토대로 학교교육계획 시안 작성	▸ 워크숍 결과를 토대로 학교교육계획 시안 작성 ▸ 학년별 교육과정 재구성 ▸ 과정평가 계획 수립 ▸ 나이스 편성

▶ 업무 반성 [12. 3.(월) ~ 7.(금)]

업무 되돌아보기의 핵심은 교육과정 중심 학교 실현을 위해 '덜어낼 업무'를 찾는 것이다. 공문이나 관행에 의해 교사의 발목을 잡고 있는 행정 업무는 포화상태에 이르렀다. 학교마다 심각성은 다르겠지만, 교사의 행정 업무가 획기적으로 감축되어야 한다는 사실에는 대부분 동의할 것이다.

본교는 2017학년도 경남형 혁신학교인 '행복(맞이)학교'를 운영하면서 관행적으로 운영되던 업무를 줄이고자 지속적으로 노력하고 있다. 이러한 덜어내기 작업은 학년(기)말 워크숍에서 드러난 문제에 대해 함께 고민하고 해결책을 찾음으로써 가능한 일이었다.

업무를 간소화함에 있어서도 다양한 의견 차이가 존재한다. 모두가 동의한 단순 행정 업무인 경우 합의 도달이 비교적 간단하지만, 특정 교육활동은 바라보는 교육관의 차이에 따라 논쟁이 오고가기도 한다. 하지만 중요한 것은 교육공동체의 의견에 귀 기울이고 서로의 생각을 공유하며 합의점을 찾아가는 것이다. 합의를 통해 덜어내었던 본교의 대표적인 사례를 몇 가지 나열해 보겠다.

〈 합의를 통해 덜어낸 업무 〉

- 나이스에 입력된 내용을 인쇄하여 감사 대비 시수 확인을 목적으로 작성되었던 학급 경영록 및 학년 교육과정
- 수기로 작성되었던 아침 교통 지도 일지
- 통신문 발송 후 별도로 누가 보관했던 바인더
- 각종 학예행사 (특정 주간에 맞춰 결과 보고를 위한 학년별 학예행사 및 시상)
- 지역청 주관 체육대회 의무 참가 (학생이 희망한 경우만 참가)
- 학예 행사 중심의 학교장 상장 수 감축, 전교 조회에서 대외상 시상 지양
- 워크숍 및 교직원 회의에서 결정된 사안에 대해서는 소모적인 재협의 지양
- 모든 예산 사용 건에 대한 관리자 대면 보고 (10만원 미만은 부장 전결 허용)
- 자료집계시스템을 활용한 보고 공문은 대면 보고 생략
- 교직원 전체 회의 빈도 축소 (주 1회 ➡ 격주 1회, 토의 안건 없을 시 생략)
- 에듀파인 품의 기안 업무는 가급적 교무행정원이 담당

업무를 통합하거나 학급(년)별 교육과정과 연계하여 결과적으로 업무 경감의 효과를 가져다 준 사례도 적지 않다.

〈 교육과정 연계 및 통합을 통한 업무 경감 사례 〉

▸ 학급 교육과정 발표회
  – 공연 중심의 전체 학예회에서 평소 수업 내용을 학부모들과 함께 공유하는 학급 교육과정 발표회로 전환하여 교육과정 운영의 파행을 막고 준비 부담 경감
▸ 학년별 운동회
  – 학년별 운동회를 통해 학년 중심의 다양한 체육, 놀이 프로그램 운영으로 대규모 운동회 준비 부담을 줄이고 아이들의 참여 시간은 넉넉하게 보장
▸ 봄, 가을 현장학습
  – 기존 학사 일정에 고정적으로 배정한 봄, 가을 현장학습을 학년(급)별 교육과정과 연계하여 운영할 수 있도록 자율성을 부여하여 수업과 통합된 학년별 체험학습 운영
▸ 각종 계기교육 및 범교과 교육
  – 계기교육 및 범교과 교육은 학급별 성취기준과 연계하여 실시하고 특정 기간동안 별도의 실천 결과물을 제출하지 않음으로써 교사 수준의 교육과정과 연계하여 통합 운영될 수 있도록 원칙을 정하고 안내함

　그렇다면 본교의 업무 덜어내기가 어떤 절차에 의해 진행되었는지 간단한 절차만 살펴보자. 업무 덜어내기의 상세한 내용은 「Episode14」에서 다루도록 하겠다.

[업무 덜어내기 과정]

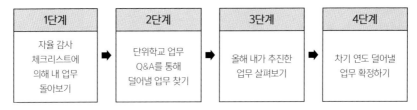

업무를 덜어내어 교사의 물리적·심리적 여유를 확보하는 것은 교사 전문성 함양과 학교 교육력 제고를 위한 선결 조건이다. 이미 번아웃 되어 있

는 교사의 삶에 새로운 변화와 혁신이 일어나기 위해서는 가치치기와 덜어내기의 과정이 꼭 필요하다. 많은 경우 이 점을 간과하고 교사의 열정과 헌신에 초점을 맞추거나 지시와 통제 중심의 관료적인 접근으로 학교 변화를 시도하려는 경우를 많이 보았다. 이는 교사를 개혁의 주체로 인정하지 않고 개혁의 대상으로 삼았던 것과 같은 오류를 다시금 범하는 것이다.

▶ 교육과정 반성 [12. 17.(월) ~ 19.(수)]
교육과정 반성 과정은 아래와 같이 진행되었다.

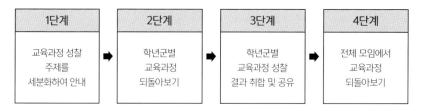

1단계		2단계		3단계		4단계
교육과정 성찰 주제를 세분화하여 안내	→	학년군별 교육과정 되돌아보기	→	학년군별 교육과정 성찰 결과 취합 및 공유	→	전체 모임에서 교육과정 되돌아보기

일반적으로 교육과정 전반을 되돌아보는 것은 그리 간단한 일이 아니다. 교육과정 영역이 다양하고 교사마다 교육과정에 대한 인식과 이해도 차이가 심하기 때문이다. 따라서 좀 더 밀도 있고 의미 있는 성찰이 되기 위해서는 다양한 교육활동 중 핵심적인 내용을 중심으로 선별된 주제를 제시할 필요가 있다.

교육과정 반성회 논의 주제

학교 중점 및 특색 교육 실천 전략

기타 건의사항

핵심주제
수업
&
평가

학교 문화 개선

수업, 평가를 위한 지원 사항

교육과정 성찰의 핵심은 '수업'과 '평가'이다. 따라서 주제도 수업과 평가에 초점을 맞추어야 한다. 먼저 한 해 동안 교실에서 실천했던 배움중심수업과 과정중심평가에 대해 동료 교사들과 나누고 내년도 교사 교육과정 구성 방향을 설정하는데 중점을 두고 논의해야 한다. 그리고 여분의 시간을 활용하여 내년도 학교 특색사업 실천 전략, 학교 문화 개선 등 교육과정 전반을 아우르는 주제에 대해 논의한다.

• 학년말 교육과정 성찰 주제 및 내용

주제	내용
배움중심수업 및 과정중심평가	▸ 한 해 동안 내가 실천했던 교육과정 재구성과 배움중심수업 ▸ 나의 과정중심평가 적용 사례 및 차기 연도 개선 적용 방안 협의
학생생활교육, 학생 자치회 활성화	▸ 교육적이고 효과적인 학생생활교육 사례 ▸ 학급별 학생 자치회 활성화 운영 사례
학교 행사, 창의적 체험활동, 범교과 등	▸ 창의적 체험활동 운영 및 개선방안 도출 ▸ 기타 범교과 및 교육과정과 연계된 학교 행사 협의
기타 건의사항	▸ 기타 내용

지금부터는 위 주제에 따른 5~6학년군 교육과정 성찰 사례를 구체적으로 살펴보자.

2018학년도 교육과정 성찰

5-6학년, 영어, 과학 전담

좋았고 긍정적인 점

【학급교육과정 운영, 배움중심수업, 과정중심평가, 생활교육, 학년 프로젝트, 수업 공개, 행사 등】

▸ 교육과정 재구성과 전문적 학습 공동체가 저경력 교사로서 교육과정에 대해 배울 수 있는 좋은 기회가 됨
▸ 전문적 학습공동체를 통해 학년별로 교육과정을 함께 협의, 운영, 공유할 수 있어 교육과정을 효율적으로 운영할 수 있었음
▸ 재구성한 교육과정을 실행을 위한 지원 시스템이 매우 훌륭하였음. (예산, 심리적 지원 등)
▸ 교사가 학생의 성장과정을 첨삭하여 성장배움 포트폴리오로 평가를 통지하는 방식이 배움중심수업과 잘 연계되어 좋음. 다만 본래의 좋은 취지를 살리기 위해서는 교사가 평가에 집중할 수 있도록 여건을 조성해줄 필요가 있음

▶ 학생 간 협의를 통해 규칙을 설정하는 다모임을 활용한 것이 문제해결에 매우 효과적이었음

▶ 회복적 써클이 학생 간 문제해결과 감정적 해소에 효과적이었으나, 회복적 써클을 위한 분위기 조성이 중요함

▶ 학년 프로젝트를 실행하기 위한 아낌없는 지원 시스템이 훌륭하였음

▶ 운동회가 생활 속에서 적용할 수 있는 놀이를 배울 수 있는 시간이 되어 부담없이 즐길 수 있어 좋았음. 놀이장을 만들어 운동회에서 배운 놀이를 지속적으로 할 수 있도록 하여 좋았음

아쉬운 점 및 2019. 건의 사항

『 아쉬운 점 』

▶ 활동 중심의 프로젝트가 많아 전제적으로 들뜨는 분위기가 조성됨

▶ 꾸메푸메 프로젝트와 학급 교육과정발표회 시기가 겹쳐 운영에 무리가 있었음. 시기를 조정할 필요가 있음

▶ 해당학년에 대한 경험 부족으로 평가, 수업 등이 기존 계획과 다르게 운영되어 아쉬움

▶ 배움 중심 수업을 운영하면서 기초 기본 학력 향상을 위한 방법을 논의할 필요가 있음

『 2019. 건의사항 』

▶ 신학기 배움터 다지기 기간이 길어 3일 정도로 감축하여 운영하는 것이 좋겠음

▶ 5-6학년 '다정다감 캠프'를 경험해본 학생들은 부주의한 경향이 있음. 안전문제가 우려됨. 2년마다 운영을 하거나 폐지, 한 학년 운영 등의 방식을 고려해볼 필요가 있음

▶ 재구성 프로젝트를 1학기 1개정도로 축소하면 함. 단원 내/단원 간 재구성은 대부분 매 수업마다 이루어지는 것이므로 문서로 만드는 것을 축소하였으면 좋겠음

▶ 배움중심수업과 연계한 과정평가가 어려움. 배움중심수업과 과정평가에 대한 교사 연수가 확충되면 좋겠음.(실제 사례중심, 수업 기술 등)

▶ 평가 기준안에 따라 객관성 확보를 위한 학습지 등을 만들어야 하므로 교수평 일체화가 어려움. 과정평가가 제대로 이루어지기 위해서는 기준안 등에서 체제 완화가 필요함

▶ 중간놀이 시간을 스포츠클럽과 연계하여 운영하기 위해서는 교사 간 협의를 통해 종목을 미리 정하여 형태를 갖출 수 있도록 해야 함

▶ 교사들의 효율적인 협의문화 조성을 위해서는 학년군별 연구실이 필요함

▶ 교사연구실에 온수기 설치, 학습준비물실 전구 설치

▶ 한 학급에 특별실 청소를 2실 이상 배정되지 않도록 했으면 함

▶ 운동회를 학생, 학부모, 지역공동체 모두가 참여할 수 있는 하나의 축제로 운영했으면 함

▶ 운동회와 학예회를 격년으로 운영

▶ 전교생이 합의할 수 있는 생활교육 매뉴얼이 필요함. (다모임 활용하여 학생 간 협의를 통한 규칙을 설정하고 공유)

JUST DO IT !

교육과정 반성을 통해 수면위로 드러난 문제점들은 이후 교육과정 워크숍에서 집중적으로 다루어져야 한다. 이러한 내용은 차기 연도 교육과정 혁신의 핵심 과제가 되기 때문이다. 학년별, 부서별로 경험한 문제점을 떠올리며, 해결 방안에 대해 협의하고, 결정된 사항은 교육과정 계획 수립과 운영에 적극 반영하여 교육과정 혁신의 원동력으로 삼을 필요가 있다. 함께 고민하고 해결책을 찾아가는 과정이 있었기에 공동 책임과 공동 실천을 가능하게 하는 힘이 있다.

협의 과정에 관리자들도 함께 참여하여 향후 추진 과정에서 새롭게 변형되거나 추가되는 업무가 없도록 해야 한다.

교육공동체 토론회와 마찬가지로 교육과정 성찰을 통해 협의된 내용은 학교 차원에서 반드시 실행에 옮기기 위해 다 함께 관심을 갖고 노력을 기울여야 할 것이다. 협의를 통해 결정된 내용을 실행에 옮기는데 학교별로 다양한 장애요인이 있을 것이라 생각된다. 각 학교별 상황에 맞는 저마다의 문제해결 과정을 찾아가는 것이 중요하며 이 과정에서 서로 마음을 모아 협력하고 극복해나가고자 하는 의지가 무엇보다 필요하다.

기존에 계획되어 있던 '많은 양'의 업무보다 갑자기 '끼어드는' 업무에 대해 교사들은 더 많은 업무적 스트레스를 느끼는 것을 종종 경험한다. 교육과정 반성 과정을 통해 도출된 문제점을 충분히 심사숙고하여 차기 연도 교육과정에 반영하였을 경우, 업무 추진이 어렵고 복잡하더라도 불평이나 문제제기가 비교적 덜 한 편이다. 하지만 관리자에 의해, 담당자에 의해, 학부모에 의해 즉흥적으로 제안되는 업무는 진행 과정에서 상당한 진통을 겪는다.

물론 교육 활동이 계획대로만 진행될 가능성은 낮고 탄력적인 접근방법을 취하는 것은 당연한 이치지만, 이는 사전에 충분한 숙의과정을 통해 '계획된 범위' 내에서의 수정이기 때문에 충분히 납득될만한 것이며, '새롭게 판을 짜야하는' 돌발적인 제안은 교사의 심리적인 업무 스트레스를 가중시켜 본연의 교육활동에 집중할 수 없도록 만드는 장애요인이 되고 만다.

따라서 교육과정 반성회를 적극 활용하여 변화가 필요한 학교 교육활동에 대해 '미리' 고민하고 학교 교육의 큰 그림을 그려나가는 과정은 매우 중요하다. 얼마나 구체적이고, 체계적으로 교육과정을 계획하느냐에 따라 갑작스런 내용 변경도 줄어들 것이며, 수정해야 할 사항에 대해서도 잘 대처할 수 있기 때문이다.

그리고 또 한 가지 중요한 점은 이러한 성찰과 숙의 과정을 거쳐 결정된 사안들은 학기 중 또 다시 소모적으로 의논하기보다 일단 실행해 나가야 한다는 것이다.

구슬도 꿰어야 보배다. 아무리 좋은 계획이라도 실행하지 않으면 의미가 없다. 계획은 완벽할 수 없기에 수정 사항이 생기면 함께 협의했던 내용을 기반으로 조금씩 양보하고 협조하며 개선해 나가면 된다. 사전에 계획한 큰 그림을 보고 나아가는 것이기 때문에 몇 번의 수정된 붓 터치로 길을 잃지는 않을 것이다. 숲을 보며 천천히 그리고 묵묵히 걸어가다 보면 길이 열릴 것이라 믿는다. 모든 학교와 교사들이 변화를 두려워말고 계획된 길을 따라 JUST DO IT의 마음으로 전진하길 응원한다.

Episode3.

비전을 공유하고 신념을 나누는

학교 교육과정 위원회

- 무엇보다 중요한 학교 교육과정 위원회와 워크숍 -

학교 교육과정 편성 과정은 한 사람의 열 걸음보다 열 사람의 한 걸음에 더 큰 의미를 부여해야 한다. 그리하여 학교 교육활동의 비전과 가치를 구성원이 함께 공유해 나가야 한다. 이처럼 '혼자'가 아닌 '같이'의 가치에 집중하는 것, 학교 교육과정 위원회와 워크숍이 존재하는 이유이다. – 본문 중 –

Episode3. 비전을 공유하고 신념을 나누는 학교 교육과정 위원회
- 무엇보다 중요한 학교 교육과정 위원회와 워크숍 -

들어가는 말

　교육기관인 학교에서도 행정기관 못지않게 다양한 위원회가 존재한다. 업무별로 반드시 조직해야할 위원회수도 여러 개라 이름조차 다 기억하기 힘들 정도다. 담당자는 2~3개의 위원회를 관리해야 하고 웬만한 위원회에 모두 포함된 부장 교사들은 모임에 치여 늘 과부하가 걸려 있다. 사정이 이렇다 보니 학교에서 이루어지는 위원회에 형식적으로 참여하거나 계획만 세워두고 '했다 치고'식 운영이 많은 것도 사실이다. 이러한 까닭에 수업과 평가, 상담 등 가장 본질적인 교육활동을 준비하기에도 부족한 시간이라 각종 위원회는 빛 좋은 개살구가 되고 있다.

　하지만 가장 주목해야 하는 위원회가 있다. 바로 학교 교육과정 위원회이다. 학교 교육과정 위원회는 교육과정의 합리적 편성과 효율적 운영을 위해 교육과정 총론에 명시되어 있는 조직으로써 학교장의 교육과정 편성, 운영, 의사 결정에 자문 역할을 담당한다. 아마 학교별로 학교 교육과정 위원회가 없는 학교는 없을 것이다. 다만, 겉만 요란한지 내실 있게 운영되고 있는지는 두고 볼 일이다. 중요한 것은 학교 교육과정 위원회의 존재 여부가 아닌 목적에 맞는 실제적인 운영 여부이기 때문이다.

　Walker(1971)는 교육과정 개발 모형인 '숙의 모형'을 통해 실제 교육과정 편성 과정의 문제점을 지적하였다. 많은 경우 구성원들 간의 의견 제시, 대안 탐색, 합의 도출로 연결되는 숙의 과정 없이 교육과정 상세 계획이 수립된다는 것이다. 또한 교육과정 담당자와 일부 '열심 있는' 교사들이 중심이 되어 '그들만의 교육과정'이 되는 현상을 비판하였다.

　학교 현장에서 실제로 교육과정이 편성되는 과정은 Walker의 지적과 별반 다르지 않다. 많은 경우 학교 교육과정은 연구부장만의 교육 과정이 되기 십상이다. 하지만 학교 교육과정이 본연의 의미를 가지기 위해서는 '소수의 결과물'이 아닌 '함께 만들어가는 교육과정'이 되어야 한다. 그 첫 걸음에 학교 교육과정 위원회가 있다. 구성원 모두가 자발적으로 참여하여 비전과 신념을 공유할 수 있는 학교 교육과정 위원회를 조직·운영하는 것이 '함께 만들어가는 교육과정'을 위한 핵심 과제이다.

학교 교육과정 편성 과정은 한 사람의 열 걸음보다 열 사람의 한 걸음에 더 큰 의미를 부여해야 한다. 그리하여 학교 교육활동의 비전과 가치를 구성원이 함께 공유해 나가야 한다. 이처럼 '혼자'가 아닌 '같이'의 가치에 집중하는 것, 학교 교육과정 위원회와 워크숍이 존재하는 이유이다.

학교 교육과정 위원회의 본질을 찾아서

2015 개정 교육과정 총론과 해설서를 살펴보면서 학교 교육과정 위원회 존재의 목적과 방향에 대해 보다 자세히 살펴보자.

2015 개정 교육과정 총론에 제시된 학교 교육과정 위원회는,

❶ 모든 교원이 전문성을 발휘하여 참여해야 한다.
❷ 학교 교육과정은 민주적인 절차와 과정을 거쳐 편성한다.
❸ 학교 교육과정 위원회는 학교 교육과정의 합리적 편성과 효율적 운영을 위해 구성·운영 되는 조직이다.
❹ 학교장의 교육과정 운영 및 의사 결정에 관한 자문 역할을 담당한다.
❺ 민주적 절차와 과정에 따라 모든 교직원이 능동적, 자율적으로 참여하는 합리적인 운영(방법)을 모색하여야 한다.

위 다섯 가지 요소는 학교 교육과정 위원회의 목적, 내용, 운영 방법을 포함하고 있다. 다섯 가지 요소에 비추어 우리 학교 실태를 분석해본다면 개선 방안을 찾아낼 수 있을 것이다.
좀 더 간결하게 본질을 인식할 수 있도록 키워드를 중심으로 다음과 같이 정리 할 수 있다.

❶ 모든 교원 ❷ 민주적 절차와 과정 ❸ 합리적 편성과 효율적 운영
❹ 의사 결정 ❺ 능동적, 자율적 ❻ 합리적 운영

❶ 모든 교원 - 학교 교육과정 위원회는 모든 교원이 참여하여 학교 비전과 철학을 공유하고 자신의 교육 신념을 나눌 때에만 제 기능을 발휘할 수 있다. 연구부장과 일부 담당자들만 편성 과정에 참여한다면 교육과정은 캐비닛 속에서 잠자는 '캐비닛 교육과정'이 되고 만다. 교육과정이 잠에서

깨어나 교육활동의 나침반이 되기 위해서는 교육과정 속에 우리의 이야기, 우리의 목소리를 담아야 한다. 모두의 목소리를 담는 것, 그것은 모든 교원의 참여를 전제로 한다.

❷ 민주적 절차와 과정 - 학교 교육과정 편성·운영이 민주적으로 이루어지기 위한 핵심 질문은 다음과 같다. 첫째, 교육공동체인 교사, 학부모, 학생 및 지역의 요구와 필요를 반영하고 있는가? 둘째, 학교 구성원이 자유롭게 자신의 의견을 표현할 수 있는 통로가 있는가? 셋째, 쟁점이 되는 교육 현안 문제에 대해 충분한 숙의 과정을 거치는가? 위 세 가지 질문에 함축되어 있듯이 민주적인 절차와 과정은 교육 공동체의 의견이 반영될 수 있는 수단이자 학교 교육과정 위원회를 통해 달성하고자 하는 목표이다.

　민주적 절차와 과정을 위해서는 우선 다양한 의견을 경청하고 반영하는 학교 문화가 조성되어야 한다. 군대에서 있었던 일이다. 어떠한 문제가 생겼을 때 나는 내 '생각'을 이야기 했다. 하지만 상관은 그건 '니' 생각이라고 했다. 지위가 아닌 의견 자체를 존중하는 문화가 조성될 때 진정한 의미의 '민주적 절차와 과정'이 가능하다는 것을 잊어서는 안 된다.

　오늘날까지도 여전히 일선 학교에서 교육과정 편성 과정이 폐쇄적이며 경직된 형태로 운영되는 것은 아닌가 반성해본다. 잘못된 관행은 바로 잡아야 한다. 학교 교육과정 위원회의 민주적 운영을 기초로 교육과정 혁신과 수업 혁신을 도모해야 한다.

❸ 합리적 편성과 효율적 운영 - 교육과정도 합리적으로 편성해야 한다. 감정과 정치보다는 논리와 이성에 근거한 결정이 필요하다. 학교 교육과정을 편성하는 의사결정 과정이 불합리한 신념, 영향력을 가진 소수의 의견, 감정적인 주장 등 비합리적인 요인을 최소화하고 이성적인 사유 과정에 따라 이루어졌을 때, 학교 교육과정이 합리적으로 편성될 수 있다. 학교

교육과정 위원회는 합리적 편성의 중요성을 바르게 인식하고 이를 구현하기 위한 노력을 기울여야 한다. 또한 합리적인 편성 과정을 거쳐 수립된 학교 교육과정은 효율적으로 운영해야 한다. 하지만 이번 챕터에서는 학교 교육과정의 운영보다 '편성'에 주안점을 두고 있으므로 운영과 관련된 효율성은 별도로 다루지 않겠다.

❹ 의사 결정 - 교육과정이 자율화되어 가는 추세에 따라 단위 학교의 역할과 권한도 한층 더 강화되고 있다. 과거의 의사결정이 일방적이고 획일적이었다면 최근의 의사결정은 상호작용과 다양성을 추구한다. 이러한 의사결정 방식의 변화는 단위 학교 중심 의사 결정 시스템을 지향하게 되었다.

학교 교육과정에 대한 최종 의사 결정 권한은 학교장에게 있다. 하지만 총론의 문구가 학교장 혼자만의 결정을 의미하는 것은 아니다. 학교 교육과정 위원회를 통해 의사 결정에 관한 자문을 구하도록 한 것은 교직원의 참여를 통한 상호 작용과 다양성을 확보하고자 하는 것이다. 따라서 의사 결정 과정에는 교직원의 참여가 보장되어야 한다. 함께하는 의사 결정은 구성원의 공감과 이해를 충족시키기에 효과적인 장치이다.

특별히 교육과정 전문가인 교사가 학교 교육과정을 편성하는 의사결정 과정에 참여하는 것은 교사 전문성의 핵심이자 책무라 할 수 있다.

❺ 능동적, 자율적 - 말을 물가에 끌어다 놓을 수는 있어도, 물을 마시게 할 수는 없다. 물이 마시고 싶지 않은 말은 억지로 물가에 끌어다 놓아도 물을 마시지 않는다. 어떻게 하면 스스로 물을 마시게 할 수 있을까?

학교 교육과정 위원회도 마찬가지다. 교직원을 회의 자리에 억지로 앉히는 것은 그다지 어려운 일은 아니다. 하지만 능동적, 자율적으로 회의에 참여하게 만드는 것은 쉬운 일이 아니다. 하고 싶어서 하는 일과 억지로 시켜서 하는 일의 차이는 하늘과 땅 차이다. 그 차이를 알기에 총론에서도 참여자의 능동성과 자율성을 강조하는 것이다.

말이 물을 마시게 하는 방법은 갈증을 느끼게 하는 것이다. 학교 교육과 정 위원회에 참여하는 위원들에게 교육과정에 대한 갈증을 느끼게 도와주 어야 한다. 학교 교육과정을 운영하며 느꼈던 문제점을 함께 나누고, 공감 하는 시간을 가져야 한다. 그리고 의견을 제시하여 실제 교육활동이 변화 하는 재미를 느낄 수 있도록 해 주어야 한다.

물론 교육 전문가로서 교사는 당연히 학교 교육과정 운영에 자발적이고 능동적으로 참여해야 한다. 하지만 자발성과 능동성은 강요한다고 해서 생기는 것이 아니다. 학교 문화를 개선하고 제반 여건을 마련할 때 가능해 진다. 문화와 여건을 만들어가는 것, 총론에서 합리적인 방안을 '모색'하라 는 이유도 거기에 있지 않을까?

학교 교육과정 위원회에서 이루어지는 문제 해결 및 의사 결정 과정에 '능동적이고 자율적'으로 참여하는 것은 더 이상 교사의 선택이 아니라 필 수 요건이며, 학교 자치·교육과정 자율화·대강화 정책의 현장 안착을 가 능하게 하는 핵심 동력이다.

기존에는 주어진 교육과정을 교과서를 매개로 전달하는 역할이 교사에 게 기대되었다면, 앞으로는 교육과정을 해석하여 학교의 환경과 형편에 적합한 교육과정을 개발하고 적용하는 역량을 요구하게 될 것이다. 이러 한 변화는 이미 시도교육청 정책에 반영되어 교육과정 문해력이나 교사 수준 교육과정으로 우리 곁에 다가와 있다. 교육과정 개발자로서 교사는 교육과정을 편성하는 과정에 능동적이고 자율적인 태도를 보여주어야 한 다. 교과서를 단순히 전달하는 '수동적'인 위치에서 벗어나 학교 및 교사 교육과정 편성 운영의 주체로서 '능동적이며 자율적인 전문성'을 발휘해 야 할 필요가 있다.

이상으로 학교 교육과정 위원회의 본질에 대해 총론을 기준으로 살펴보았다.

학교 교육과정 위원회가 중요한 이유는 학교의 교육 비전과 가치, 내용과 방법, 평가와 지원 등 학교에서 이루어지는 교육 활동의 모든 것을 다루는 '교육과정'을 만들어가는 구심점이기 때문이다. 학교 교육과정 위원회의 작동 원리와 방식 따라 학교 교육력이 좌우 된다.

학교 교육과정 위원회는 학교의 싱크 탱크이다. 우리는 지금부터라도 학교 교육과정 위원회의 중요성을 바르게 인식해야 한다. 모든 교원은 전문성을 발휘하여 능동적이고 자율적으로 의사 결정 과정에 참여해야 하고, 위원회는 민주적이고 합리적인 운영 방법을 모색하여 학교 구성원의 자발성과 능동성을 이끌어내야 한다. 함께 모여 머리를 맞대고 집단 지성을 발휘할 때, 지금까지 왜곡된 형태로 운영되어왔던 관행적인 문제들이 바로잡히고 학교 교육의 본질 또한 회복할 수 있을 것이다.

열 사람의 한 걸음, 교육과정 워크숍

학교 교육과정 위원회가 구성·운영되는 과정에서 빠질 수 없는 것이 워크숍이다. 수업을 마치고 하는 협의에는 시간과 체력의 제약이 있기 때문에 방학이나 저녁 시간을 활용하여 밀도 높은 토의를 가능하게 하는 워크숍이 필요한 것이다. 워크숍의 실효성을 제고하기 위해서는 전후 준비와 정리 과정에 대한 세밀한 계획 수립이 필요하며, 학교 교육과정의 전체적인 편성 일정과 유기적인 연계 속에서 실행되어야 한다.

교육과정 워크숍을 살펴보기 전, 교육과정 해설서에 제시된 일반적인 학교 교육과정 편성·운영의 절차와 과정을 간단하게 정리하여 살펴보자.

〈 학교 교육과정 편성·운영 과정(해설서) 〉

① 준비 단계	1. 학교 교육과정 위원회 조직·운영 2. 기초 조사 - 전 학년도 학교 교육과정 평가 결과 분석을 통한 시사점 도출 - 계획 수립, 기초 조사 실시, 결과 분석, 시사점 반영

⇩

② 편성 단계	3. 편성 계획 ◦ 구성 체제 및 편성 절차 결정 - 학교 교육과정의 편성·운영 방향, 교과, 창의적 체험활동의 지도 등 4. 기본 방향 설정 - 학교의 교육 비전, 학교 교육 목표, 교육 중점 과제 등 5. 학교 교육과정 시안 작성 - 편제와 시간 배당, 학년군, 교과(군) 교육 활동 편성 계획, 창체 편성 계획 등 6. 시안 검토, 심의 확정

⇩

③ 운영 단계	7. 교과 운영 - 교과(군) 수업 시수 증감 운영, 교육과정의 재구성, 역량 함양 교육 강화 등 8. 창의적 체험활동 운영 9. 범교과 학습 운영 10. 운영 관련 기타 사항

⇩

④ 평가 단계	11. 학교 교육과정 평가와 개선 ◦ 학업 성취도 평가, 학교 교육과정 평가, 학년(군) 및 학급 교육과정 평가 등 ◦ 개선점 추출, 다음 해의 편성·운영에 반영

　교육과정 편성 운영과정은 크게 ① 준비 단계, ② 편성 단계, ③ 운영 단계, ④ 평가 단계로 구분할 수 있으며, 이번 챕터에서는 ① 준비 단계와 ② 편성 단계를 중심으로 자세히 살펴보고자 한다.

　위에 제시된 편성·운영 단계는 세부 내용들이 비교적 복잡하고 세분화되어 있어 교사에게 막연한 두려움을 압박감을 안겨준다. 행정적 절차에 노력이 집중되다보니, 학교 교육과정 위원회의 본질적인 요소들인 민주적 절차와 과정, 능동적·자율적 참여 등이 상대적으로 경시되는 것을 종종 목격한다. 외형에 집중한 나머지 본질을 놓치는 실수를 범하는 것이다. 때론

마감 시간에 쫓기거나 실제적인 방법을 몰라 작년과 비교하여 시수만 바꾸어 넣는 것에 그치기도 한다. 숙의와 강령 단계 없이 표면적으로 드러나는 교과별 시수 맞추기, 중점교육활동 수립, 업무 계획 세우기 등의 단계만으로 학교 교육과정 편성이 이루어지는 문제가 생기는 것이다. 이는 본질보다 절차적 형식에 매몰되어 나타나는 현상이다.

교육과정 편성의 핵심은 구성원 간 학교 교육 비전 공유와 소통과 공감 과정임을 분명히 인식해야 한다. 복잡한 절차와 과정에 매몰되어 본질적 가치를 놓치지 않기 위해 선택과 집중이 필요하다. 또한 모든 교원들이 함께 참여하는 과정이 되기 위하여 과정과 절차를 간소화해야 한다.

함께 만들어가는 교육과정을 위해 시도교육청별로 다양한 도움자료를 개발하여 보급하였지만, 그 중 강원도 교육청 장학자료인 '함께 만드는 학교 교육과정 실천 설명서-2월에도 꽃은 핀다'에 제시된 단계를 소개하고자 한다.

〈 함께 만드는 학교 교육과정 절차 – 2월에도 꽃은 핀다 〉

몇몇이 모여 만드는 '그들만의 교육과정'이 아닌 학교 구성원 모두가 참여하고 실천하는 우리의 교육과정이 되어야 합니다.		
[1단계] 학교 철학 씨앗 뿌리기	[2단계] 학교철학 꽃 피우기	[3단계] 학교 철학 열매 맺기
· 교육에 대한 생각 열기 · 우리 학교 교육과정 되돌아 보기	· 학교 철학 세우기	· 교육 목표 및 중점 활동 구체화하기 · 학년(군) 교육과정 구성 · 교과교유과정 재구성
'학교의 핵심 가치'는 학교 교육과정 편성·운영 전체에 반영되는 우리 학교 구성원들의 공유된 가치를 말합니다.		

본교에서는 교육과정 반성, 설문조사 및 분석 등을 워크숍 전에 완료하고 워크숍에서는 위 제시된 세 단계의 내용을 모두 다루었다. 워크숍 후에는 의논된 내용을 바탕으로 교육과정 시안을 작성했다. 이후 학년 및 교사 교육과정을 편성·운영하고 평가하는 시간을 가졌다. 이러한 일련의 과정 속에서 본교는 비전과 신념의 공유 및 차기 연도 교육활동의 구체적인 윤곽 수립에 중점을 두었다.

본교 학교 교육과정 편성 과정을 '워크숍 중심'으로 도식화하면 다음과 같다.

〈 워크숍 중심 학교 교육과정 편성 과정 〉

·교육공동체토론회 ·기초조사 설문 ·당해 연도 교육과정 및 업무 성찰 ·학교교육과정 위원회 구성	학교의 비전, 교육철학, 가치 설정 및 공유	학교 주요 교육활동 구체화	학교 세부 교육활동 구체화 및 마무리	·학교교육과정 문서 작성 ·워크숍에서 협의된 내용 문서화 및 공유	·새 학기 맞이 주간 운영 - 학교 교육과정 연수 - 교사 교육과정 구성
	1차	2차	3차		
	학교 교육과정 편성을 위한 워크숍				
<기본 전제> ❶ 모든 교원 ❷ 민주적 절차와 과정 ❸ 합리적 편성과 효율적 운영 ❹ 의사 결정 ❺ 능동적, 자율적 ❻ 합리적 운영(방법)					

위 과정에 따라 운영된 본교의 사례를 살펴보자.

· 자발적인 참여로 구성된 학교 교육과정 위원회 밴드

통상 11월쯤 학교 교육과정 위원회가 구성되는데, 지금까지 본교는 업무부장과 학년부장을 중심으로 구성하였다. 계획서에는 모든 교원에게 역할이 부여되었지만, 실제 운영은 부장을 중심으로 소수의 의견만이 반영되었던 것이다. 워크숍의 운영 내용도 실제 교육과정을 협의하기보다 친목

여행의 성격이 강했다.

구태의연한 관행을 극복하기 위해 새로운 변화가 필요했다.

모든 교원의 참여를 유도하기 위해 1~3차 워크숍 일정을 함께 조율하기 시작했다. 워크숍이 방학 기간이라 일정 조정에 어려움은 있었지만, 1박 2일 집중적으로 운영되는 3차 워크숍에 최대한 많은 교원이 참석할 수 있도록 날짜를 선정하고 이후 핵심 위원의 일정을 고려하여 1, 2차 워크숍 날짜를 결정하였다. 방학 중 운영되는 1~3차 워크숍 날짜가 확정된 후 다음과 같이 안내하였다.

> "선생님, 1차 2차 3차 워크숍 날짜가 결정되었습니다. 3번 모두 참석하지 않으셔도 됩니다. 각자의 일정에 맞춰 한 번도 좋고 두 번도 좋습니다. 원하시는 선생님들께서는 참석하여 주시되, 내년도 학교 교육과정 편성 과정에 전문성을 발휘하여 함께 하시고 싶으신 분께서는 꼭 참석하여 주시면 좋겠습니다."

기존에 친목을 목적으로 반 강제적인 1박 2일 워크숍 여행은 참석률이 저조하였지만, 자율을 바탕으로 교육과정을 함께 만들어가자고 제안했을 때, 거의 모든 교원들이 자발적으로 신청하였다. 물론 학교가 역동적으로 변화되었고 교직원 간 친밀한 관계 형성이 전제되었겠지만, 교사의 전문성과 자율성을 인정하고 존중했을 때 참여율은 월등히 상승하였다. 그리고 '각자의 일정에 맞추어 한번이라도 좋으니 함께 마음을 모으자' 제안한 것이 자발적 참여를 높이는 동기가 되었다. 세 번의 워크숍 모두 참석하는 것은 부담스럽지만 한 두 번은 참석하고자 하는 의지가 있었고, 교사로서 마땅한 책임이라고 여겼던 것이다. 작고 사소한 배려, 부드럽고 섬세한 운영 방식이 생각과 마음을 움직이는 법이다.

이렇게 자발적으로 참여를 희망한 선생님들과 함께 밴드를 개설하였다.

< 자발적인 참여로 구성된 교육과정 위원회 밴드 >

밴드 운영의 목적은 '함께' 하기 위함이다. 개인적인 사정으로 1차 워크숍에 참석하지 못하더라도 그때 의논되었던 중요한 내용을 함께 공유함으로써, 2·3차 워크숍에서 동일한 출발선에서 시작할 수 있기 때문이다. 밴드를 통해 학교 비전을 공유하고 서로의 의견을 효과적으로 나눌 수 있었다. 그리고 밴드에는 교육과정 편성을 위한 기초조사 설문 결과, 교육과정 성찰 결과, 업무 반성 자료, 지역교육청 편성운영 지침 및 도움자료, 장학자료 등 필요한 정보를 사전에 제공하여 교사의 교육과정 문해력과 역량을 강화하기 위한 플랫폼으로도 활용하였다.

1차 교육과정 워크숍 후, 밴드에 탑재된 내용 (1월 5일, 10:00 ~ 16:00)

[1차 워크숍 토의 결과 요약]

1. 학교는 어떤 모습이어야 하는가?
 - 현재의 모습은 소통과 협력이 부족하지만 민주적인 방향은 옳고, 앞으로는 개선점을 찾아 고쳐 나가야 한다
2. 학생들의 기본생활습관에 대하여
 - 기본(학습,생활)이 지켜지는, 어울려 살아가는 힘을 길러주어야 한다.
 - 학생 생활 교육에 대한 공감을 모든 교사가 해야 한다.
 - 규칙 준수에 대해 학생들 스스로 공감할 수 있는 수업적 접근이 필요하다.
 - 믿음을 가지고 변화할 수 있는 지도를 지속적으로 해야 한다.
3. 학교의 비전, 바라는 인간상
 - 민주적인 어린이, 미래지향적 역량을 갖춘 어린이,
 - 협력하는 어린이, 소통하고 공감하는 어린이, 꿈을 이루어가는 어린이
4. 우리가 바라는 학교
 - 민주적인 가치가 실현되는 학교, 어울려 살아가는 힘을 길러주는 학교
 - 배움이 즐거운 학교 – 꿈꾸며 성장하는 학교

〈 1차 워크숍 장면 〉

3차 교육과정 워크숍 (1. 18. ~ 19. / 남해 일원)

3차 교육과정 워크숍은 학교 교육계획서(교육과정) 작성 전 마지막 협의 시간이다. 1·2차 협의 내용을 바탕으로 구체적인 실천 방안들을 확정짓는

자리이기도 하다. 1박 2일 동안 밀도 있게 토의를 진행할 수 있고, 학교 교육활동의 핵심적인 것들이 결정되는 자리인 만큼 1·2차에 비해 많은 교원이 참여할 수 있도록 권면하였다. 보다 효율적인 운영을 위해 1,2차 워크숍 요약 자료와 워크숍에서 논의되어야할 안건을 미리 요약하여 참고 자료로 제공하였다.

3차 워크숍 자료

1·2차 학교 교육과정 위원회 협의 결과 요약

3차에 걸친 교육과정 위원회의 협의 결과는 2018학년도 학교 교육과정 수립, 부서별 업무 추진, 수업과 생활지도가 추구해야 할 방향성을 제시하는 나침반의 역할을 하게 됩니다. 숙의 과정을 거쳐 도출된 세부 내용들을 토대로 교사들 각자가 학급교육과정을 재구성하고 업무를 추진하는 기준으로 활용되는 것입니다. 행정 업무의 간소화 차원에서 협의 결과를 적극 활용하여, 추후 진행되는 업무 추진에서 불필요한 반복 논의가 발생하지 않도록 개별 교사의 지혜로운 활용이 필요하다 생각됩니다.

□ 1차 워크숍 결과

영역 구분	세부 내용	
학교 비전	· 공통되는 가치 : 배움, 행복, 삶, 성장, 공감	
바라는 인간상	· 공통되는 인간상 : 민주적인 어린이, 미래지향적 역량을 갖춘 어린이, 협력하는 어린이, 소통하고 공감하는 어린이, 꿈을 이루어가는 어린이	
바라는 학교	민주적인 가치가 실현되는 학교	존중, 자율성, 책임감, 의사결정권, 소통, 다양성
	어울려 살아가는 힘을 기르는 학교	인성, 협력, 교육공동체, 배려, 소통, 예의
	배움이 즐거운 학교	놀이, 배움중심수업, 다양한 체험, 기초기본, 기초학력, 생각하는 힘
	꿈꾸며 성장하는 학교	꿈, 사랑, 개성, 모두가 주인공이 되는

□ 2차 워크숍 결과

영역 구분	세부 내용
형식적인 장부 기록의 최소화	▸ 수당이 지급되지 않는 영역의 장부는 과감히 삭제 또는 간소화 ▸ 학교스포츠클럽장부: 급식, 양치처럼 학생 스스로 기록
학년 교육과정과 연계한 현장체험학습	▸ 학년 및 학급 교육과정과 연계한 프로젝트형 현장체험학습 운영 (2월 말, 교육과정 재구성 필수) ▸ 학생의 자발적인 참여 의지를 높이고 다양한 의견을 수렴하여 결정 (3월 초) ▸ 학급 교육계획에 의한 현장체험학습의 활성화 지원 ▸ 2월 학운위 때는 원칙적인 내용 등 큰 틀을 정하기 / 3월 중간쯤에는 학생들 의견 수렴 기회필요
민주적인 업무추진 문화	▸ 교사의 의견을 자유롭고 다양하게 말할 수 있는 분위기와 기회 제공 ▸ 인평대토론회(교사, 학생, 학부모의 주인의식, 참여 기회 확대)와 같은 소통의 기회 필요 ★ 부서중심의 업무추진과 민주적인 협의 문화 ★ 업무 추진 절차(안) ① 교직원 전체 협의(주요 논의사항을 형식에 구애받지 말고 간단히 요약 정리) ➡ ② 추진계획 수립(부장 중심 업무 추진), 1차 검토 ➡ ③ 교직원 전체 안내 및 수정·확정 ➡ ④ 결재 ※ 담당자 및 담당 부장에게 업무 추진 권한 위임, 추진 과정에서의 수정 최소화 ※ 업무의 중요도와 익숙함의 정도에 따라 1~3번 과정 선택적으로 생략 가능
탄력적인 수업 운영	▸ 학교 오는 날은 급식을 할 수 있도록 영양교사와 협의 ▸ 단축기를 가지기보단 초등학교 생활 패턴을 점진적으로 적용하여 학생들이 적응하도록 장려(1학년 오후시간 및 수업내용을 유동적으로 운영 색칠공부, 낮잠시간 등), 개학식·방학식·종업식은 3교시 운영 ▸ 전담시간의 모호성: 기본시간표 vs 나이스 연간 시간표 ▸ 학기 첫 주, 마지막 주 전담 수업 제외, 기타 수업을 기본시간표에 맞게 운영
창의적 체험활동 운영	▸ 창의적 체험활동 교재 구입 (한자: 올해와 동일, 한자 교과서 다음 학년으로 연계, 보건 교재 구입, 행복 교과서 구입, 1학년 적응 교재는 미구입, 활동중심으로 재구성하여 활용) ▸ 1학년 적응시수가 많고, 통합교과와 중복됨, 편성시 학년 교사들 의견 반영
놀이 시간 확보	▸ 매일 다르게 하는 것은 오히려 복잡 ▸ 저학년, 고학년 시간과 장소를 구분할 것인가? ▸ 학교에서 보드게임 많이 구입하여 우천시 활용 ▸ 완전 자율 vs 틀 정해주기 ★ 학교스포츠클럽과 연계할 것인가?, 교사의 개입이 필요한가? 필요하다면 어느 정도 선까지 할 것인가?

기타 의견	▶ 뒤뜰 야영 추진 (학생, 교사의 만족도가 매우 높음) ▶ 학부모 참여 활동의 확대 ▶ 학교 차원의 교육과정 재구성 지원 및 관리 필요 ▶ 재능기부를 활용한 창체 동아리 활성화 ▶ 08:50분 등교, 조기 등교 학생을 위한 프로그램 마련 ▶ 청소년 그린리더 양성과정 (연대도 에코 체험활동), 4학년 2/6일까지 신청 ▶ 업무 및 학년 인수 인계 (2월 중, 지정 컴퓨터 파일 보관) ▶ 학급 교육과정 운영비 배분 (행복맞이 예산 활용) ▶ 수업공개에 지도안 결재 없음, 특정 주간 없음 ➡ 학년군 사전 사후 협의 강화 ▶ 예술 강사 연극 170H (화요일, 1~6학년, 시수 배분)
주요 행사 추진 방향	★ 운동회 : 전체 운동회 / 레크레이션 강사 활용 / 수업 결손 최소화 ★ 학예회 : 학급 교육과정 발표회 / 교육활동 결과물을 발표하는 기회로 활용 공연 중심의 프로그램 축소 ★ 과학의 날 행사 : 학교 대표 학생 선발(3월 3주)과 구별하여 운영 　흥미, 체험, 활동 중심의 수학·과학 페스티벌 형태의 운영 / 별도의 시상 없음

□ 3차 워크숍 주요 협의 안건

영역 구분		세부 내용
학년 학급교육과정 경영록		– 무엇으로 대신할 것인가? 수준과 범위, 현장 활용성, 수업과 평가, 본질 담기
행복맞이 학교 운영 S/W 선도학교		– 집중해야 할 것은?
회복적 생활교육 적용방안		– 목적, 방법, 내용
전문적 학습공동체		– 학년군 학습공동체 활성화 방법
교수평 일체화	학년, 학급 교육과정 재구성	– 효과적인 방안 공유
	과정중심 수시평가	– 학부모 대상 안내, 평가포트폴리오, 다양한 교육활동의 결과를 담 아낼 수 있게
놀이 문화 활성화		
학교스포츠클럽		– 장부, 실질적인 참여를 높이는 방안
수학과학페스티벌 (steam 페스티벌)		
프로젝트 시상		– 목적, 방법, 내용, 시기
학생 주도 동아리 운영 자치 활동		– 변화가 필요한 지점은?

3차 교육과정 워크숍 장면

3차 워크숍에서는 다루어야 할 내용을 어떤 형태로든지 마무리 지어야 끝나는 '끝장 토론' 방식을 활용한다. 중요한 안건에 대해서는 당장 계획서를 작성하고 실천할 수 있는 수준까지 함께 이야기하고, 보다 중요성이 덜하거나 시기적으로 2학기에 운영되는 교육활동의 경우 방향만 결정하고 넘어가는 형태로 운영의 효율성을 발휘했다.

워크숍 진행 방법도 중요하다. 만약 학교 협의 문화가 어느 정도 성숙되어 있다면, 유연하고 자유로운 토론도 좋겠지만 그렇지 않은 학교에서는 포스트잇을 활용한 월드 까페 형태나 소그룹을 활용하는 방법이 좋다.

3차 워크숍에서 다루어진 내용은 잘 정리하여 추후 학교 교육교육과정과 업무 추진 기준으로 활용된다. 따라서 세밀하게 기록하고 밴드에 탑재하여 모두가 공유할 수 있도록 해야 한다. 그래야 향후 불필요한 재논의가 발생하지 않고 교육활동도 효율적으로 추진할 수 있게 된다. 또한 워크숍에서 논의된 내용은 학교 교육과정에 적극 반영하고 나아가 실현의 책임이 '모두에게' 있음을 강조하여 원활한 실천을 도모할 필요가 있다.

운동회에서 2인 3각 경기에 참여한 적이 있다. 두 명이 한 몸이 되어 보폭을 맞추어 앞으로 걸어간다. 나 혼자 빨리 걸어가면 걸음이 꼬여 넘어지고 만다. 잘 걸어가기 위해서는 옆 사람과 같은 호흡으로 걸어야 한다. 옆 사람과 같은 보폭으로 걸어야 한다. 학교도 마찬가지다. 조금 느리게 가더라도 함께 걸어야 한다. 함께 걷는 걸음은 느리지만 힘을 가지고 있다. 십시일반이라는 말처럼 함께하는 일은 혼자가 할 수 없는 힘을 가지고 있다.

함께 하기에 어려운 일도 쉽게 할 수 있다. 교육과정 워크숍에서 한 사람의 열 걸음이 아닌 열 사람의 한 걸음이 중요한 이유이다.

비전과 신념을 공유한다는 것은

비전과 신념의 공유가 필요한 이유는 학교의 존재 목적으로부터 기인한다. 학교는 교육하는 장소이며 교육은 상호작용의 과정이다. 교육은 본질적으로 관계(교사 – 학생, 학생-학생, 교사 – 교사, 교사 – 학부모 등)를 기초로 한 유의미한 상호작용 과정이기에, 비전과 신념의 공유가 필요하다. 학교 구성원이 같은 마음과 같은 생각을 공유하는 '공동체'로 세워진다면, 학교는 행복한 배움터가 되고 갈등과 반목은 지금보다 현저히 줄어들게 될 것이다. 상명하복의 '행정조직'을 넘어 교육 철학과 신념을 공유하는 '교육공동체'가 되기 위해서는 적극적으로 소통하고 협력하는 과정이 반드시 선행되어야 한다.

아래 질문에 대한 답을 찾아가는 과정에서 우리는 구성원 간 비전과 신념 공유의 중요성과 의미를 보다 구체적으로 마주하게 된다.

- 학교는 관료 조직인가, 교육 공동체인가?
- 교사는 국가와 관리자의 명을 받아 움직이는 수동적인 존재인가, 교육 철학과 신념을 바탕으로 동료와 함께 교육과정을 개발하고 적용하는 능동적인 존재인가?
- 교사의 전문성은 수동적일 때 발휘되는가, 자율적일 때 발휘되는가?
- 교사는 스스로 성장하는가, 함께 나눌 때 성장하는가?

질문에 대한 진정성 있는 답을 찾는 것은 각자의 몫으로 남겨 두겠다.

현재 내가 처한 학교의 상황이 우리가 지향해야할 목표를 규정할 수 없다. 교육공동체는 서로에 대한 관심과 배려를 토대로 자신의 비전과 신념을 나눌 때 비로써 형성된다. 교육과정 전문가의 역량을 자율적으로 발휘하며 서로를 위해 교실 문을 열고 함께 공유하며 나눌 때 우리는 학교라는 공간에서 함께 성장할 수 있다.

2019학년도는 공유 수단으로 밴드 대신에 카카오톡 단체 채팅방을 활용했다. 활용 목적은 그때나 지금이나 동일하다.

[교육과정을 넘어 일상의 삶을 공유하는 교육공동체]

2019학년도 학교 교육과정 위원회 워크숍 도중 실시간으로 전송한 카톡 메신저 내용이다.

> "내년 우리 학교 교육이 어디로 가야할지, 무엇을 할지 모든 분들과 함께 하고자 실시간으로 자료를 탑재하오니, 관심 바랍니다. 몸은 멀지만 마음은 함께!"

최근에는 일상 교육활동 장면을 자연스럽게 공유하며 서로 격려하고 때로는 도움을 요청하기도 한다.

비전과 신념을 공유하는 위원회가 되기 위해 교육과정 편성 과정에서 드러나는 교사의 무관심, 성공적인 경험의 부재로부터 오는 냉소주의, 관료적인 학교 문화, 빈약한 토론 등을 극복해야 한다. 이러한 문제들은 배움의 공간인 학교에 여전히 웅크리고 있으며 하나 되고자 하는 공동체의 발목을 붙잡는다.

건강한 학교는 교사에게 교육 비전과 교육적 가치 실현을 요구할 것이다. 교사는 이를 받아들이고 그 속에서 성장해 나가야 한다. 학교 교육과정 위원회 구성원으로 참여하는 것은 더 이상 남의 일이 아니라 교사의 전문성과 직결된 문제이며, 개인의 문제를 넘어 교육공동체의 문제임을 인식할 필요가 있다. 이러한 인식하에 교사들은 학교 교육과정 위원회에 자발적으로 참여하여 전문성을 발휘하고 협력해 나가야 한다.

비전과 신념을 공유한다는 것은 학교 교육의 변화를 의미한다. 진정한 공유는 변화의 톱니바퀴를 움직이게 하는 힘을 가지고 있다. 또한 비전과 신념을 공유한다는 것은 교육공동체의 회복을 의미한다. 참된 소통은 교육과 공동체의 본질을 성찰하게 하는 열쇠가 되기 때문이다.

이처럼 비전과 신념의 공유는 교육 혁신의 마중물과 같다. 교육공동체 구성원 모두가 열린 마음으로 비전과 신념을 공유할 때 그리고 나아가 일상의 삶을 나눌 때 교육은 새로워질 것이고 변화의 꽃은 피어날 것이다.

Episode4.

교사가 상처받지 않는 학년 및 업무 분장 전략

- 최선의 방법을 찾아서 -

학교 교육력을 최대화하는 학년 및 업무 분장은 어떤 원리가 적용될까?, 교사들이 마음에 상처를 받지 않고 학년과 업무를 배정하는 방법은 없을까?, 교사의 자발성과 적극성을 이끌어내며 다수가 만족하는 학년, 업무 분장은 어떤 모습일까? - 본문 중 -

Episode4. 교사가 상처받지 않는 학년 및 업무 분장 전략
- 최선의 방법을 찾아서 -

들어가는 말

인사(人事)가 만사(萬事)다. 좋은 인재를 잘 뽑아서 적재적소에 배치하는 것이 모든 일을 잘 풀리게 하고, 순리대로 돌아가게 한다. 필자도 오랜 인생 경험이 있는 건 아니지만, 시간이 지날수록 훌륭한 시스템이나 잘 짜여진 정책보다 그 일을 주관하는 사람이 핵심이라는 사실을 깨닫게 되었다. 특정한 자리에 가장 적합한 사람이 과업의 성패를 결정한다. 기업도, 군대도, 하다못해 친목회나 동아리도 그렇다.

학교는 어떨까? 직급과 지위체계가 비교적 뚜렷한 사회의 여타 조직과는 다른 원리가 적용되는 걸까?

보통 2월 말이 되면 담임하게 될 학년과 업무 분장이 결정되고 교사들에게 안내된다. 다행스럽게도 나는 아직 그런 장면을 직접 목격하진 못했지만, 어떤 학교에서는 학년과 업무 분장이 결정된 후 구성원 간 심하게 다투거나 눈물을 흘리는 경우도 종종 있다고 하니, 인사가 만사라는 말은 아직까지도, 그리고 교육공동체를 표방하는 학교에서도 유효한 명제인가 보다.

새로운 학년이 시작되기 전부터 구성원 간 갈등의 짐을 짊어진 학교에서는 새 학년이 시작되는 3월이 그다지 반갑지만은 않을 것이다. 원하지 않는 학년, 업무 분장은 시작부터 감정의 골을 만들어 내고, 이는 일 년 내내 교사를 따라다니며 괴롭힌다. 결국 그 피해는 고스란히 아이들에게 돌아간다고 해도 과언이 아니다. 학년 및 업무 배정은 한 해 교육과정 운영의 첫 단추를 꿰는 중요한 일이자 학교 교육력을 최대한 발휘할 수 있도록 하는 인사(人事)의 문제인 것이다.

학교 교육력을 최대화하는 학년 및 업무 분장은 어떤 원리가 적용될까?, 교사들이 마음에 상처를 받지 않고 학년과 업무를 배정하는 방법은 없을까?, 교사의 자발성과 적극성을 이끌어내며 다수가 만족하는 학년, 업무 분장은 어떤 모습일까?

중요한 것은 소통과 협의 그리고 존중

해마다 학년과 업무 분장이 발표될 때면 교육지원실에는 미묘한 기류가 흐른다.

'*학년 담임이 되면 어떡하지?, 작년에 보니 아이들이 말을 잘 안 듣던데',

'***선생님과 동학년이 꼭 되어야 하는데..',

'제발 학교 폭력 업무만은 비켜가기를'

'올해는 설마.. 내가 부장이진 않겠지?, 에이 그럴 리 없어'

12월이 되면 차기 연도 학년과 업무 희망서를 작성하지만, 한정된 자리와 공유된 정보, 기피업무 등으로 인해 모두가 희망대로 되는 것은 아니다. 필연적으로 누군가는 상당한 마음의 상처를 입고 관리자에 대한 불만과 동료들에 대한 반감을 표출하곤 한다.

사실 조금만 이성적으로 생각해본다면, 모두가 만족하는 학년 및 업무 배정은 어렵다는 사실을 알게 될 것이다. 매주 교육청으로부터 공문이 접수되거나 출장이 잦고 창의적인 계획을 수립하여 예산을 받아 주도적으로 추진해가야 하는 업무를 선호하는 교사는 거의 없다. 학생 생활 지도나 졸업식, 수학여행 등 타 학년에 비해 부차적인 업무 부담이 심한 6학년이나 업무 부장도 사정은 비슷하다. 그렇다고 비워둘 수는 없는 문제이지 않은가? 누군가는 그 일을 해내야 하고, 학교의 짐을 나눠져야 한다.

모두가 만족하는 학년 및 업무 배정은 비현실적이고 낭만적인 접근에 불과할지도 모르겠다. 다만, 상처를 최소화할 수는 있지 않을까? 가급적 많은 교사들의 만족을 이끌어내고 갈등을 최소화할 수는 있지 않을까?

본교에서는 그 답을 충분한 소통과 협의, 그리고 존중에서 찾았다. 교사 모두의 학년 및 업무 희망과 의견을 존중하고자 하는 원칙을 세웠다. 충분히 대화하고 생각을 들어주며 서로의 의견을 조율하기 위해 노력했던 과정은 그 자체로 존중받았다고 느끼게 했다. 지금까지 관리자와 부장교사의 개입으로 결정되었던 절차는 일방적인 통보와 강제적 배정 방식으로 교사에게 상처를 주었다. 하지만 소통, 이해, 존중에 기초한 협의 과정은 문제 해결의 실마리를 주었고, 소속감과 연대감을 회복하는 계기를 마련해 주었다.

중요한 것은 소통과 협의 그리고 존중

과정	순서	시기	주요 내용
1차	희망 학년 및 업무 조사	11월 말 ~ 12월	◆ 학년 및 업무 희망 조사 – 형식적인 조사가 아닌, 진솔한 대화와 관계성에 기반하여 희망 이유 및 구체적인 내용 파악 (리더십 있는 부장 교사들을 중심으로 전개) – 관리자, 업무부장, 학년부장이 중심이 되어 학년 및 업무 선호도 파악
2차	학년 및 업무 분장을 위한 지속적인 노력과 소통	1월	◆ 학년배정과 업무분장을 위한 소통 시간 확보 ◆ 경합 학년과 기피 업무에 대한 소통과 공감, 조율 과정 – 비공식적인 1:1 대화를 통해 설득과 조정 「예를 들어 독서교육은 희망하지만 도서관 업무에 대한 부담이 클 경우, 기존 독서교육+도서관 업무에서 도서관 업무를 분리하여 업무 부담을 줄일 수 있는지 여부를 업무 부장 중심으로 조율하고 조율한 내용에 대해 관리자들의 자문을 구함」 ◆ 업무 희망서에서 파악하기 힘든 이면적인 동기, 태도, 역량 등을 심층적으로 확인

3차	학년, 업무 희망서 작성	1월	◆ 학년 및 업무분장 희망서 작성 - 1~2차에 걸친 조율과 권면의 과정이 있었지만, 각자 최종 선택에 따라 희망서를 작성함
4차	업무 및 학년 배정 희망서 종합	2월	◆ 순위에 따른 전 교직원 희망서 종합 -순위는 개별 교사가 희망한 1~3순위의 업무
5차	민주적인 학년 배정과 업무 분장	2월	◆ 함께 만든 회의 원칙 안내 ◆ 마음을 터놓은 학년 및 업무희망 공개 ◆ 원칙 세우기로 학년 배정 ◆ 배려와 성찰로 업무 분장

위와 같은 과정에서 중요한 것은 관계를 기초로 한 충분한 소통과 협의 과정이다. 교사의 자발성에 대한 믿음과 교육 주체로서의 전문성을 인정할 때 가능한 절차이다. 기존 관리자에게 집중되어 있던 업무 희망 정보 수집과 편성 권한을 리더십 있는 교사들에게 일부 위임하여 민주적인 과정으로 발전해갈 수 있었다.

업무와 학년이 최종 확정되는 「5차 협의 과정」을 보다 상세하게 살펴보자.

가) 함께 세우는 원칙

관리자와 교사 모두가 함께하는 협의를 통해 학년과 업무분장에 대한 원칙을 만든다. '경합인 학년'과 '기피 학년 및 업무' 배정에 대한 학교 구성원들의 다양한 의견수렴을 통해 기본 원칙을 세우는 것이 중요하다. 시간이 지체되더라도 학년과 업무 편성 전 기본적인 원칙에 대해 이야기하는 시간이 필요하다.

함께 배정 원칙을 세우는 장면

〈 본교 학년 및 업무 배정 원칙 〉

❶ 개인의 희망을 최대한 반영하여 결정하겠다.
❷ 민주적인 소통의 과정을 통해 결정하겠다.
❸ 학년 배정 후 업무를 배정하되, 학년 배정 결과를 고려하여 업무를 조율하겠다.
　 – 학년 배정에서 양보한 경우, 업무 배정에서 가급적 우선권 부여하기
　 – 학년 곤란도가 높으면, 업무량 줄이기

나) 교사 개인별 학년 및 업무 희망 공개

　학년 및 업무희망서 제출 후, 서로의 희망을 파악하고자 눈치 작전하는 불필요한 갈등을 막고, 교육력 낭비를 줄이기 위해 모든 교사의 학년 및 업무 희망 결과를 정리하여 공개한다. 사전 충분한 소통과 조율 과정이 있었기에, 공개 전 어느 정도의 윤곽은 짐작할 수 있었을 것이다.

다) 학년 배정

　앞서 결정된 원칙에 따라 학년 배정을 먼저 결정한다. 배정 원칙, 의견 수렴과 조율의 과정을 통해 학년이 결정되면 전체가 한 눈에 볼 수 있는 학년 배치도를 준비하고 교사 이름 아래 결정된 학반 포스트잇을 붙인다..

협의를 통한 학년 배정

〈 본교 학년 배정 과정 〉

▸ 기피학년(A학년) – 경합학년(B학년) – 기타 학년은 1지망 배정 가능
▸ 고려사항: 희망, 경력조화, 학년운영경험(학년 전문성), 학습공동체, 교사의 성향 등

학년 배정 과정에서 교사들이 기피한 A학년과 경합인 B학년을 협의를 통해 결정해야하는 순간이 다가왔다.

여러 가지 의견이 오고 갔지만, 작년 A학년을 담당했던 교사는 자연스럽게 대상에서 제외되었으며 A학년을 담당할 경우 업무가 경감되어야 한다는 의견이 나왔다. 이러한 과정에 C교사가 자원하는 마음으로 A학년을 희망했으며, 함께 모여있던 교사들에게 격려와 인정을 받으며 A학년을 맡게 되었다. 또한 경합이던 B학년 교사 중 한명을 다른 학년 부장교사가 올 해 함께 해보면 어떻겠냐고 제안하였고 이를 수용하여 학년 분장이 원만하게 마무리 될 수 있었다. C교사는 기피했던 A학년을 담당함으로써 동료 교사들로부터 인정을 받았고, 형평성의 원칙에 따라 업무는 상대적으로 적게 배당되었다.

라) 업무 배정

업무 배정 전, 교육과정 성찰 과정에서 결정된 불필요한 행정적인 업무는 모두 덜어내고, 유사한 업무를 과감히 통합하여 업무 내용과 절차를 간소화하는 과정이 선행되어야 한다.

본교에서는 다음과 같은 절차를 통해 업무를 배정하였다.

첫째, 전년도 업무 중 유명무실한 내용은 과감한 덜어내기를 통한 재구조화

둘째, 재구조화 된 업무는 교무, 연구, 인성, 체육의 4부서로 경계 세우기

셋째, 구성원별 희망 업무를 선택하고 준비된 배정(안)에 희망 업무 쪽지 부착 (업무를 적절한 크기로 유목화하고 쪽지에 제시)

넷째, 미 선정된 업무나 학생지도(교기 등)업무, 남아 있는 기피 업무 관찰, 협의, 설득과 배려의 기반 협의 과정을 거침

업무 배정(안)을 관찰하며
조율하는 모습

업무 배정과정에서 일방적인 희생을 강요하는 것은 지양해야 한다. 일방적인 희생보다 충분한 소통을 통해 대안을 찾아가는 과정이 중요하다. 업무 배정안을 모두가 함께 살펴보며 숙의 과정을 거치기 때문에, 특정 교사에게 업무가 하나도 배정되지 않는 경우는 발생하지 않는다. 또한 하나의

업무 쪽지에 유사한 업무를 유목화하고 형평성에 맞게 분산 제시함으로써 편성 과정에서부터 공정한 업무량을 확보할 수 있다.

업무 배정 초안을 살펴보며 업무가 과중하다 판단될 경우 쪽지에 있는 업무를 잘라 상대적으로 양이 적은 교사에게 분할하기도 한다. 이를 통해 업무 분장과정에서 불필요한 업무를 추가로 덜어내는 효과도 함께 얻을 수 있다.

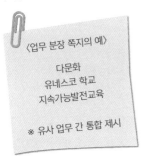

〈업무 분장 쪽지의 예〉

다문화
유네스코 학교
지속가능발전교육

※ 유사 업무 간 통합 제시

업무 배정 초안을 살펴보며 업무가 과중하다 판단될 경우 쪽지에 있는 업무를 잘라 상대적으로 양이 적은 교사에게 분할하기도 한다. 이를 통해 업무 분장과정에서 불필요한 업무를 추가로 덜어내는 효과도 함께 얻을 수 있다.

끝나지 않는 이야기

민주적인 소통, 존중, 협의에 기초한 학년 및 업무 분장을 통해 결과적으로 마음에 상처를 받는 교사는 거의 없었다. 민주적 절차로 진행되는 협의 과정을 통해 서로 존중받고 있다는 사실을 느낄 수 있었으며, 긍정적 분위기 속에서 새 학년을 맞이할 수 있는 정서적 안정을 제공하였다.

모든 구성원들이 의사결정과정에 참여하여 의견을 제시하고 동료의 생각을 들었기 때문에 결정된 사항에 불만이나 어려움이 있어도 '우리의 선택'으로 받아들였다. 또한 이러한 민주적인 학교 분위기와 문화가 이어져 추후 진행된 학년별 교육과정 재구성과 3월 학교교육활동에 긍정적인 에너지가 지속될 수 있었다.

학기가 시작되고 난 이후, 예상보다 업무가 과중하다고 느껴질 경우 자연

스럽게 재조정이 가능하며 이 또한 교원의 협의를 통해 문제를 해결해나
갈 수 있다.

위 사례는 13학급에서 적용된 하나의 예시에 불과하다. 보다 대규모 학교
에서는 다른 접근법이 필요할 수 있으며 학교 구성원의 성향, 분위기, 학교
문화에 따라 저마다의 효과적인 방법을 모색해야 할 것이다. 중요한 것은
교육공동체로서 우리의 생각을 표현하고 서로를 이해하며 함께 어려움과
갈등을 극복해가는 과정, 그 자체이다.

Episode5.

우리들의 이야기가 담긴,

읽고 싶은 학교 교육과정

- 인평 교육과정, 빼고 더하기 -

우리가 함께 고민한 것을 담아내면 그 자체로 충분히 읽고 싶어진다. 누구나 자기 이야기가 담긴 책을 꿈꾸는 것처럼 말이다. 내 생각과 내 경험이 담긴 내 이야기가 될 때 호소력을 갖는다. 따라서 학교는 연구부장을 중심으로 교육 공동체 각자의 견해를 연결 짓고 정리하여 교육과정에 담아야 한다. 학교 교육과정이 학교의 특정 소수의 전유물이 되지 않고 우리 모두의 이야기가 담긴 '내 것'이 될 수 있도록 발상의 전환이 필요하다. – 본문 중 –

Episode5. 우리들의 이야기가 담긴, 읽고 싶은 학교 교육과정

– 인평 교육과정, 빼고 더하기 –

들어가는 말

학교에서 매년 접수하고 생산하는 방대한 공문 중, 특별히 진정성을 담아내야할 중요한 문서는 무엇일까? 이 질문에 대한 답을 위해서는 해도 그만 안 해도 그만인 일과 반드시 학기가 시작되기 전에 완성된 문서로 기록되어야 하는 일을 구분할 수 있는 안목이 필요하다. 이러한 선택과 집중의 안목을 갖추는 것이 교사에게는 필수적인 생존 전략이 되었다.

학교 교육과정은 학교에서 이루어지는 교육활동의 설계도이자 이정표로 모든 교육활동의 기초가 되는 문서이다. 따라서 학기가 시작되기 전 집단 지성을 발휘하여 전체적인 윤곽과 뼈대를 완성해야만 한다.

'학교는 무엇을, 어떻게 교육하는가?'

학교의 본질을 묻는 질문에 대한 답은 '교육과정'에서 찾을 수 있다.

초중등교육법 23조 '학교는 교육과정을 운영하여야 한다'에서 밝힌 것처럼 학교의 주된 역할은 바로 '교육과정을 운영'하는 것이다.

학교를 가장 쉽고 바르게 이해하기 위해 읽어보아야 할 문서도 학교 교육과정이며, 학교가 어디로 어떻게 나아가고 있는지에 대한 정보도 교육과정에 담겨 있다. 따라서 교육공동체가 학교 교육과정을 함께 만들고, 실천하며, 평가하는 것은 학교 교육활동의 '거의 모든 것'이라 해도 과함이 없다.

하지만 학교 현장에서 학교 교육과정은 찬밥 신세이다.

어느 순간부터 껍데기만 남은 부담스러운 문서로 전락해버렸다. 보여주기식 문서, 면피성 계획, 캐비닛 교육과정 등의 이미지를 벗어나지 못하고 있다. 교과서가 교육과정의 자리를 대신한 이후로 교사는 더 이상 교육과정을 깊이 읽으며 성찰하지 않고, 관심을 두지 않는다. 교육과정이 의미를 담아내지 못한 빈 공간은 표면적인 화려함과 미사여구로 채워졌다.

하지만 이제는 학교 교육과정에 주목해야 한다. 학교 교육과정은 화려한 정책 용어가 나열되어 있는 죽은 문서가 아니다. 학교 교육과정은 학교 자치의 첫걸음이자 교육과정 자율화의 완성이며, 학교 교육 활동을 담아내는 그릇이다.

지금껏 소외시 했던 집단 관성에서 벗어나 교육과정이 가진 본연의 기능을 회복해야 한다. 지금은 살아있는 이야기가 담긴 교육과정, 매 순간 교육과 함께하는 교육과정이 필요한 시점이다.

학교 교육과정은 '누가' 만들어야 할까?, '무엇'을 담아야 하나?, '왜' 존재하는 것일까? 지금껏 당연하다 여겨졌던 것들에 대하여 의문을 품고 새로운 의미를 부여하자. 학교 교육과정이 갖는 나침반이자 울타리의 기능을 회복하자. 이를 위해 우리가 바로잡아야 할 것들은 무엇이 있을까?

캐비닛 교육과정 벗어나기

교육과정에 돌직구를 던져라(정성식)를 처음 접한 2015년이 엊그제 같다. 나는 당시 저경력 교사였고, 학교 교육과정에 대한 불만이 가득했다. 그랬던 나에게 작가의 날카로운 돌직구는 묵은 체증을 해소해 주는 소화제 같았다. 교육과정의 맨 얼굴을 여과 없이 드러낸 표현들은 지금 읽어도 날카롭게 현장의 문제를 직시하고 있다.

- 종이교육(학교교육계획서 등 문서와 공문 일변도의 학교 현장)은 그만하고 삶을 살고 싶다.
- 1년 짜리 공문, 면죄부를 위한 종이쪼가리, 가면, 화장, 결혼식 턱시도, 캐비닛 교육과정
- 교수는 A4 한 장인데, 교사는 책 한권? 교사가 작가인가?
- 친절한 시수 편제, 숫자 놀이

혁신교육의 바람이 전국을 휩쓸고 있다. 하지만 학교는 지금도 삶을 살

지 못하고 종이 교육에 매진하고 있다. 미래교육을 지향하는 혁신의 바람에도 여전히 많은 것들은 제자리에 머물러 있다.

학교 교육과정도 그 중의 하나이다. 혁신의 바람에도 학교 교육과정은 여전히 꿋꿋하다. 교사들에게 외면 받는 캐비닛 교육과정, 바쁜 3월에 공들여 만들었지만 알아두면 쓸데없는 '한 권의 책', 시간이 부족하여 년도만 바꾸고 대충 마감해버리는 행정 문서, 감사에 대비한 면피성 자료, 교사도 학생도 학부모도 읽기 어려운 구조와 내용으로 외면 받는 문서. 학교 교육과정에 대한 문제의식은 지금도 여전히 유효하다.

하지만, 나는 연구부장이 된 후 학교 교육과정을 바라보는 관점이 바뀌었다. 냉철한 비판과 문제의식은 견지하되, 무한한 가능성을 학교 교육과정에서 발견한다. 미래교육도 혁신교육도 학교 교육과정 안에 답이 있음을 직감한다. 지금까지 교육과정이 잘못 인식되었고 오용된 것은 사실이지만, 학교 교육과정은 본래 그런 의도와 목적을 갖고 시작되지 않았다. 그저 학교 현장의 잘못된 관행이 고정관념이 되었을 뿐이다. 여행에 지도가 필요한 것처럼, 교육도 지도가 필요하다. 교육에도 즉흥적인 선택에 의존하지 않고 잘못된 길을 가지 않도록 안내해주는 도구가 필요하다. 학교 교육과정은 학교 교육의 방향을 안내하는 지도이자 네비게이션이다.

하지만, 학교 교육과정이 본연의 목적과 의미를 회복할 수 있도록 노력하는 교사가 많지 않은 이유는 무엇일까? 다수의 교사들은 변화를 꿈꾸지만 변화의 중심에 서고자 하진 않는다. 교사가 교실에 안주하려는 성향을 보이는 것은 안타까운 일이다. 학교 교육과정이 변하면 교실 수업도 자연스레 새로운 활로를 개척할 수 있다. 학교 혁신을 위해, 학교 교육과정을 새롭게 디자인하기 위해 교사들이 나서야 한다. 보다 많은 교사들이 멀찌감치 서서 관망하기보다 학교 교육과정 편성과 운영 과정에 적극적으로 제 목소리를 내어야 한다. 그럴 때 학교 교육계획서는 캐비닛을 벗어나 살아있는 '교육과정'이 될 수 있다.

캐비닛 교육과정을 벗어나기 위한 몇 가지 방안을 제안해본다.

학교 교육과정에 우리의 이야기를 담자.

우리가 함께 고민한 것을 담아내면 그 자체로 충분히 읽고 싶어진다. 누구나 자기 이야기가 담긴 책을 꿈꾸는 것처럼 말이다. 내 생각과 내 경험이 담긴 내 이야기가 될 때 호소력을 갖는다. 따라서 학교는 연구부장을 중심으로 교육 공동체 각자의 견해를 연결 짓고 정리하여 교육과정에 담아야 한다. 학교 교육과정이 학교의 특정 소수의 전유물이 되지 않고 우리 모두의 이야기가 담긴 '내 것'이 될 수 있도록 발상의 전환이 필요하다.

읽기에 부담 없는 적절한 분량이어야 한다.

학교 알리미를 통해 타 시도 학교 교육과정의 분량을 살펴본 적이 있다. 대체적으로 100~150쪽 가량이었고, 분량이 많은 학교는 200쪽을 훌쩍 넘겼다. 단행본 한 권의 분량을 넘는 것이다. 내용이 많아도 너무 많다. 교사도 읽기가 부담스러운데 학생과 학부모는 오죽할까.

최근 혁신학교를 중심으로 학교 교육과정의 문서 체제와 내용을 대강화하여 20쪽 내외로 작성하는 학교도 있지만, 너무 분량이 적어 담아야 할 것들을 충분히 담아내지 못하는 것도 바람직한 현상은 아니다. 나는 학교 교육과정의 심리적 마지노선을 60쪽 이내로 생각하고 있다. 사실 60쪽으로 마무리되는 책은 제목, 간지, 목차 등을 제외하면 실제 본문 내용은 50쪽 정도이다. 이는 주관적인 판단에 따른 것이므로, 각 학교의 학교 교육과정 위원회에서 무엇을 남기고 얼마나 덜어낼지 협의하는 것이 중요하다.

무엇을 남기고 무엇을 덜어낼 것인지 결정하는 것이 중요하다.

꽉 찬 그릇에 무언가를 담기 위해 할 수 있는 일은 두 가지다. 그릇을 더 키우거나, 비어내거나. 비어냄이 있어야 채워짐이 있다. 비움 없이 그릇만 키우면 교육과정의 양만 늘어날 뿐이다. 꽉 찬 교육과정 중 무엇을 남기고 무엇을 덜어낼지 결정하는 과정이 필요하다.

이를 위해 우리 학교의 교육 철학과 내용, 가장 중요한 교육활동에 대해 명확히 직시하고 있어야 한다. 그래야 알곡과 쭉정이를 바르게 구분하여 솎아 낼 수 있다. 무턱대고 내용을 줄이다 보면 꼭 있어야 할 내용도 더러는 함께 없어지기도 한다. 특색 있는 교육과정을 위해 필요한 내용을 잘 선별하는 현명한 판단이 필요하다.

학교 교육과정의 독자를 생각하며 만들자

학교 교육과정의 예상 독자는 누구인가? 독자의 흥미를 끌 만한 내용과 정보가 제공되고 있는가? 독자의 취향과 수준에 맞는 어휘와 용어가 사용되는가? 학교 교육과정의 접근성과 활용도를 높이기 위해 예상 독자를 고려한 맞춤형 접근법이 필요하다. 학교 교육과정의 독자를 교사로 한정 짓기 보다 학부모와 학생의 관점도 고려하다면, 학교 교육과정은 다수에게 사랑받게 될 것이며, 교육 공동체를 하나로 연결해줄 수 있다.

학교 교육과정을 만들어가는 과정에 교육공동체를 참여시키자

앞선 「Episode1, 2」에서 학교 교육활동을 성찰하고 적극적으로 참여하는 것은 교육과정을 '함께 만들어간다'는 의미를 갖는다. 설문지, 토론회, 반성회, 설명회 등 학교의 다양한 교육활동에 적극 참여하여 교육과정을 함께 만들어나갈 때 학교 교육과정에 대한 관심도 함께 커질 것이다.

학교 교육과정에 대한 과도한 집착을 버리자

문서는 문서일 뿐이다. 학교 교육과정은 말 그대로 계획일 뿐, 실제 교육활동이 전개되는 과정에서 얼마든지 바뀔 수 있다. 무결점 교육과정을 작성하기 위해 집착하는 것은 오히려 부정적인 결과를 초래한다. 작은 변화도 쉽게 받아들이지 못하게 하는 심적, 물적 장애물이 되곤 한다. 본질과 형식이 뒤바뀌지 않도록 경계하되 장점을 살리는 방식을 적용하자. 꼬리가 몸통을 흔드는 경우는 생기지 않도록 완벽한 학교 교육과정에 대한 욕심을 버리고, 수정하며 만들어가는 학교 교육과정이 될 수 있도록 여유 공간을 마련하자.

2월을 활용하여 진정성을 담아내자

시간에 떠밀려 빈 칸만 성급히 채워낸 교육과정은 교사의 교육관을 충분히 담아내지 못한다. 성급하게 만든 교육과정은 완성도가 떨어질 수밖에 없다. 수박 겉 핥기 식으로 만든 교육과정을 다시 볼 필요가 있을까?

학사 일정이 시작되는 3월 전, 봄 방학이 있는 2월, 몸도 마음도 여유있는 시간에 학교 교육과정에 진정성을 담아낼 수 있도록 학교의 시스템을 재구조화 하자. 학교 교육과정을 수립할 수 있는 충분한 시간적 여유를 제공하자. 조급함이 아닌 여유로 시작하는 교육과정만이 캐비닛을 벗어날 수 있다.

학교 교육과정 빼고 더하기

어느 순간부터 학교 교육과정이 정책 과제를 총망라하여 화려하게 포장한 백화점식 문서가 되어 버렸다. 여러 가지 원인이 있겠으나, 지금은 폐지되어 역사 속으로 사라진 100대 교육과정의 영향도 무시할 수 없다.

화려한 보고서 틀과 사례가 공유되어 각 학교에 이식되어 교육 활동의 본질은 경시된 채 겉으로 보여 지는 화려한 틀과 형식으로 가득 찬 학교 교육과정이 난무하게 되었다.

무엇을, 얼마나 덜어낼 것인가? 과도한 형식, 화려한 보고서 틀, 어디에서 온지 출처도 불분명한 내용을 덜어낸 자리에 우리의 이야기, 함께 만들어 가는 교육과정 이야기를 채워 넣을 수 있다.

덜어내기 위한 이론적 기초가 되는 것이 '교육과정 대강화'이다(경기도교육청, 2017). 교육과정 대강화는 국가 교육과정의 줄거리와 방향을 간략하게 제시하여 세부 사항은 지역과 학교 수준에서 결정하여 운영할 수 있도록 한 접근방법이다. 국가 수준 교육과정 대강화에 기초한 '학교 교육과정 대강화'는 학교 수준 교육과정의 줄거리와 방향을 간략하게 제시한 것으로 학년 및 학급 단위의 교육과정 편성 운영에 보다 많은 재량권과 탄력성을 부여하는 것이다. 학교 교육과정 대강화의 방법은 다음과 같다.(강현석, 2006)

구분	형식	내용
간소화	체제/문서 형식의 양적 간소화	체제에 담기는 내용의 간략한 제시
적정화	문서 형식의 질적 적합성 -핵심적으로 제시되어야 할 형식	문서 내용의 질적 적합성 -문서 내용의 질적 수준 확보

쉽게 표현하여, 학교 교육과정 체제와 문서 형식을 간소화하고 내용도 비교적 간략하게 제시하되(간소화), 교육과정에 포함되어야할 핵심적인 내용과 형식은 어느 정도의 수준을 확보해야한다(적정화)는 의미이다. 즉 과하지도, 너무 가볍지도 않게 제시되는 것이 중요하다.

단순히 덜어내는 것이 목적이 아니라 비움과 채움 사이의 조화를 명심해야 한다. 학교 교육과정의 분량을 줄이는 것에만 주목해서는 안 된다. 무엇을 남길 것인가에 대해서도 교육공동체가 함께 고민해 나가야 한다. 비움의 최종 목적은 비움 그 자체에 있는 것이 아니라, 학교 교육과정을 교사에게, 나아가 학생에게 되돌려주기 위한 것임을 잊어서는 안 될 것이다.

〈 우리들의 이야기가 담긴, 읽고 싶은 학교 교육과정이 되기 위해 〉

[- 빼기] 덜어낼 것	[+ 더하기] 포함할 것
▶ 전시성, 일회성 학교 행사 ▶ 많은 분량을 차지하는 각종 법적 근거 ▶ 국가교육과정에 제시된 내용을 그대로 재진술하는 내용 ▶ 내용과 형식상 반복되는 것 ▶ 실제로 보지 않거나 불필요한 부분 ▶ 실제로 구현되지 않는 교육 활동	▶ 함께 소통한 학교의 비전과 교육철학 ▶ 교육공동체 의견 수렴 자료 ▶ 당해 연도 성찰과 차기 연도 주요 반영사항 ▶ 워크숍을 통해 결정된 내용 ▶ 학교 교육철학과 비전 실현을 위한 중점교육활동 및 특색교육 ▶ 국가 교육과정 및 지역 교육과정을 우리 학교 실정에 맞게 적용한 교과와 창의적 체험 활동 등

위 제시된 내용은 비교적 일반적인 기준이다. 하지만 학교 여건과 상황이 다른 만큼 실정에 맞게 재구성하여 활용하면 된다. 중요한 것은 실행이다. 다이어트를 할 때 생각만으로 살이 빠지는 것이 아니다. 계획에 맞게 식단을 조절하고 운동을 해야 원하는 몸이 된다. 학교 교육과정도 마찬가지다. 생각에 그치는 것이 아니라 워크숍이나 반성회를 통해 교육과정에서 비울 것을 찾고, 이를 학교 교육과정에 반영하고 직접 운영해보는 경험이 중요하다. 이러한 경험이 쌓인다면 교육과정은 불필요한 지방을 덜어내고 건강한 모습으로 나타날 것이다.

언젠가 존경하는 선배 교사로부터 자조 섞인 비판을 들은 적이 있다. 46 학급 큰 학교의 모든 교사가 교무실에 빽빽이 앉아 한 해의 학교 교육과정을 반성하며 대화하는 중에 스치듯이 한 말이 아직도 귀에 생생하다.

"우리 학교는 워크숍에서 이야기 된 내용이 교육과정에 반영된 적이 없어, 작년에도 학교 특색교육에서 한자를 제외하자는 토론을 한 동안 했는데, 올해 반영된 게 없잖아? 학교 교육과정에서 한 부분 바꾸는 것도 쉽지 않더라고.. 시간 낭비야 시간 낭비"

수많은 토론과 협의도 중요하지만, 학교 교육과정에 반영되지 않고 실제 교육활동으로 이어지지 않는다면 어떤 의미가 있겠는가? 작은 것이라도 실행에 옮겨 변화를 경험해야 한다.

또한 학교 교육과정에 제시된 내용은 실제 교육활동에서 모두 실천될 수 있도록 책임감을 갖고 구현할 필요가 있다. 이것은 약속이자 전문성의 문제이다. 공약을 실천하는 당선자처럼, 실천을 위해 노력하고, 실천이 불가한 것은 차기 연도 계획에서 제외하며 발전적으로 정선해 가야 한다.

올해 본교 학교 교육과정을 사례로 덜어낸 것 ·축소한 것· 새롭게 추가한 것을 살펴보자.

〈 학교 교육과정 대강화 내용 〉

덜어낸 내용	축소한 내용	새롭게 구성한 것
· 실제로 운영되지 않고 있는 특색 및 중점 교육 활동	· 계획서 구성 체제 (5개 → 3개 체제)	1. 함께 만들어가는 인평 교육 과정의 흐름과 내용
· 교사의 재량권에 맡겨야 하거나 당위적인 내용	· 학교교육의 기저 (6쪽 → 1쪽)	2. 인평 교육과정의 특징
· 각 학년 및 교과별 목표, 성취기준, 교수학습방법 등 국가교육과정과동일 한 내용	· 실태 분석 - 설문지에 의존한 양적 분석 결과를 워크숍, 토론회, 설 문지 등 질적 내용 제시 (6쪽 -> 1쪽)	3. 작년 교육과정의 편성 과정 과 열매
· 업무중심의 부서별 계획	· 학교장 교육관, 학교경영 기 본 태도 → 학교 목표와 중점 과제에 포함	4. 토론회, 교육과정 성찰, 워크 숍에서 이야기된 내용 요약
· 세입 세출 예산서	· 교육목표 구현 계획 간소화 - 업무별 추진하는 모든 내용 을 나열하는 방식에서 핵심 과제만 선별하여 제시 (6쪽 → 2쪽)	5. 교육공동체의 의견을 반영 하고 지역적 특색을 반영한 교육 비전과 실천 과제 설정
· 전시성, 일회성 학교 행사		6. 실제 운영되고 있는 주요 내용을 정선하여 제시하고 올해 운영될 중점교육활동 제시

- 학교교육과정 편성
  - 국가교육과정에 제시된 성격, 방향, 편제, 시간배당기준 등 일반적이며 공통적인 내용은 축소하고 학교 및 학급 교육과정을 편성하는데 직접 활용되는 내용만 제시 (4쪽 → 2쪽)
- 모든 성취기준을 나열하는 방식에서 학년별, 교과별 학교에서 강조하는 중점 내용만 제시 (26쪽 → 2쪽)
- 학교 및 학생 평가를 별도의 내용 체제로 구분하지 않고 중점 교육활동과 연계될 수 있도록 축소하여 제시 (13쪽 → 3쪽)
- 새 학년 맞이 주간 운영
- 교사 수준 교육과정 편성
- 맞춤형 과정중심평가 올라 (OLLA)
- 교수평 일체화
- 더자람+ 계절학교
- 더놀자 프로그램
- 전문적 학습공동체 비담
- 꾸메푸메 학급교육과정 발표회 등

〈우리들의 이야기가 담긴, 읽고 싶은 학교 교육과정이 되기 위해 노력한 점〉

1. 학교 교육과정의 첫 구성에 딱딱한 법적 지침이나 근거를 제시하기보다 교육공동체가 함께 협의하며 소통한 내용을 제시하여 우리 이야기가 교육과정에 담겨있으며 함께 만들어 가는 것임을 상징적으로 나타냄
2. 교사들의 활용도가 높은 내용 구성은 앞쪽으로 배치
3. 가급적 하나의 주제를 한 페이지에 요약 제시하여 가독성 및 이해도 증진
4. 가장 많은 비중을 차지하는 Ⅲ장 중점교육활동은 내용제시 형식을 통일하여 가독성을 높이고 독자(교사, 학부모, 학생)를 고려한 형식 활용
- 중점 교육활동 내용 제시 형식
  - 이런 목적으로 계획합니다
  - 이런 방법으로 실천합니다
  - 교실에서 이렇게 적용됩니다
5. 학교 교육과정을 학생 중심 이미지로 브랜드화 하여 독자의 (교사, 학부모) 친숙함과 인지도를 높이고 학교 중점 과제를 효과적으로 제시하며 교육과정에 대한 인식 개선과 홍보에 기여

학생이 교육의 중심이 되는 인평초등학교의 교육과정 브랜드이다. 나비는 앎과 삶의 주인공으로 날아오를 인평 어린이를 의미하며 동시에 학생중심 인평교육과정이 지향하는 철학과 방법(N.A.V.Y)을 뜻한다.

 학생의 배움과 성장을 돕는 인평초등학교의 과정중심 평가 브랜드이다. **올라**(O.L.L.A)는 교사별 맞춤형 과정중심평가의 절차를 의미한다. 평가가 더 이상 아이들에게 좌절과 상처를 주는 것이 아니라 평가를 통해 자신의 강점을 발견하고 배움의 주체로서 존중받을 수 있도록 하는 의도가 담겨 있다.

〈 함께 만들어가는, 우리들의 이야기가 담긴 학교 교육과정 표지 〉

· 숙의 과정을 거쳐 함께 만든 학교 교육과정 브랜드 제시
· 학교 교육과정과 교사 교육과정 표지를 동일한 컨셉으로 구성(연계성 강조)
· 표지 디자인과 제목을 통해 본교 교육과정의 중심 철학과 가치를 드러냄

〈 학교 교육과정이 만들어지는 과정 (학교 교육계획서 6쪽) 〉

· 학교 교육과정 성찰 과정을 거쳐 새롭게 교육과정이 만들어지는 과정 제시
· 학교 교육과정은 교육공동체가 함께 소통과 협의 과정을 통해 구성한 결과물이며 절차적인
  당위성을 갖추고 있음을 안내

3. 2019, '함께' 만들어가는 '학생중심 교육과정'

되돌아보는 2018

01 설문 조사   **02** 교육공동체 대토론회   **03** 교육과정 성찰   **04** 재구성 수업 사례 나눔

설문조사	업무 반성	교육과정 반성	교육공동체 토론회	재구성 수업 사례 나눔
12. 4.(화) ~ 7.(금)	12. 3.(월) ~ 7.(금)	12. 17.(월) ~ 19.(수)	12. 20.(목)	12. 26.(수)
▶2019학년도 교육과정 편성 기초조사 ▶공통 질문 + 학급별 특색 있는 문항 구성	▶업무 덜어내기 중심의 부서별 협의 ▶업무 추진 반성 및 차기년도 계획 수립	▶학교주도적 학교평가와 연계한 운영 ▶학년별 수업, 평가 등 교육과정 반성	▶(오전)학급교육과정 나눔 ▶(오후)학생 학부모, 교사가 함께하는 토론회 ▶학교교육과정 성찰 및 교육 비전 공유, 토의	▶학년별 재구성 수업 사례 나눔 및 공유 ▶학년별 재구성하여 실천한 수업 사례 발표

함께 만들어가는 2019

04 1차 워크숍   **05** 2차 워크숍   **06** 민주적인 업무 및 학년 배정   **07** 새 학년 맞이 교육과정 재구성

1차 워크숍	2차 워크숍	민주적 학년 및 업무 분장	학교교육계획 수립	새 학년 맞이 교육과정 재구성
1. 8.(화) ~ 11.(금)	1. 14.(월)	1. 17.(목) ~ 18.(금)	1. 21.(월) ~ 2. 14.(목)	2019. 2. 19. ~ 25.
▶행복학교의 철학과 운영 과제의 이해 ▶본교 적용 방안 및 실천 과제 탐색	▶1차 워크숍 내용 보완 및 구체화 ▶학사 일정 최종 확정 ▶중점과제 구체화	▶민주적 학년 업무 분장 ▶전담 교사 편성 및 운영 협의	▶워크숍 결과를 토대로 학교교육계획 시안 작성	▶학교교육과정 연수 ▶학년별 교육과정 재구성 ▶과정평가 계획 수립 ▶나이스 편성

〈 학교 교육 비전 (학교 교육계획서 9쪽) 〉

· 학교의 비전을 제시하여 교육공동체가 같은 마음과 같은 생각 공유
· 누구나 쉽게 읽고 이해할 수 있도록 일반적인 용어 사용, 구어체로 진술
· 교육공동체의 의견을 수렴하고 종합한 내용 반영

4. 교육비전: 배움과 삶의 행복을 가꾸는 인평교육

배움 ● ● 아이들은 학교에서 배움을 통해 성장해갑니다.

모든 가르침이 배움으로 이어지는 것이 아니기에, 아이들을 중심에 두고 수업과 교육과정을 만들어가고 실천합니다. 배움은 아이들에게 희망입니다. 친구 관계가 무너져도, 가정이 무너져도 배우는 한 아이들은 무너지지 않습니다. 한 아이도 배움에서 소외되지 않도록 우리 학교는 같은 마음과 같은 생각을 품고 최선의 노력을 기울일 것입니다.

삶 ● ● 학교는 아이들이 현재의 삶을 살아가는 곳이자 미래를 준비하는 곳입니다.

교과 지식으로 가득 채워진 곳이 아니라 아이들이 저마다의 희망찬 삶으로 생기가 넘쳐나는 장소로 우리 학교를 가꾸어 가고자 합니다. 배움에 아이들의 삶을 담고, 아이들의 삶이 배움의 재료로 활용되는 곳이 우리 교실이며 그곳에서 저마다의 행복을 꽃피워 갑니다.

행복 ● ● 소중한 사람과 함께할 때 우리는 가장 큰 행복을 느낍니다.

우리가 누리는 행복은 다른 누군가와의 관계에서 비롯됩니다. 우리는 나 홀로 서 있는 것이 아니라 다른 사람들과 함께 서로 의지하며 살아갑니다. 진정한 행복은 내가 만나는 사람들과 소통하고 공감하며 사랑하고 나눌 때 우리에게 찾아옵니다. 우리 학교는 행복한 학교입니다.

인평교육 ● ● 인평 교육은 교육공동체 모두의 비전입니다.

통영시 인평동의 '인평'은 仁(어질 인)과 平(바를 평)의 뜻을 담고 있습니다. 여기에 학교교육 비전과 교육적 가치를 더하여 人(사람 인)과 評(헤아릴 평)의 의미로 확장하였습니다. 학교와 지역사회에 뿌리 내린 '인평교육'은 행복학교(人), 성품학교(仁), 정의학교(平), 탐구학교(評)의 모습으로 학교 교육과정에 반영되고 수업을 통해 아이들과 만나게 됩니다. 6년간의 교육활동을 통해 '함께하는 행복 속에서 바른 성품을 기르고', '올바른 목표를 추구하며 탐구하는 습관'을 갖춘 인평 어린이로 성장해갑니다.

人 관계 **행복 학교**	平 바름 **정의 학교**	仁 성품 **성품 학교**	評 탐구 **탐구 학교**
소통하고 공감하며 관계 속에서 행복을 찾고 누리는 학교	바르고 정의로운 목표를 추구하며 더불어 살아가는 힘을 기르는 학교	배려, 나눔, 정직, 책임, 협동 등 올바른 인성과 성품을 기르는 학교	기초 · 기본의 토대 위에 창의적으로 문제를 탐구하는 학교

〈 교육 비전에 따른 실천 과제 (학교 교육계획서 10쪽) 〉

· 학교 비전 구현을 위한 실천 과제의 구조화
· 학교 교육계획서의 전체적인 내용을 한 장에 정리하여 체계적으로 제시
· 학교 비전, 실천 과제, 역점 과제의 도식화

〈 중점 교육활동 내용 제시 형식 안내 (학교 교육계획서 32쪽) 〉

· 각 교실에서 적용되는 실제적인 형태와 사례를 제시하여 학교 교육과정을 읽고 담임교사가
  교실에서 적용할 수 있도록 적극적인 도움을 주기 위함
· 학부모의 관점에서 중점 교육활동이 교실에서 어떻게 적용되는지 정보 제공
· 중요 내용만 간결하게 제시하고(주제별 한 장) 가독성을 높이는 형식으로 구성
· 중점 교육활동 내용은 학기 중 교육 활동 및 업무 추진의 실질적 근거로 활용

🌸 학생중심 · 교육과정중심 · 배움중심 학교

[중점 교육활동 내용 제시 형식 안내]

학교교육계획서가 일부 교사의 전유물로 남지 않고, 교육공동체 모두에게 읽혀지고 학교 교육
활동의 전 영역에서 반영될 수 있는 본교의 실질적인 교육활동의 기준이 되면 좋겠습니다.

**본교 중점 교육활동
운영의 목적 기술**

이런 목적으로 계획입니다

2019학년도 본교 중점 교육활동의 목적을 담아내는 공간입니다. 주요
교육활동의 철학과 목적을 살펴봄으로 세부 과제를 명확히 할 수 있고,
불필요한 행정 업무를 줄이고 보다 운영의 목적에 맞게 다양하고 창의
적인 형태로 변형하여 학급에 적용할 수 있습니다. 또한 추진 과정과
결과를 목적에 알맞게 점검할 수 있습니다.

**본교 중점 교육활동
실천 방법과 적용안 제시**

이런 방법으로 실천입니다

2019학년도 본교 중점 교육활동 실천의 구체적인 방법을 요약하여 제
시하는 공간입니다. 학급에서 교육 활동을 적용하거나 업무를 추진하는
데 실제적인 참고 자료로 활용할 수 있습니다.

**각 교실에서 적용되는
실제적인 형태와 사례 제시**

교실에서 이렇게 적용됩니다

학교교육과정을 읽는 담임교사나 학부모가 쉽게 이해하고 우리 아이가
있는 학급에서 어떤 형태로 적용되는지 알려주기 위한 공간입니다. 담
임 교사는 보다 구체적인 적용 형태를 확인하고, 학부모는 학급에서 적
용되는 사례를 미루어 짐작해볼 수 있도록 쉽고 구체적인 용어와 예시
를 들어 기술합니다.

〈 중점 교육활동 사례 (학교 교육계획서 33~56쪽) 〉

새 학년 맞이 주간 운영

이런 목적으로 계획합니다

새 학년 맞이 주간을 운영을 통해 '가장 의미 있는 시간'을 '수업'에 집중하고자 합니다. 2월, 새로운 교실에서 새로운 아이들을 만나기 위한 설레는 마음을 담아 가장 좋은 것을 주고자 모든 선생님들이 함께 머리를 맞대고 한 해의 교사 교육과정을 설계합니다. 2월에 한 주간 동안 재구성에 집중함으로써, 3월 첫 주는 교실에서 아이들과 몸도 마음도 함께하며 관계 맺기와 기초기본 학습 습관을 갖추는데 교사의 역량을 집중할 수 있습니다. 단순 문서 작성을 넘어 교사로서의 전문성과 진정성을 담아내는 과정이자 수업과 교육과정을 매개로 동료성을 갖추고 집단 지성으로 성장하는 뜻깊은 시간이 될 것입니다.

이런 방법으로 실천합니다

구분	오전	오후
1일차	▸ 학년 및 업무 분장 확정 발표 ▸ 업무 인수·인계 ▸ 교실 확인 정리	▸ 2019. 인평교육과정의 이해 ▸ 교사 교육과정의 이해 ▸ 교육과정 문해력 갖기(교과 성취기준 조망도) ▸ 학급 교육 목표 중점 과제 설정 (과제)
2일차	▸ 학급 교육 목표 및 중점 과제 설정 결과 나눔 ▸ 교육과정 재구성 방법 연수 ▸ 학년별 학교 중점 교육 활동 연계 재구성 (1차) – 자치활동과 연계한 실생활 중심 PBL, 지역사회 자원을 활용한 학생주도 프로젝트 학습, 학급 교육 목표 연계 재구성	
3일차	▸ 학년별 교육과정 재구성(2차) - 교과별 연간 배움 중심 수업 계획 (진도표) 및 과정 평가 계획 수립	
4일차	▸ 재구성 결과 공유 (11:30)	▸ 재구성 결과를 반영한 나이스 편성
5일차	▸ 빛깔있는 교실 이야기 작성 방법 안내	▸ 빛깔있는 교실 이야기 작성 완료

교실에서 이렇게 적용됩니다

‣ 국가 수준 교육과정과 학교교육과정을 이해하고 국가 사회적 요구와 학교 교육비전이 교실에서 수업을 통해 구체화되는 맥락과 의미를 파악합니다.
‣ 표준화된 교과서의 내용을 학생의 흥미, 수준, 진로, 학교 환경에 맞게 재구성합니다.
‣ 학급교육목표를 설정하고 목표에 맞게 내용·방법·평가를 재구성하여 교사 수준 교육과정을 편성합니다.
‣ 교사의 역량을 발휘하여 재구성된 단원에 학습자 주도적인 탐구와 프로젝트 수업으로 채움으로서 미래 핵심 역량을 함양하고 앎과 삶의 주인공으로 세워져 갑니다.
‣ 학급교육계획작성, 평가계획 수립, 정보공시, 나이스 편성 등 관련된 업무를 일원화하여 효율성을 높입니다.

〈 학교 교육과정 100% 활용하기 〉

◎ 학교 교육과정에 반영된 내용은 별도의 업무추진계획을 수립하지 않기

◎ 학교 교육과정 설명회 시 별도의 자료를 만들지 않고 학교 교육과정을 연수 자료
   로 활용하기

◎ 학교 요람은 학교 교육과정 내에 포함된 형태로 제작하기

◎ 교직원 회의나 업무 추진계획 수립 시, 학교 교육과정 내용을 최대한 활용하기

◎ 학기(년) 말 교육과정 성찰이나 워크숍 운영 시, 학교 교육과정을 기준으로 성찰
   하기

◎ 전문적 학습공동체 운영 주제에 '학교 교육과정 문해력'을 포함하고, 학교 교육
   과정을 연수 자료로 활용하기

◎ 학교 손님 방문시 별도의 안내자료 제작을 지양하고 학교 교육과정으로 설명
   하기

◎ 학교 교육과정에 제시된 내용을 기준으로 끼어드는 행사 줄이기

◎ 상급기관 공문에 의한 학기 중 추가·수정·변경되는 교육활동은 학교 교육과정
   에 제시된 활동과 통합하여 운영하는 방안 모색하기

연수나 직원회의 시간에 매번 업무에 따라 연수물을 준비하기보다 교육
과정에 포함된 내용을 의도적으로 활용할 필요가 있다. 예를 들어 학생 평
가 계획을 안내할 때 학교 교육과정을 지참하고 직원회의에 참석하여 교
육과정에 제시된 내용으로 직원 연수를 운영하거나, 계절학교 계획 설명
시, 학교 교육과정에 반영된 부분을 참고하여 업무 추진계획을 설명하는
방식이다. 이는 교육과정에 따라 학교가 운영되고 있다는 것을 전 교원이
함께 공감하게 하는 효과도 있다.

이처럼 우리 이야기가 담긴 학교 교육과정을 일상 활동에서 수시로 활용

해야 한다. 구슬도 꿰어야 보배다. 정책과 계획이 아무리 좋더라도 사용하지 않는다면 가치를 잃는다. 잘 만들어둔 자료를 100% 활용할 수 있는 노력이 함께 이루어져야 한다.

우리 학교 교육과정 되돌아보기

의문을 지닌 채 현재를 살라.

그러면 나도 모르게 먼 훗날,

대답을 지닌 채 살아갈 날이 올 것이다.

－라이나 마리아 릴케－

질문으로 되돌아보는 우리 학교 교육과정

Q1. 우리의 이야기를 담고 있는가?

Q2. 학교 교육과정이 너무 많은 내용을 담고 있지 않은가?

Q3. 학생은 무엇을 얻을 수 있는가?

Q4. 교육과정에 아이들의 삶을 담아낼 수 있는가? 삶을 담는 다는 것은 어떤 의미인가?

Q5. 학부모는 어떤 내용이 담기길 원하는가?

Q6. 학교 교육목표는 국가 및 지역 교육과정과 연결되어 있으며, 학교교육목표를 구현하기 위해 필요한 활동들이 교육과정에 반영되어 있는가?

Q7. 교사의 자율성과 전문성을 살리고 교사 수준 교육과정을 지원하는 학교 교육계획서는 어떤 내용과 형식이어야 하는가?

Q8. 국가 교육과정 및 지역 교육과정의 지침과 요구를 반영하되 학교의 특성과 교육공동체의 요구를 고려한 학교 교육과정은 어떤 모습이어야 하는가?

Q9 학교 교육과정이 교육공동체를 같은 방향과 같은 생각으로 연결해주는 효과적인 도구가 될 수 있는가?

Q10. 학교 교육과정이 학년 간 계열성과 연계성을 보장해주는 실제적인 기준이 될 수 있는가?

Q11. 학교 교육과정이 학교 교육활동의 전통과 문화를 지속가능하게 하는 장치가 될 수 있는가? 교사가 바뀌면 모든 것이 바뀌는가? 입에서 입으로 전해지는가? 학교 교육계획서가 아니라면, 무엇이 그러한 역할을 대신할 수 있는가?

Q12. 학교 교육과정이 문서로 존재해야하는 필연적인 이유가 있다면 무엇 때문인가? 만약 불필요하다면 그 이유는 무엇인가?

현재 우리가 처한 학교 환경이 변화의 가능성이 보이지 않는다 해도 무기력하게 주저앉아 기다리고만 있을 수 없다. 과거에 메이지 않고 우리가 생각하는 이상적인 목적과 의미에 따라 불만족스러운 현실을 개선해 나가야 한다.

교사도, 학생도, 학부모도 읽고 싶은 학교 교육과정이 되기 위한 목적을 가지고 변화를 위한 여행을 떠나보자. 어설프고 부족하더라도, 틀에 박힌 교육과정을 넘어, 우리의 이야기를 담기 위해 과감하게 도전해보기를 권한다. 더 이상 교육과정을 편성하는 과정에서 방관자가 되지 말고, 전문성을 살려 교육과정 개발 작업에 적극적으로 목소리를 내어 보자. 학교에 협력적 의사 결정과 의견 수렴 시스템이 갖추어져 있지 못하다면 그러한 것들을 요구하는 것에서부터 시작해보는 것도 좋을 것이다.

캐비닛에 잠들어 있는 교육과정을 깨우자. 교육과정이 있어야 할 곳은 그 곳이 아니다. 교육과정은 잠에서 깨어나 모든 학교 교육 활동 속에 스며들고 역동적으로 살아 움직여야 한다. 교육과정은 원래 그렇게 만드는 것이라고, 만들고 보지 않는 것이라고 속단하지 말자.

교육과정이 왜 그래야 하는지 의문을 지닌 채 현재를 살자. 그러면 나도 모르게 먼 훗날, 대답을 지닌 채 살아갈 날이 올 것이다.

Episode6.

시작이 반이다, 2월·8월 새 학기 맞이
교육과정 재구성

- 2월, 교사 교육과정 구성과 전문적 학습공동체의 시작 -

2월은 새 학년을 준비하기에 가장 좋은 시기이다. 2월에는 올 한해 학반과 업무 배정이 최종 결정되고 새롭게 동학년이 구성되며 지난 한 해의 성찰을 토대로 더 나은 내일을 계획할 수 있다. 또한 방학 중 재충전의 시간이 다가올 한 해를 설계하는 열정으로 전이되는 시기이기도 하다. 2월을 어떻게 보내느냐에 따라 한 해가 좌우된다고 해도 과언이 아니다. 3월에 교사가 아이들 곁으로 돌아가 함께하기 위한 조건은 2월을 어떻게 보내느냐에 달려 있다. - 본문 중 -

Episode6. 시작이 반이다, 2월·8월, 새 학기 맞이 교육과정 재구성

- 2월, 교사 교육과정 구성과 전문적 학습공동체의 시작 -

들어가는 말

선생님이 아이들 곁에서 함께 웃고 눈높이를 맞춰 대화하기 위해, 아이들의 삶을 세심하게 관찰하고 그 속에 깃든 배움의 단서를 발견해 내기 위해 진정 필요한 것은 무엇인가?

교사의 핵심 업무는 교육이다. 따라서 교사는 학생들을 가르치는 데 집중해야 한다. 하지만 학교 현실은 그렇지 않다. 최근 들어 공문 감축 등 행정업무 경감을 위해 많은 노력을 기울이고 있지만 이러한 노력들이 피부로 와 닿지 않는 것이 현실이다. 줄이고 줄였는데, 이상하게 줄지 않는다. 아마 앞으로도 근본적인 혁신이 없는 이상 업무 경감 효과를 현장 교사가 만족할 정도로 체감하기는 쉽지 않을 것으로 보인다.

눈높이를 조금 낮춰서, 새 학기가 시작되는 3월만이라도 교사가 온전히 아이들 곁에 가 있는 방법은 무엇일까? 이는 학교 차원의 노력을 통해 가능하지 않을까? 교사가 아이들 곁에 머문다는 것은 단순히 한 공간에 있는 것을 넘어 교사의 관심과 사랑, 열정으로 아이들의 마음을 채운다는 것을 의미하지 않을까?

3월을 선생님과 아이들에게 돌려주기 위해 우리는 2월에 집중해야 한다. 2월은 새 학기를 준비할 수 있는 시간이다. 비교적 업무에서 자유롭고, 여유롭기 때문이다. 교사는 2월을 통해 학급 철학을 세우고, 한 학기 교실살이의 큰 그림을 그릴 수 있다. 이처럼 2월을 잘 활용한다면 3월, 나아가 새 학기의 첫 걸음을 잘 내딛을 수 있다. 3월에 급하게 만들어지는 각종 계획 - 학급 교육 문서, 나이스 진도표, 평가 계획, 각종 업무 추진 기본 계획 등 - 을 2월을 활용하여 마무리하자. 2월의 준비를 통해 빼앗긴 3월에도 봄이 오게 하자. 학교 교육 활동의 바이오리듬을 2월에 맞춰 운영한다면, 3월은 온전히 아이들과 함께 보낼 수 있게 될 것이다.

교사 방학을 없애자?

교사 방학 폐지 청원에 대하여

청진진행중

교육 공무원 <41조 연수> 폐지를 청원합니다.

참여인원 : [14,761명]

| 카테고리 육아/교육 | 청원시작 2018-07-17 | 청원마감 2018-08-16 | 청원인 naver·*** |

청원시작   청원진행중   청원종료   (中略)

청원개요

교육 공무원 <41조 연수> 폐지를 청원합니다.

청와대 국민청원 게시판에는 "교사의 방학을 없애라"는 청원 10여 건이 올라와 갑론을박 중이다. 그중 '41조 연수 폐지' 청원에 22일 6400여 명이 동의할 정도로 관심이 뜨겁다.

현재 교사의 방학 관련 규정은 따로 없고 교육공무원법 제41조가 원용된다. '교원은 수업에 지장을 주지 아니하는 범위에서 연수기관이나 근무 장소 외의 장소에서 연수를 받을 수 있다'는 게 골자다. 이 조항이 사실상 방학 중 교사들의 휴가로 악용되는 적폐라는 게 폐지 청원자들의 주장이다.

"수업 연구, 연수 등 모두 학교에 나와서 하라. 방학에 쉬면서 세금으로 월급 받아 미용실 가고, 피부과 마사지 받으며 집에서 편하게 쉬는 건 도둑질이나 다름없다." 는 청원을 읽어보면서 '왜 이리도 교사들에 대한 시선이 왜곡되고 교사란 직업을 질투하는지 참으로 안타깝다.

그래도 다행인 것은 김남중 논설위원의 "교사의 질은 사회의 지지와 신뢰에 비례해 담보되는 법이다. 교사의 방학에 '무노동 무임금' 잣대를 들이대는 것은 그 신뢰를 그르치는 일이다"라는 주장에 조금의 위로를 받는다.

언제부턴가 교권이 무너지고 교사를 폄하하는 사회적인 분위기가 형성되면서부터 교사라는 직업에 대한 질투의 시선이 따가울 정도다. 판검사나 의사 그리고 대학교수같은 전문직에 대해서는 일언반구의 말도 꺼내지 못하는 사람들이 존경하고 대우해주어야 할 교사에 대해서는 이리도 냉정할까?

이 글을 읽으면서 많은 생각이 들었다. 교사라는 직업을 얻기까지 얼마나 많은 노력과 고도의 실력이 요구되는지 조금이나마 헤아려주었으면 한다. 대한민국이 폐허의 땅에서 오늘날 세계인이 부러워하는 교육 선진국이 될 수 있었던 것은 분명 교사들의 헌신과 희생이 있었기 때문이다...(중략)

상당수 교사들이 결코 방학을 마냥 놀고 먹는 데 허비하는 게 아니라 학생들을 더욱 잘 가르치기 위한 자기연찬의 시간으로 활용한다는 것을 알아주었으면 좋겠다. 각종 온·오프라인 연수로 교사에게 방학은 배움의 시간이요, 가르침을 준비하는 시간이다. '교사 방학 폐지'라는 청와대 국민청원을 보면서 개인적으로 반성과 성찰의 시간을 가졌다. 교사를 더욱 존경하고 우러러보는 사회풍토 조성을 위해 교사들 스스로도 더욱 노력하고 학생들에게 사랑과 정성을 기울여야할 때이다.   - 한국교육신문 칼럼 (2018.7.25.) 中 발췌 -

교사는 방학을 어떻게 보내는가? 칼럼에서 언급된 것처럼 '자기 연찬의 시간, 배움의 시간, 가르침을 준비하는 시간으로 활용하고 있는가?'

이에 대한 대답을 교사 스스로가 세상에 내 놓아야 할 시점이 다가오는 것 같다. 외부의 시선과 판단에 얽매일 필요는 없다. 대한민국 교육을 책임지는 교사로서 스스로에게 떳떳하고 당당하면 그만이다. 시대와 사회가 변하고 정치적·경제적·학문적 논리에 따라 교육이 흔들리기도 하지만, 교육 혁신과 성장은 결국 교사에게 달렸다. 수많은 정책과 교육개혁이 실패한 이유도 교사를 대상화하였기 때문이 아니던가? 진정한 교육은 교실 속 교사와 학생의 마주침에서 일어난다. 아무리 좋은 교육 정책도 교사 없이는 실현될 수 없다.

교사의 자율성과 전문성을 존중하는 교육 혁신과 교사 업무 경감의 목적은 교사를 '수업'에 집중하게 하여 교육 본질을 회복하는데 있다. 동일한 목적에서 비교적 자유롭고 시간적 여유가 확보된 방학시간에 전문성 신장과 수업 역량 강화를 위해 얼마나 투자하는지 스스로 되돌아보아야 한다. 과연 자유로운 방학 동안 자기 연찬과 전문성 확장을 위해 집중적으로 노력하고 있는가?

이에 대한 대답은 각자의 몫이다. 우리의 말과 행동이 일치할 때 더 이상 외부의 시선을 의식하지 않을 수 있고, 스스로 당당하고 떳떳하게 방학을 누릴 수 있게 된다. 진정한 자유란 '내가 스스로 부여한 법칙에 따라 행동하는 것'이라는 칸트의 말처럼 말이다.

2월을 비우고, 3월은 채우고

2월은 새 학년을 준비하기에 가장 좋은 시기이다. 2월에는 올 한해 학반과 업무 배정이 최종 결정되고 새롭게 동학년이 구성되며 지난 한 해의 성찰을 토대로 더 나은 내일을 계획할 수 있다. 또한 방학 중 재충전의 시간이 다가올 한 해를 설계하는 열정으로 전이되는 시기이기도 하다. 2월을 어떻게 보내느냐에 따라 한 해가 좌우된다고 해도 과언이 아니다. 3월에 교사가 아이들 곁으로 돌아가 함께하기 위한 조건은 2월을 어떻게 보내느냐에 달려 있다.

대부분의 학교들이 2월 중 며칠 학교에 출근하는 것은 어느 정도 합의가 되어 있다. 3월부터 정상적인 교육과정이 운영되기 위해서는 학반 및 업무 배정, 교실 정리, 입학식 준비 등 기본적으로 해야 할 일들이 있기 때문이다. 일반적으로 2월에 출근하여 하던 일을 살펴보자.

· 학반 및 업무 분장 확정
· 전입교원 소개 및 동학년 식사
· 교실 정리 및 책걸상 수량 확보
· 청소물품 수량 확인 및 주문, 청소구역 배정
· 입학식 준비
· 사물함과 신발장 이름표 및 번호 준비
· 업무 및 비품 인수 인계
· 나이스 담임과 전담 개설 및 권한 배정. 신입생 학적 관리
· 담당구역 청소
· 학교 규칙 및 일과 안내
· 3월 첫 주부터 운영되어야할 업무 계획 수립 및 안내
· 학교 교육과정 안내
· 학급별 3월 첫 주 프로그램 준비, 학부모 안내자료 제작 및 학급 안내 자료 준비

위 내용 전체를 2월 중 다루는 학교도 있고 3월이 시작된 후 본격적으로 준비하는 학교도 있을 것이다.

여기서 문제점은 관행적으로 2월에 해 오던 일들의 대부분이 교육과정-수업-평가와 직접 관련이 없다는데 있다. 교사들이 전문성을 살려 교육과정과 수업을 연구하고 교육과정 문해력을 길러야할 시기에 각종 업무와 행정적인 절차들, 환경정리 등으로 중요한 시간을 허비해버리는 것은 여간 안타까운 일이 아닐 수 없다. 이는 우선순위가 잘못 정립되어 있기에 나타나는 현상이다.

우선순위에서 밀려난 학급 교육 목표 수립, 중점 활동 선정, 교과별 배움 중심 수업 계획 작성, 과정 중심 평가 계획 확정, 나이스 편성 등을 3월에 몰아서 하려고 하니 교사가 아이들 곁에 머물 여유가 없다. 그렇다면 4월에는 가능할까? 오히려 더욱 힘들어질 가능성이 높다. 위 작업들은 상당한 집중력을 요하고 시간이 많이 소요되며 집단 지성을 발휘해야하므로, 학기 중 수업을 마치고 하기에는 버겁다. 한 번만 해보면 다 알 수 있는 내용이다. 2월에 학교 교육과정과 교사 교육과정에 집중하여 전체적인 윤곽과 개략적인 내용을 결정하고, 학기 중 적용 과정에서는 유연하게 수정하며 만들어가는 것이 바람직하다.

세상 모든 일에는 기한과 때가 있다. 심을 때가 있고 거둘 때가 있으며 채울 때가 있고 비울 때가 있다. 교육과정을 계획하는 것도 때가 있다. 2월을 놓치면 교사 교육과정은 형식적으로 만들어져 캐비닛에서 잠들어 버리기 일쑤이다. 따라서 생활지도와 업무로부터 자유로운 2월에 교사가 핵심 업무에 매진할 수 있도록 학교가 여건을 마련해 주어야 한다. 교육과정과 수업, 평가에 대해 충분히 고민하고 교육과정을 재구성해야하는 시기에 중요하지 않은 일들에 매여 있느라 본질을 놓치는 일이 발생하지 않도록 해야 한다.

그렇다면 우리는 2월을 어떻게 보내야 할까? 경상남도 교육청에서는 2월 중 새 학년 맞이 교육과정 재구성 기간을 정책적으로 운영하고 있다. 2월에는 해당 학년의 교육과정을 연구하고 동료성을 구축하여 개학 첫 날부터 교육과정이 정상 운영되는 것을 목표 한다. 교원 인사 시기를 당기고, 부서별 업무 기본계획들과 공모사업 등의 순환 주기를 2월로 조정하고 있다. 또한 학교 교육과정에 반영되어야 할 중요한 행사나 지침들을 교육과정 편성 시기보다 빨리 제시하여 학교 교육과정에 사전 반영될 수 있도록 노력하고 있다.

2월, 새 학년 맞이 교육과정 재구성 주간은 '교육과정'에 초점을 맞추어 운영해야 한다. 중요도가 덜한 일들은 가볍게 다루거나 학기가 시작되고 난 이후에 해도 무리가 없기 때문이다.

〈 2월, 새 학년 맞이 교육과정 재구성 주간 운영 목표 〉

1. 교사의 교육과정 문해력을 신장시키자
 - 국가 교육과정, 지역 교육과정, 학교 교육과정 문해력 함양

2. 학년별 전문적 학습공동체의 기초를 다지자
 - 학년별 교육 목표와 방향 설정, 철학과 가치 공유, 함께하는 교육과정 재구성

3. 교육과정 전문성을 기반으로 한 동료성을 구축하자
 - 교육과정을 중심으로 상호작용하며 소통하는 관계 형성

4. 교사 교육과정을 설계하자
 - 학급 교육 목표, 중점 활동, 교과별 진도표 등 교사 수준 교육과정 계획 수립

5. 교과서를 재구조화하여 교육전문가로서 역량을 발휘하자
 - 교사 교육과정의 틀 안에서 교과서 재구조화

〈 본교 2월 새 학년 맞이 교육과정 재구성 운영 계획 〉

가. 일시: 2019. 2. 18.(월) ~ 22.(금)

나. 대상: 본교 교원 (2019. 3월 인사발령교원 포함)

다. 주요 운영 일정

구분	오전	오후
18.(월)	▸ 학년 및 업무 분장 확정 발표 ▸ 업무 인수·인계 ▸ 교실 확인 정리 ▸ 2015 개정교육과정 이해	▸ 2019. 인평교육과정 이해 ▸ 교사 수준 교육과정 이해 ▸ 교육과정 문해력 갖기 (교과 성취기준 조망도) ▸ 학급 교육 목표, 중점 과제 설정 (과제)
19.(화)	▸ 학급 교육 목표 및 중점 과제 설정 결과 나눔 ▸ 교육과정 재구성 방법 연수 ▸ 학년별 학교 중점 교육 활동 연계 재구성 (1차) – 자치활동과 연계한 실생활 중심 PBL, 지역사회 자원을 활용한 학생주도 프로젝트 학습, 학급 교육목표 연계 재구성 등	
20.(수)	▸ 학년별 교육과정 재구성(2차) – 교과별 연간 배움 중심 수업 계획 (진도표) 및 과정 평가 계획 수립	
21.(목)	▸ 재구성 결과 공유 (11:30)	▸ 재구성 결과를 반영한 나이스 편성
22.(금)	▸ 빛깔있는 교실 이야기 작성 방법 안내	▸빛깔있는 교실 이야기 작성 완료
25.(월) ~	▸ 학년별 자율 운영	

2월에 출근하여 교육과정을 재구성하는 것은 아직 우리에게 익숙하지 않다. 도교육청 권고 사항이지만, 형식적으로 운영하는 학교도 있고 일부 학교에선 아직 시도도 못하고 있다는 것을 안다. 본교는 올해 2년 째 운영 중이며 매년 충분한 소통을 통해 불필요한 오해가 생기지 않도록 노력하고 있다. 지금까지는 여러 선생님들이 운영 취지를 공감해주었고, 덕분에 학교 특색 교육 활동으로 자리매김해가고 있다.

2월의 출근을 희생과 포기라고, 마땅히 누려야할 권리를 빼앗긴다 생각하지 말고 3월과 새 학년을 위한 투자라고 생각하면 좋겠다. 2월은 조금 비우자. 그러면 3월은 풍성하게 채울 수 있을 것이다.

교사 교육과정의 기초를 세우는 2월

본교의 2월 교육과정 재구성 주간이 어떻게 운영되었는지 자세히 살펴보자.

1. 교사의 교육과정 문해력 함양

〈학교 교육과정에 대한 문해력 갖기
– 학교 교육과정 연수 장면〉

정광순(2012)은 교육과정 문해력을 '교사가 국가 수준 교육과정에 대하여 자율권을 행사하기 위해 갖추어야 할 능력'으로, 김세영(2014)은 '주어진 교육과정을 해석하여 기준에 부합하는 수업을 설계하여 실행하고 평가하는 교육과정 상용 능력'이라고 정의한다. 정책적인 관점에서 현장 교사들의 이해와 활용을 돕기 위해 경기도 교육청에서는 교육과정 문해력을 다음과 같이 해석하여 정의하고 있다.

〈 교육과정 문해력이란? 〉

---

❶ 성취기준을 중심으로 교육과정 문서를 읽고 해석하여 ❷ 교육과정 재구성, 배움중심수업, 과정중심평가를 실행하는 ❸ 교육과정 상용 능력

교육과정 문해력을 정의하는 요소 중 ❷, ❸번은 일상 수업을 실행하고, 실행 과정을 반성적으로 성찰하는 과정에서 함양될 수 있다. 그리고 ❶번 요소는 ❷, ❸번 요소를 위한 이론적이고 지적인 기초가 되어준다.

본교의 2월 교육과정 재구성 기간에는 ❶번 요소인 '성취기준을 중심으로 교육과정 문서를 읽고 해석하는 능력'을 효과적으로 함양하였다. 국가 교육과정 총론과 각론을 읽고 요약 정리한 후 각자의 교육 경험과 철학을

토대로 해석해보는 시간을 가졌다. 특별히 올해 맡은 학년의 성취기준을 중심으로 각론 조망도를 조직해보는 과정은 많은 도움이 되었다.

<교과별 성취기준 읽고 문해력 갖기>

교육과정 재구성 주간에 교사들은 총론과 각론, 학년 및 교과별 성취기준 맵핑 자료를 천천히 읽어보며 교육과정 총론과 각론에 대한 나름대로의 해석을 기초로 조망도를 그린다. 그리고 이후 전개될 학년별 교육과정 재구성을 위해 단원 내, 단원 간, 주제 중심 재구성의 목적, 의미, 방법 등에 대한 연수를 함께 진행하였다. 이러한 과정 속에서 교사들의 학교 교육과정 문해력도 자연스럽게 높아진다.

2. 교사 교육과정 설계와 준비

▶ 학급 교육 목표 수립

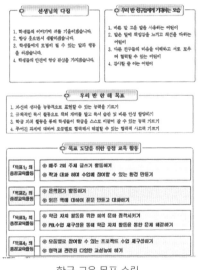

학급 교육 목표 수립

한 해 동안 실천할 학급 목표(3~4개)를 설정하고 목표 도달을 위한 중점 과제(목표별 2~3개)를 선정하였다. 목표와 중점 과제는 논리적인 일관성을 갖도록 작성되었으며, 교과·창체·생활교육·상담·방과후 프로그램 등 교육활동 전반을 고려하여 설정하였다. 목표와 중점 과제뿐만 아니라 교사로서의 마음가짐을 새롭게 하는 '선생님의 다짐'과 '우리 반 아이들에게 기대하는 모습'도 함께 작성하여 학급 목표를 수립하였다. 이렇게 완성된 학급 목표는 교육과정 재구성과 배움중심수업 계획의 기준과 방향이 되었으며, 교실 입구에 부착하여 학급 안내판으로도 활용하였다. 2월에 설정된 학급 교육 목표는 학기 말 교사 교육과정을 반성하는 기준이 되고 교실에서 이루어지는 다양한 교육활동에 방향성을 부여한다.

▶ 학년별 교육과정 재구성

〈학년별 교육과정 재구성 장면〉

본교에서는 단원 내, 단원 간, 주제 중심 재구성을 학기별 1회 전 학년에서 실천하기로 약속되어 있다. 단순 실천이 아니라, 교수평 일체화의 관점에서, 재구성 된 수업은 과정중심평가 문항을 개발·적용하며, 활동 과정과 결과를 사진, 활동지 등 다양한 형태로 기록한다. 전 학년이 약속한 재구성 수업만큼은 교·수·평·기 일체화를 실천하고 사례 나눔까지 패키지화되어 있다. 물론 보다 많은 재구성을 원하는 경우 학년별로 자유롭게 추가 실시할 수 있으며, 그 모든 과정은 자율에 맡긴다. 유의할 점은 2월 교육과정 재구성 기간에 세밀한 계획까지 완성하지 않는다는 점이다. 완벽한 재구성을 추구하다보면 시간을 많이 소비하게 되고, 집중력을 잃게 된다. 2월에는 학년별로 단원 내, 단원 간, 주제 중심 재구성을 아이디어 수준에서 계획하고, 정해진 양식에 따라 A4 1장에 정리해 두는 것이 좋다. 그리고 학기 중 재구성 수업을 실천할 시기에 전문적 학습공동체에서 계획한 내용을 바탕으로 좀 더 세밀하게 구체화하여 실시하면 된다.

〈 A4 한 장에 정리된 재구성 결과 〉

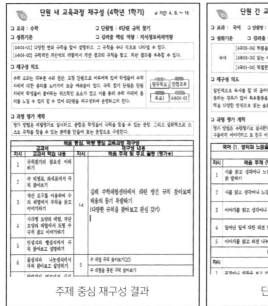

주제 중심 재구성 결과

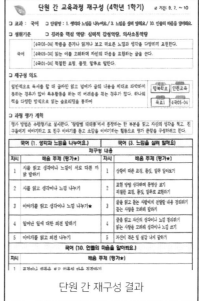

단원 간 재구성 결과

▶ 교과별 배움 중심 수업 계획

본교는 나이스(Neis)에 입력되는 교과별 진도표에 성취기준, 주안점(학교 및 학급 목표와의 관련성, 범교과 연계, 평가할 성취기준), 메모 등의 항목을 추가하여 '교과별 수업 계획의 조망도'로써 활용할 수 있는 배움 중심 수업 계획을 작성하여 활용한다.

배움중심수업 계획은 매 학기 교과별 지도 내용과 시기, 평가 계획, 성취기준, 범교과 등을 기록하여 한 눈에 파악할 수 있도록 정리한 자료이다. 학급 운영을 하면서 배움중심수업 계획은 유용하게 활용된다. 교과별 학습내용을 간략히 알려주고 놓치기 쉬운 평가도 사전에 준비할 수 있도록 도와준다. 배움 중심 수업 계획을 잘 활용하면 우리 반의 교과 학습이 현재 어느 위치에 있고, 교사는 무엇을 준비해야 하는지 전체적인 맥락에서 파악할 알 수 있다. 또한 배움중심수업 계획은 전문적 학습공동체에서 함께 수업을 재구성할 때 활용할 수 있는 유용한 자료가 되기도 한다.

2019. 2학년 1학기 국어과 배움 중심 수업 계획

본교 교육 목표		학급 교육 목표	
핵심 행복학교	핵심 성품학교	1	인사예절, 정리정돈, 통행 방법 등의 기초·기본 습관 형성하기
핵심 정의학교	핵심 탐구학교	2	배움에 적극적으로 참여하며 배움의 즐거움 찾기
		3	책 읽기에 흥미를 가지고 독서 습관화하기
		4	나를 사랑하고, 남을 사랑하며 배려와 협동 실천하기

범교과 주제			과정 중심의 평가	재구성 유형
안전·건강	인성	진로	슬02-02 지필 또는 수행평가를 실시 할 경우, 평가가 이루어지는 성취기준의 코딩 번호 명시	단원내 재구성 · 단원간 재구성 · 궤줌 재구성
다문화	인권	민주시민		
통일	독도	경제·금융		
ESD	한자	정보통신윤리		

기간	성취기준	주안점	단원명 / 재구성 유형	학습 내용 (과정 평가 ★)	차시	메모
3월	문학[2국05-03] 여러 가지 말놀이를 통해 말의 재미를 느낀다. 문법[2국04-04] 글자, 낱말, 문장을 관심 있게 살펴보고 흥미를 가진다.	핵심 행복학교 목표2 인성	4. 말놀이를 해요	단원 도입	1	
				말의 재미 느끼기 및 단원 학습 계획하기	1	
				꽁지 따기 말놀이 및 같은 말로 이어 말하기 놀이 하기	1	
				꽁지 따기 말놀이 및 같은 말로 이어 말하기 놀이 하기	1	
				주고받는 말놀이 하기	1	
				주고받는 말놀이 하기	1	
				여러 가지 낱말 찾아 보고 나누기	1	
				낱말 말하기 놀이 하기	1	
				낱말 말하기 놀이 하기	1	
				말 덧붙이기 놀이 하기	1	
				말 덧붙이기 놀이 하기	1	
				여러 가지 낱말에 관심 가지기	1	
				단원 정리	1	
3월말 ~4월초	듣기·말하기[2국 01-04] 듣는 이를 바라보며 바른 자세로 자신 있게 말한다. 읽기[2국02-05] 읽기에 흥미를 가지고 즐겨 읽는 태도를 지닌다.	핵심 행복학교 목표4 국01-04 진로	2. 자신 있게 말해요 단원간 재구성	다른 사람 앞에서 말한 경험 떠올리기	1	
				자신 있게 말하는 방법 알아보기	1	
				다른 사람과 대화를 나누거나 발표할 때 알맞은 몸짓 알아보기	1	
				나를 소개하는 글쓰기	1	
				친구들 앞에서 나를 소개하기	1	
				친구들 앞에서 나를 소개하기	1	
				나의 꿈을 소개하는 글쓰기	1	
				나의 꿈을 소개하는 글 발표하기 ★	1	
				나의 꿈을 소개하는 글 발표하기	1	
				꿈자랑 발표하기	1	

▶ 학급 교육 플래너

수업 플래너는 '교사 교육과정 플래너'이자 '학기별 수업 계획'이다. 학급 교육 플래너는 교사 교육과정을 체계적이고 계획적으로 운영하는데 도움을 준다. 학급 교육 플래너 한 장으로 한 학기 교사(학급) 교육과정의 편성, 수업 구성, 강조점, 특징, 과정평가시기, 교과별 시수 배당, 학급특색교육,

주요 행사 등을 간편하게 확인할 수 있다.

수업 플래너는 2월에 재구성한 내용을 나이스 학기별 시간표에 입력한 것을 바탕으로 교실에서 보다 쉽게 활용할 수 있도록 한 '기록'의 또 다른 형태이자 교사의 교육 계획을 반영한 '설계도'이다. 교사는 학급 교육 플래너라는 설계도를 바탕으로 학급을 운영하되, 필요하다면 융통성 있게 수정 변형하여 실정에 맞게 활용하면 된다. 계획은 계획으로서 의미를 갖는다. 플래너의 계획을 염두에 두고 운영하되 상황에 따라 탄력적으로 수정하며 만들어가는 교육과정을 가능하도록 돕는 보조 자료로 활용한다.

〈2019학년도 5학년 1학기 수업 플래너(예)〉

▶ 교사 교육과정 바인더

본교에서는 2월 교육과정 재구성 기간 동안 문서로 만들어진 내용을 출력하여 '교사 교육과정 바인더'에 포함하고, 이를 전문적 학습공동체에 참석할 때 활용할 수 있도록 안내하였다. 교사 교육과정 바인더는 학교 교육과정과 일관성 있는 형태로 제작하여 상징성을 높였다.

〈 교사 교육과정 바인더에 포함되는 내용 〉

❶ 학급 교육 목표 및 중점 교육 활동 ❷ 학기별 수업 플래너 ❸ 교과별 배움 중심수업 계획 및 평가 계획 ❹ 교육과정 재구성 자료 ❺ 기타 자료

〈학교 교육과정과 교사 교육과정 바인더〉

문서 작성에 대한 교사의 거부감은 상당하다. 문서로 만들어질 필요가 있는 내용도 누군가의 지시에 의해 만들 때에는 저항하고 거부하는 모습을 종종 목격한다. 이러한 거부감의 원인에는 수업 시간조차 아이들 대신 문서 작성에 집중해야 하는 자괴감도 한 몫 할 것이다. '종이 교육은 그만하고 삶을 살고 싶다'는 외침이 공감 받는 이유이다.

하지만 교사 교육과정 실현을 위한 워크북으로, 학급 교육활동의 종합적인 플랫폼으로, 기록의 수단으로, 인쇄물은 어느 정도 필요하다. 아이들과 함께한 배움과 삶을 종합적으로 관리하고 기록하는 최소한의 장치로써 말이다. 교사의 자발성과 전문성에 기초하여 만들어진 인쇄물은 동료들과 함께 수업을 디자인한 흔적, 평가 문항을 설계한 과정, 수업을 통한 성찰의 의미를 종합적으로 기록하고 관리하는 '일기장'의 역할을 한다.

문서 양산과 기록은 종이 한 장 차이다. 타인의 의지에 의해 불필요한 내용이 기록되고 인쇄되어 관리된다면 이것은 '문서'로 남지만, 동료 교사와 소통과 협력의 과정이 기록·관리되고 일상 수업에서 효과적으로 활용될 수 있다면, 이는 문서의 형태지만 분명 '기록'의 또 다른 모습일 것이다. 교사 교육과정 바인더는 '교사의 배움과 성장의 기록'이다.

3. 학년별 전문적 학습공동체의 기반 조성

2월 새 학년 맞이 교육과정 재구성 기간 동안의 모든 과정은 동학년을 중

심으로 움직인다. 학급 목표를 세우고, 교육과정을 재구성하며 나이스를 편성하는 과정에서도 동학년 간 긴밀한 협의와 소통이 밑바탕이 된다. 이러한 과정에서 교육과정을 중심으로 한 전문적 학습공동체의 기초가 자연스럽게 형성된다.

매주 수요일, 전문적 학습공동체에서 교사 교육과정 바인더를 활용하여
수업과 평가를 협의하는 모습

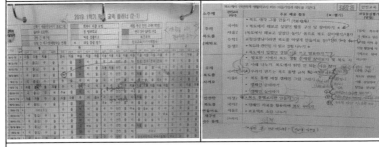

2월 재구성된 내용을 기초로
추가, 수정, 발전되는 교사 교육과정을 기록하는 플랫폼으로 활용

<새 학년 맞이 교육과정 재구성 주간을 마친 후 담당교사 메모>

1. 교육과정 재구성 일주일 전, 학년 및 업무 배정이 확정되는 것이 좋다 → 심리적, 물리적 여유를 확보하는 차원에서 → 올해 내가 맡게 된 학년의 교육과정을 미리 고민해 볼 수 있는 시간 제공
2. 교육과정 재구성과 관련된 내용은 매일 하나씩 안내하기보다, 가급적 한 번에 모두 모아 안내하자 → 각자 재구성 스타일에 맞게 처리할 수 있도록 배려하는 방법을 고민하자
3. 일주일도 충분히 고민하고 재구성하기엔 짧다 → 사전 완료될 수 있는 단순 행정적인 작업은 미리 완성해서 제공하자 (ex – 교과 진도표 한글 작업 등)
4. 선생님의 역량을 충분히 신뢰하자! 충분히 해낼 수 있다. 서로를 믿고 의지하자

〈 교육과정 재구성 주간 후, 교사의 소감 〉

일을 체계적으로, 정확하게 배울 수 있어 좋았어요.
이번에 배운거 평생 써먹을 것 같아요.
감사합니다.

학급. 학년의 전반적인 운영계획을 세울수 있어서 좋았습니다.
재구성에 대한 막연한 어려움이 있었는데 차근차근 해 나가면서 많은 것
알게 되었고. 구체적인 경험을 해볼수 있었습니다.

자율적으로 하면 뭘 계획 단계에서부터 허벅지도이 수(?)
함께 하며 재구성하여 좋았습니다.

재구성할 수 있는 시간을 충분히 가질 수 있어 좋았고,
연구부장님께서 정말 친절하게 안내해주셔서 큰 도움이 되었습니다.

8월, 선택과 집중의 계절

〈방학 전 2학기 교육과정 재구성 방향을 안내하는 모습〉

2학기 맞이 교육과정 재구성 주간은 전 교사가 함께 모여 운영하지 않고 학년별 자율 실시를 원칙으로 했다. 2월 재구성 후, 담당자도 선생님의 역량을 충분히 신뢰해야겠다는 반성이 있었고, 설문조사에서도 '최종 목표와 과정을 처음부터 자세히 안내하고 재구성 기간만 알려주면 충분히 할 수 있다'는 건의가 있었기 때문이다. 1학기에 갖춘 교육과정 문해력과 재구성 경험이 있었기에 2월보다 의욕과 열정이 많아진 모습을 볼 수 있었다. 이는 1학기에 재구성을 통한 수업의 유익을 충분히 맛보았기에 가능한 일이었다. 교사도 내 손으로 직접 구성한 계획과 자료를 아이들에게 적용했을 때의 만족과 보람을 느꼈을 것이고 아이들 또한 배움에 적극적이며 긍정적인 피드백을 주었기 때문이라 생각한다. 이미 특정 학년은 학기 중 반성적으로 성찰한 결과를 토대로 2학기 교육과정 재구성 방향을 결정하기도 하였다.

2학기 교육과정 재구성 절차는 다음과 같다.

〈 2학기 교육과정 재구성 절차 〉

순	1	2	3	4
절차	2학기 교육과정 재구성 방향 안내	학년별 교육과정 재구성	교육과정 재구성 결과 나눔	재구성 결과 수정 및 보완
시기	방학 직전	방학 중	개학 3일 전	개학 후
주요 내용	▶학교 중점교육과 연계한 재구성 방향 안내 ▶학년별 재구성에 관련된 예산, 학사 일정, 창체 시수, 평가 계획 등 안내	▶학년별 적이한 시간에 모여 2학기 교육과정 재구성 (단원 내, 단원 간, 주제 중심) ▶방학 중 근무와 통합 운영	▶학년별 재구성 결과 발표 및 질의 응답 ▶나눔을 통한 책무성 강화, 계획의 완성도 제고	▶수정 보완해야할 부분 마무리

〈 방학 직전, 2학기 교육과정 재구성과 관련한 본교 안내 자료 〉

2학기 교육과정 재구성 안내

나이스 2학기로 전환 및 각종 편성 권한 부여, 전담교과 개설: 나이스 담당자, 8월 3일까지

* 1학기에 편성해둔 나이스 편제 및 교과별/학년별 시수는 조정하지 말 것.

* 1학기와 동일하게 나이스 기본시간표 편성(불가피한 경우 수정)

★ 여름 방학 중 마무리 되어야 할 내용 ★

1. 학교 및 학급별 특색을 반영한 교육과정 재구성

* 단원 내, 단원 간, 주제 중심 체험활동 연계 재구성 각 1회 : 붙임 〈양식1~3〉

주제 중심 진로 탐구 프로젝트 "꿈길 따라"

장소	진주 예술교육원 해봄	진주 수학체험센터	마산 지혜의 바다	통영 진로체험센터 잡아라	진주 다문화 교육원
학년	4학년	5학년 S/W 연계	1, 2학년	6학년	3학년 다문화 중점학교 연계
비고	교과와 연계한 진로 탐구 프로젝트 재구성, 장소 변경 가능, 11월말까지 프로젝트 완료하기. 예산·학년에 적합한 프로그램 등 세부 내용은 유선 연락하여 학년별 파악하여 재구성에 반영. 최대한 학교 예산 지원 예정.				

* 기타 학년별 재구성 (학급 플래너에 반영되어야할 내용)

1학년	2학년	3학년	4학년	5학년	6학년
1. 한글교육 2. 놀이중심 재구성 3. 체험 중심 안전 교육	체험중심 안전교육연계 재구성	행복수업 교과 연계 7차시		진로 연계 재구성 (창체 진로 4차시 활용)	S/W 관련 재구성

2. 나이스 2학기 학급별 시간표 편성 완료 및 2학기 학급 플래너 작성 : 붙임 〈양식4〉

 – 2학기 창의적 체험활동 시수 편성 계획 참고 (학교교육계획 24p)

 – 2학기 영양 및 보건 시간표 편성 참고(학교교육과정29p)

 – 1, 3, 6학년 2학기 연극 시간표 편성 (학교교육과정29p)

 – 2학기 배움터 다지기 프로젝트는 목, 금 2일간 운영 / 2일간 전담 수업 제외

 – 개학식·방학식 : 1~2학년 3교시, 3~6학년 4교시 편성

 – 수학여행 3일 6교시 편성 / 가을 현장학습 6교시 편성

 – 종업식, 졸업식 : 1~3학년 1교시, 4~6학년 3교시 편성

  기타 내용은 학교교육계획 25~27p 참고

3. 교과별 배움 중심 수업 계획 + 평가 계획: 붙임 〈양식5〉

4. 범교과 편성 재확인 (학급교육계획, 1학기만 편성했는지 / 2학기 모두 편성했는지 확인)

2학기 3차 정보공시는 일반적으로 9월 첫 주나 늦어도 둘째 주에는 마무리된다. 그래서 개학이 늦은 학교의 경우, 개학 하자마자 정보 공시 공문이 접수되는 황당한 일을 겪기도 한다. 3차 정보공시에는 2학기 교과별 진도표와 평가 계획을 입력해야 하는데, 여름 방학 중 교육과정 재구성이나 수업 계획에 대한 사전 준비 과정이 없었다면 정보공시는 형식적인 '행정 업무'가 될 수밖에 없다.

이러한 형식적인 행정 업무를 줄이고 내실 있는 교육과정을 운영하기 위해서는 방학 중 교육과정에 대해 준비하고 고민하는 시간을 가져야 한다. 준비된 교육과정은 진도표와 평가 계획을 포함하고 있으므로 정보공시에 맞춰 서두를 필요가 없다. 그리고 구색만 맞춘 교육과정이 아닌 실제 유의미하게 계획된 교육과정이 학교 알리미를 통해 학부모에게 제공될 수 있기 때문에 교육공동체 모두에게 유익하다. 하지만, 방학 중 2학기 교육과정 운영에 대한 고민 없이 개학을 맞는다면, 학기 초 업무 쏠림 현상으로 2학기 수업과 평가 계획은 급하게 작성되고, 마감 날짜에 쫓겨 급하게 만들어진 문서는 학기 중 교사에게 외면 받는 악순환이 반복되기 마련이다.

나는 늘 준비된 모습으로 아이들을 맞이하고 싶다. 하지만 막상 학기가 시작되고 나면 생각지도 못한 일들로 인해 몸도 마음도 여유 없이 바쁘게 흘러간다. 물살에 떠밀려 간다는 표현이 적절할 것이다. 수업, 평가, 업무, 상담, 생활지도 등 학교에서 교사를 휩쓸고 지나가는 것은 제법 많다. 학기가 시작되고 난 후, 학기 전체를 조망하고 깊이 있는 교육과정 재구성을 계획하고 실행하는 것이 상당히 어렵다는 것을 몇 년간의 시행착오를 통해 깨닫게 되었다. 우리에게 주어진 시간을 밀도 있게 효과적으로 활용하기 위해서는 여름 방학을 흘려보내선 안 된다. 여름 방학 동안 두 가지 과제를 선택하고 거기에 집중하자. 첫 번째는 학기 중 지친 몸과 마음을 회복하는 것이다. 그리고 두 번째는 2학기 교사 교육과정을 준비하는 것이다. 여름의 따사로운 햇살이 가을철 수확의 기쁨을 안겨 주듯이 여름 방학동안 두 가지 과제를 선택하고 집중한다면 2학기에는 수업 속에서 달콤한 열매를 맛볼 수 있을 것이다.

Episode7. 학부모와의 첫 만남, 긴 여운

학교 교육과정 설명회?
교사의 전문성을 살린 학급 교육과정 나눔의 날!

학부모와의 관계는 설명회의 첫 만남부터 시작된다. 따라서 첫 단추를 잘 끼워야 한다. 좋은 인상을 주고 학교 교육, 학급 교육에 안심할 수 있도록 준비해야 한다. 첫 만남은 긴 여운을 남긴다. 교사에게도 학부모에게도 첫 만남은 긴 여운을 남기기에 참 소중하다. 이 소중한 시간을 잘 준비하여 학부모와 좋은 관계를 형성하고, 교육공동체가 교육과정을 함께 나누는 뜻깊은 시간으로 활용하길 바란다. - 본문 중 -

Episode7. 학부모와의 첫 만남, 긴 여운

- 학교 교육과정 설명회?
교사의 전문성을 살린 학급 교육과정 나눔의 날! -

들어가는 말

첫 만남은 중요하다. 세상 모든 것의 '처음'은 저마다의 풋풋함과 설렘, 그리고 애틋함과 긴장감을 동반하고 있다. 첫 만남에서 자연스럽게 일어나는 감정은 그 자체로 소중할 뿐만 아니라 우리의 정서와 사유에 영향을 끼친다. 3월에는 우리 반 아이들과 두근두근 첫 만남, 새로운 환경의 학교와 동료교사와의 만남, 그리고 학부모와의 만남도 있다. 첫 만남의 관점에서 바라보니 학교는 만남과 헤어짐이 반복되는 공간이라는 생각이 든다.

새 학년이 시작되고 교사와 학부모는 학교 교육과정 설명회 때 처음 만난다. 때론 이 만남이 처음이자 마지막 만남이 되기도 한다. 중요한 자리가 아닐 수 없다. 학부모는 학교 교육과정보다 담임교사의 몸짓 하나 말투 하나에 더 집중한다. 학부모들도 이미 다 알고 있다. '교사가 곧 교육과정이란 사실을.'

따라서 교사는 학부모와의 첫 만남을 잘 준비해야 한다. 학부모의 흥미와 관심이 집중되어 있는 곳을 잘 파악하여 학부모와 공감대를 형성한다면 학급을 운영하는데 많은 도움을 받을 수 있다. 하지만 첫 만남에서 나쁜 인상을 심어준다면 불필요한 오해를 키우게 되고, 학교 교육활동에도 부정적인 영향을 초래하게 된다.

이러한 까닭에, 학부모와의 첫 만남인 학교 교육과정 설명회를 잘 준비하고 활용해야 한다. 학교는 설명회를 통해 교사의 교육 철학과 신념, 배움과 가르침에 대한 열정과 사랑을 전하고 교사 교육과정을 안내해야 한다. 이를 통해 학부모는 학교와 교사를 신뢰하게 되고, 교육과정 운영에 대해 협력적인 태도를 갖게 되기 때문이다.

첫 만남이 중요하다. 첫 인상은 쉽게 바뀌지 않는 법이다. 기분 좋은 첫 만남을 통해 학부모에게 긍정적인 이미지를 심어주자. 그리하여 중요한 교육 파트너인 학부모와 협력과 신뢰 관계를 형성하자. 이것이 학교 교육과정 설명회의 가장 중요한 목적이다.

학급 교육과정 나눔의 목적

2018학년도부터 우리 학교는 학교 교육과정 설명회를 '학급 교육과정 나눔의 날'로 바꾸어 운영하였다. 사실 우리의 의도를 충분히 반영한 표현은 '교사 교육과정 나눔의 날'이다. 하지만 교사 교육과정에 대한 용어가 아직은 보편화되지 않았고 학부모의 관점에서 이해를 돕기 위해 '학급 교육과정 나눔의 날'이라는 용어를 사용하였다. 주어를 학교에서 학급(교사)로 전환한 이유는 크게 두 가지이다.

첫 번째는 앞서 언급했듯이 학부모의 관심이 학교보다는 학급과 교사에게 머물러 있기 때문이다. 두 번째 이유는 2월 새 학기 맞이 교육과정 재구성 기간이 내실 있게 운영되었기 때문이다. 2월 교육과정 재구성 기간 동안 교사 교육과정이 전문적학습공동체를 통해 구체화되었고, 학교 교육과정 운영의 핵심을 교사 교육과정에 두었기에 가능한 일이었다. 교사 모두가 2월에 '함께' 만든 각양각색의 '교사 교육과정'에 대해 자신감이 있었기 때문에, 교사 교육과정을 학부모와 함께 나누자는 의견도 큰 부담 없이 받아들였다.

학급 교육과정 나눔의 날 운영 목적을 다음과 같이 설정하고 선생님들과 함께 공유하였다.

〈 학급 교육과정 나눔의 날 운영 목적 〉

1. 학부모에게 교사의 교육 철학과 비전 공유
2. 당해 년도 학교 교육활동 안내, 학부모와 소통과 공감의 장 마련
3. 학급 교육 활동에 대한 학부모의 신뢰도 함양으로 협력적 관계 형성
4. 학부모의 학교 교육활동에 대한 적극적이고 자발적인 참여 유도

'학급 교육과정 나눔의 날' 운영 목적은 교사와 학부모 모두를 고려하여 설정하였다. 학급 교육과정 나눔의 날을 통해 교사는 교육 철학과 비전을 학부모와 공유하고, 수업과 평가 중심의 학급 한해살이를 안내하여 학부

모와 공감대를 형성한다. 또한 학부모는 설명회를 통해 평소 궁금했던 점을 해소하고, 학교 및 학급 교육과정에 대한 이해를 높일 수 있다. 학교 활동에 대한 학부모의 이해는 학교에 대한 신뢰와 자발적인 참여를 이끌어 낸다는 점에서 설명회의 중요한 목적이 된다.

첫 만남이 중요하다

[1부 - 학부모 총회]
- 감사장 전달
- 학부모회 조직
[2부 - 학급 교육과정 나눔]
- 개회
- 국민의례
- 담임 소개 및 학교장 인사
- 학교 교육과정 나눔 및 학부모 연수
- 학급 교육과정 나눔
- 질의응답 및 폐회

<학급 교육과정 나눔의 날 식순>

본교는 전교생이 약 250명 정도이지만, 1학기 교육과정 설명회에 참석하는 학부모는 평균 30명 내외로 관내 다른 학교에 비해 참여율이 저조한 편이다. 그래서 나눔의 날 운영을 각 교실에서 할 경우 학급당 평균 참석자가 2~3명 정도로 교실 공간 대비 공허한 느낌이 들게 된다. 그리고 교실에서 하면 학교 교육과정 설명회를 마치고 체육관에서 학급으로 이동하는 과정이 번거롭기도 했다. 이러한 이유로 나눔의 날은 체육관에서 학급별로 원탁에 앉아 실시하는 것으로 결정하였다. 같은 공간에 모여 있으니 서로의 이야기를 듣고 공유하기 용이했으며 교육공동체가 같은 공간에 모여 교육과정에 대해 토의하는 모습은 공동체라는 느낌을 주고 동질감을 형성하데 도움이 되었다.

충분한 학급별 교육과정 나눔 시간 확보를 위해 학부모 교육이 필요한 내용들은 유인물로 대신하였다. 그리고 영상으로 제작되어 있는 자료인 경우 식전에 제시하여 시간을 확보하였고, 학교 교육과정도 비전과 목표,

중점 과제만 간단히 제시하고 주요 학사 일정과 학급 행사들은 담임 교사들이 직접 설명할 수 있도록 하였다. 이처럼 학급 교육과정 나눔이 내실 있게 운영될 수 있도록 시간적, 환경적 여건을 조성하는데 노력을 기울였다.

<따로 또 같이 운영된
학급 교육과정 나눔의 날 전경>

본교는 저경력 교사 비율이 60%를 넘는다. 경험이 적은 선생님들의 부담을 줄이기 위해 학급 교육과정 나눔 시간의 구체적인 운영 방향을 아래와 같이 제시하였다.

〈학급 교육과정 나눔은 어떻게?〉

순	내용	방법
1	학급 교육과정 안내	· 학급 교육과정 중, 빛깔 있는 학급 교육과정 이야기 관련 내용 (선생님의 다짐, 학급교육 목표, 중점교육활동, 교육과정 플래너)
2	학급 교육과정 질의응답	· 학급 교육과정에 대한 질의 및 응답(10분 이내) · 답변이 곤란하거나 학교 차원에서 대응해야할 질문은 지원 요청
3	우리 아이가 공부하는 교실은 이런 모습이면 좋겠어요!	· 포스트잇과 4절지 활용 · 아이를 보내고 싶은 교실의 모습은 ? · 담임선생님께 바라는 점은? · 배움이 있는 행복한 교실을 위해 무엇이 필요할까? · 포스트잇에 쓰고, 돌아가며 이야기 나누기
4	학부모의 약속	· 포스트잇과 4절지 활용 · 우리 아이에게 하는 약속 · 나 자신에게 하는 약속 · 담임 선생님께 하는 약속 · 포스트잇에 쓰고, 돌아가며 이야기 나누기

학급 교육과정을 안내할 때, 학부모와 무엇을 이야기해야 할까?

그 점은 고민하지 않아도 된다. 왜냐하면 교사 교육과정을 이미 구성해 놓

앉기 때문이다. 학급 교육과정 안내 시간에는 2월 새 학년 맞이 교육과정 재구성 기간에 계획한 교사 교육과정의 주요 내용을 학부모와 함께 나누면 된다.

구체적인 내용은 아래와 같다.

〈 학급 교육과정 나눔 내용 – 2월 교육과정 재구성을 중심으로 〉

1. 학급 교육 목표 및 중점 과제
   - 담임교사로서 올 한해 교육 목표와 목표 도달을 위한 구체적인 세부 교육활동을 안내한다. 교사가 수립한 교육 목표가 교육적으로 어떤 의미와 가치가 있으며 가정에서는 어떻게 협력할 수 있을지 함께 이야기하는 시간으로 활용한다.

2. 1학기 학급 교육 플래너
   1학기 교육과정 재구성 수업 시기, 과정중심평가 시기, 학급의 주요 행사 시기 등
   - 학급 교육 플래너를 보며 전체적인 일정을 안내한다. 특히 교과서대로 수업 하지 않고 토의토론, 프로젝트, 하브루타, 융합 수업 등 교육과정 재구성 수업이 어느 시기에 적용된다는 것을 플래너를 통해 학부모에게 안내한다. 그리고 학교 학사일정이나 학교 교육과정에 제시되지 않는 학급 특색을 담은 구체적인 교육 활동 – 매주 금요일에 편성된 회복적 서클모임, 3월 첫 주 배움터 다지기 프로젝트, 현장학습 전후로 연계한 교육과정 재구성, 수업 중 일어나는 과정중심평가, ESD와 연계한 체험학습 등 – 이 시간표 상 언제 이루어지는지 안내하여 교사 교육과정이 계획적이고 체계적으로 이루어지는 것을 안내한다.

3. 단원 내, 단원 간, 주제 중심 재구성 수업 안내
   - 재구성 수업 계획을 학부모에게 안내하고, 수업이 교과서만으로 이루어지지 않으며 역량 함양을 목적으로 학생의 흥미와 관심을 고려한 주제 중심, 역량 중심의 통합적·융합적 수업이 계획되고 실천될 것임을 안내한다.

4. 배움중심수업, 과정중심평가, 역량중심 학력관 안내 및 교사의 교육 철학과 신념 공유
   - 담임 교사의 교육 철학과 신념을 바탕으로 배움중심수업의 철학과 가치, 과정중심평가가 교실에서 어떻게 적용되는지, 역량 중심의 학력이 미래사회에서 어떤 영향을 주는지 등에 대해 안내하여 학부모 연수의 기회로 삼는다.

5. 기타 학급 경영 안내
   생활지도 및 기초기본 학습훈련, 독서교육, 학폭 예방, 상담 등 학급 교육활동의 전반적인 내용 안내
   - 기타 학급 교육활동의 기본적인 내용을 안내한다. 정리정돈 습관, 알림장 사용, 학부모 모임 구성, 독서교육, 상담활동 등 교육과정 이외의 학급 경영활동에 대해 전반적으로 안내한다.

<교사 교육과정을 나누는 모습>

<교사 교육과정을 나누는 모습>

학급 교육과정 나눔의 날 학부모 활동 결과

-우리 아이를 보내고 싶은 교실의 모습은?
- 담임 선생님께 바라는 점은?
- 엄마가 약속할게! (우리 아이에게 하는 약속, 나 자신에게 하는 약속)

첫 만남, 긴 여운

학급 교육과정 나눔의 날은 기존에 운영되던 학교 교육과정 설명회보다 교사의 부담이 클 수밖에 없다. 교사의 교육 철학이 분명해야하고, 한 해 학급 교육 목표가 타당하게 설정되어야 하며, 수업 방법과 생활 교육 방식

또한 학부모의 공감을 얻을 수 있어야하기 때문이다. 또한 돌발적인 학부모의 질문에도 대답할 수 있는 폭넓은 이해와 유연성도 갖추어야 한다.

　이러한 일련의 과정은 교육과정, 수업, 평가에 대한 전문성을 기반으로 할 때 가능하다. 교육과정과 수업, 평가에 대해 정확히 꿰뚫고 있지 않으면 자신감이 없어지고, 설명회 자리는 가시방석이 되기 마련이다. 교사에게 3월은 분명 부담스러운 시간이다. 하지만 극복하지 못 할 것도 없다. 문제 해결의 열쇠는 준비 여부에 달려 있다. 막연한 두려움이 머문 자리를 교육과정에 대한 충실한 준비로 채워야 한다. 교사라면 누구나 준비된 수업과 준비되지 않은 수업의 차이를 잘 알고 있을 것이다. 내가 직접 충실하게 준비한 교육과정은 누구에게나 자신 있게 설명할 수 있다.

　물론 말이 쉽지 충실하게 준비하는 것은 참 힘든 일이다. 그래서 교사 개인의 마음가짐과 태도가 중요하고, 학교의 지원이 중요하다. 그리고 선배교사와 전문적 학습공동체의 역할이 중요하다. 학교는 시간과 여건을 마련해 주어야 하고, 선배교사는 저경력 교사의 멘토가 되어 주어야 한다. 전문적 학습공동체 시간을 통해 선배교사의 노하우와 경험을 공유하고, 함께 힘을 모은다면 수고는 한층 가벼워질 것이다. 백지장도 맞들면 나은 법이다.

　더불어 준비된 교사 교육과정을 설명회를 통해 나누는 과정은 교사를 한층 성장시킨다. 학부모에게 교사 교육과정을 공언하는 과정에서 계획은 더욱 다듬어지고 학부모 의견을 수렴하여 완성도가 더 높아진다. 그리고 나만 알고 있는 재구성 계획은 학기가 시작되고 어려움이 닥칠 경우 쉽게 포기해버리기도 하지만 학부모와 나눈 계획은 책임감을 바탕으로 끝까지 시도하게 된다. 나눔을 통해 학부모와 약속했기 때문이다.

이처럼 교육과정 설명회는 교사에게 교육과정을 준비하게 하는 힘을 주고, 교육과정을 더 매끄럽게 다듬어 주는 역할을 한다. 그리고 무엇보다 학부모와 만남을 통해 소통할 수 있는 기회를 준다. 교사와 학부모 간의 자연스런 첫 만남을 교육과정 설명회가 마련해 주는 것이다.

소통과 관계의 부재는 오해와 불만을 낳는다. 학급 교육이 아무리 잘 준비되고 실현되어도 학부모와 좋은 관계가 형성되어 있지 않으면, 여러 민원과 불만 섞인 목소리가 들려오기 쉽다. 하지만 학급 운영이 다소 서툴더라도 학부모와 소통하는 가운데 긍정적인 관계를 맺고 있다면, 불만 대신 이해와 협력을 받을 수 있다. 학부모와의 관계 형성이 그만큼 중요한 것이다.

학부모와의 관계는 설명회의 첫 만남부터 시작된다. 따라서 첫 단추를 잘 끼워야 한다. 좋은 인상을 주고 학교 교육, 학급 교육에 안심할 수 있도록 준비해야 한다. 첫 만남은 긴 여운을 남긴다. 교사에게도 학부모에게도 첫 만남은 긴 여운을 남기기에 참 소중하다. 이 소중한 시간을 잘 준비하여 학부모와 좋은 관계를 형성하고, 교육공동체가 교육과정을 함께 나누는 뜻 깊은 시간으로 활용하길 바란다.

Episode8.

학교 교육의 구심점 전문적 학습공동체 「비담」

- 소통하고 협력하는 교사의 공동체성 -

의사가 환자의 아픔을 치료하는 전문가라면 교사는 아이들의 인격과 가치관, 지성을 빚어가는 전문가이다. 교육 전문가들이 모여 함께 수업을 준비하고 서로의 생각을 통해 발전하는 모습은 성공적인 수술을 위해 모인 의사들을 연상시킨다. 생명을 다루는 의사처럼 현장에서 교육을 다루는 교사들도 협력하며 함께 성장해 나가야 한다. 이러한 협력과 성장의 중심에 전문적 학습공동체가 있다. - 본문 중 -

Episode8. 학교 교육의 구심점, 전문적 학습공동체 「비담」

- 소통하고 협력하는 교사의 공동체성 -

들어가는 말

2007년 지성과 김민정 주연의 23부작 '뉴하트'는 최고 시청률 32%를 기록하며 메디컬 드라마의 새로운 장르를 열었다. 이후 하얀거탑, 닥터스, 굿닥터, 싸인을 거쳐 최근 '의사 요한'까지 메디컬 드라마는 그 명맥을 이어가고 있다.

메디컬 드라마에서 빠지지 않고 등장하는 장면이 있는데, 바로 수술 전 각 전공의들이 회의실에 모여 수술 방법, 위험요소 등 수술 전반에 대해 토론하는 모습이다. 나는 의사들이 한 명의 환자를 살리기 위해 집단 지성을 발휘한다는 사실을 그때 처음 알았다. 너무나 생소하고 낯선 모습이었다. 동시에 '전문가란 이런 것이구나!' 하는 경외감도 들었다. 또 한편으론 부러웠다.

생소함, 경외감과 함께 부러운 마음이 든 것은 왜일까? 환자의 상태를 정확히 진단하고 치료했기 때문만은 아니다. 생명을 다룬다는 특수성과 중요성 때문도 아니다. 그건 바로 환자를 살리기 위해 각 분야 최고의 의사들이 함께 모여 토의하는 열정과 수고가 멋져보였기 때문이다. 함께 지식과 경험을 나누며 최고를 향해가는 전문가들의 모습은 나에게 큰 감동을 주었다.

그렇다면 학교는 어떨까? 전문가들이 함께 모여 협력하는 감동적인 장면은 학교에서도 볼 수 있다. 다름 아닌 전문적 학습공동체이다. 의사가 환자의 아픔을 치료하는 전문가라면 교사는 아이들의 인격과 가치관, 지성을 빚어가는 전문가이다. 교육 전문가들이 모여 함께 수업을 준비하고 서로의 생각을 통해 발전하는 모습은 성공적인 수술을 위해 모인 의사들을 연상시킨다. 생명을 다루는 의사처럼 현장에서 교육을 다루는 교사들도 협력하며 함께 성장해 나가야 한다. 이러한 협력과 성장의 중심에 전문적 학습공동체가 있다. 학교 교육의 구심점이자 싱크 탱크인 전문적 학습공동체에 주목할 때, 교육 본질은 회복되고 교사의 전문성은 강화된다.

가르치는 전문가에서 배우는 전문가로

전문적 학습공동체의 정의는 시도교육청 정책에 따라, 연구자에 따라 다양하지만 경기도 교육청(2016)의 정의가 이해하기 쉽고 구조화되어 있어 함께 살펴보고자 한다.

◦ 전문적 학습공동체의 <개념>

 전문가인 교원의 경험과 판단이 중요
함께 연구하고 실행하는 가운데 이루어지는 학습
교원들이 지속적인 관계 속에서 공동의 목표를 설정하고,
함께 문제를 파악하고 해결방안을 모색하는 공동체

◦ 전문적 학습공동체의 <정의>

단위 학교 교원들이 동료성을 바탕으로
함께 수업을 개발 하고, 공동연구 [공동연구]

함께 실천 하며, [공동실천]

교육활동에 대하여 대화하고 협의하는 과정에서
함께 성장 하는 학습공동체 활동 [집단성장]

전문적 학습공동체는 운영 형태와 내용에 따라 아래와 같이 구분해 볼 수 있으며, 요구와 필요에 따라 다양한 형태로 변형하여 운영할 수 있다.

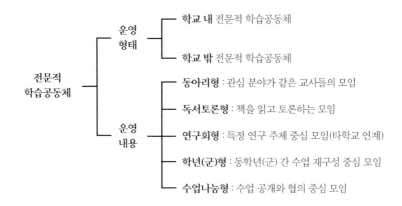

학교마다 운영 내용은 서로 다를 수 있지만 전문적 학습공동체라면 반드시 갖추어야할 필수 조건이 있다. 바로 교실 수업의 실제적인 개선과 교사의 교육과정 문해력 – 교육과정을 바라보는 안목과 이를 기초로 교실 수업과 평가를 개선할 수 있는 역량 – 함양을 목적으로 해야 한다는 것이다. 학교 밖 전문적 학습공동체 역시 밖에서 얻은 에너지와 영감이 해당 교사가 소속된 학교와 교실로 전이되어 수업 변화로 이어져야 한다.

전문적 학습공동체를 인식하는 나의 관점을 다음의 질문에 비추어 확인해보자.

- 전문적 학습공동체가 학교 교육력의 본질이자 핵심이라고 생각하는가? (YES or NO)
- 전문적 학습공동체를 통해 교사의 교육과정 문해력, 수업 전문성, 평가 전문성은 효과적으로 함양될 수 있는가? (YES or NO)
- 전문적 학습공동체 모임을 통해 교실 수업의 실제적인 개선이 이루어지는가? (YES or NO)
- 학교에서 이루어지는 다양한 의사결정이 전문적 학습공동체를 통해 타당성, 효율성, 정당성이 확보되는가? (YES or NO)
- 학교 교육과정은 전문적 학습공동체를 중심으로 운영되어야 하는가? (YES or NO)
- 운동회, 학예회 등 일회성 행사 준비보다 전문적 학습공동체 모임이 교육적으로 보다 많은 가치와 의미를 지닌다고 생각하는가? (YES or NO)

이 모든 질문엔 대한 나의 대답은 YES! YES! 이다. 위 질문에 대한 대답이 YES! 라면 전문적 학습공동체를 어떻게든지 구성하고 학교에 정착시키기 위해 노력할 것이고, 만약 NO! 라면 그저 적당히 구색만 갖추고 말 것이다.

전문적 학습공동체를 바라보는 교사의 관점에 따라 실천력에 차이를 보이며, 내실 있는 실천 여부는 학교 교육력에 지대한 영향을 미친다. 위 질문에 NO! 라고 대답한다면, 아마도 전문적 학습공동체를 제대로 경험해본

적이 없을 가능성이 높다. 또는 전문적 학습공동체를 교실 수업 개선과 상관없는 업무 협의 또는 친목 도모의 장으로만 활용했을지도 모른다.

전문적 학습공동체는 업무 중심의 학교 체제를 교육과정 중심, 수업 중심의 체제로 바꾸는 원동력이자 미래형 교육과정이 갖추어야할 필수 조건이다. 따라서 전문적 학습공동체를 바라보는 시선부터 바꿔야 한다. 전문적 학습공동체는 불필요한 행정 업무가 아니며, 단순한 직원 협의회도 아니다. 교육 전문가인 교사들이 모여 수업을 설계하고 공유하며 함께 성장하는 공동체다.

교사는 수업으로 자신의 존재를 세워가고 만족과 보람을 느껴야 한다는 사실에 동의한다면, 수업이 학교 교육활동의 가장 중요한 본질이라 믿는다면, 전문적 학습공동체를 긍정적인 눈으로 바라보자. 그때, 전문적 학습공동체는 마지못해 하는 행정 업무가 아닌 성장의 구심점으로 우리 눈앞에 나타날 것이다.

〈 전문적 학습공동체를 행정 업무로 간주하는 학교에서 나타나는 현상 〉

- 업무 추진 과정은 세세히 보고받고 구체적으로 점검하길 원하지만 전문적 학습공동체에서 결정된 내용들은 알아서 하거나 말거나 무관심한 학교 문화가 확산되는 경우

- 전문적 학습공동체 시간이 교육과정에 반영되어 있지 않거나 관련 예산이 편성되어있지 않는 경우

- 전문적 학습공동체가 예정대로 운영되지 못해도 자연스럽게 받아들이는 분위기가 일상이 된 경우

- 전문적 학습공동체가 예정된 날짜를 고려하지 않은 채 업무 추진 계획이 수립되어 있으며 각종 업무 보고를 마무리하도록 재촉하는 메신저를 보내는 일이 자주 있는 경우

- 전문적 학습공동체가 중요하다고 말하지만 배구 대회 준비로 계획된 전문적 학습공동체 일정을 생략하는 경우

- 동료 선생님과 교육과정과 수업, 평가에 대해 이야기하는 것은 꺼려지만 학교 교육활동을 비난하거나 학생, 학부모에 대한 불평을 즐겨하는 학교 문화가 만연한 경우

- 전문적 학습공동체에서 결정된 내용을 다양한 이유를 들어 수업에 적용하지 못하게 하는 경우

　홀로 타는 장작은 오래 가지 못 한다. 하지만 여럿이 함께 타는 불은 크고 오래간다. 교사의 성장도 마찬가지이다. 혼자 고민하고 연구하는 것은 한계가 있다. 여럿이 함께 고민하고 공유했을 때 연구의 질은 한층 높아진다. 다른 사람의 사소한 의견도 생각을 여는 좋은 불쏘시개가 되기 때문이다.

　이처럼 교사의 성장은 학교를 교사들이 공동으로 함께 성장하는 장소로 개혁하는 일에서 비롯된다. 교사 상호 간에 전문가로서 서로 성장하는 '동료성'을 형성하는 일, 즉 학교를 교사들의 '배움 공동체'로 바꾸는 일에서 성장은 시작된다. 교사들 간에 동료성을 기반으로 서로 배우고 나눌 때 함께 성장하게 되고, 나아가 전문가로서 수업을 반성하는 일 또한 가능해 진다.

　이 시대의 교사는 가르치는 전문가에 머무르지 말고 배우는 전문가로 나아가야 한다. 잘 가르치기 위해서는 잘 배워야 한다. 다만 교사의 배움은 단순히 새로운 교수 기법을 익히는 것에 그치지 않는다. 끊임없이 변화하는 시대와 발 맞춰나가기 위해서 새로운 교수 기법과 내용을 배워나가는 것도 물론 중요하다. 하지만 교사의 배움은 거기에 만족하지 않고 수업 성찰로 이어져야 한다.

　의사, 변호사로 대표되는 전문가들은 고도의 지식과 기술을 현실에 적용하는 능력으로 전문성을 인정받아 왔다. 그러나 교사의 전문성은 단지 지식과 기술만으로 설명할 수 없는 측면이 크다. 아이들의 학습과 감정을 다루는 일은 복잡하고 불확실한 것들로 가득 차 있기 때문이다. 같은 내용을 같은 방식으로 가르쳐도 교사마다, 학생마다 결과가 다르고 반응이 다르

다. 동일한 방식으로 피드백을 주어도 받아들이는 학생의 감정선은 제 각각이다. 따라서 교사에게는 두 가지 전문성이 요구된다. 첫 번째는 지식과 기술이고, 두 번째는 끊임없는 성찰이다.

'활동 과정에 대한 성찰'은 문제 상황과의 대화를 통해서 문제를 성찰하고 그 성찰을 반성해가면서 그 문제의 배후에 있는 더 큰 문제를 향해 나아가는 실천적 탐구를 의미한다. 매사추세츠 철학 교수인 도널드 숀(D.Schön)은 이를 '반성적 실천(Reflective practice)'이라 부르며 현대의 전문가는 이제 '기술자'가 아니라 '반성적 실천가'가 되어야 한다고 주장한다.

쉽게 말해 교사는 주어진 수업 상황을 끊임없이 되돌아보면 그 속에 내재된 문제들과 마주쳐야 한다. 학생마다 반응이 달랐던 이유도, 학생들의 감정이 상이했던 이유도 질문에 질문을 이어가며 되돌아보는 과정을 되풀이해야 한다. 보고 또 봐야 한다. 그래야 이유를 알 수 있고, 이해의 폭을 넓힐 수 있다. 하지만 이러한 성찰 과정은 혼자 힘으로 감당하기엔 버거운 일이다. 그래서 공동체가 필요하다. 전문적 학습공동체를 '활동과정에 대한 성찰'을 위한 반성적 실천가들의 모임으로 부르는 이유이다.(행복한 교육, 2013)

많은 교사들이 가르치는 전문가에 만족하려 한다. 하지만 이제는 가르치는 전문가에서 배우는 전문가로 변화할 때이다. 변화에 도전하고 마음을 열어 배움의 여정을 떠나려는 교사에게 전문적 학습공동체는 긴 길을 함께 걸어가는 좋은 친구가 되어 줄 것이다.

덜어내지 않으면 채울 수 없다

주여 내가 할 수 있는 일은 최선을 다해 하게 해주시고,
내가 할 수 없는 일은 체념할 줄 아는 용기를 주시며
이 둘을 구분할 수 있는 지혜를 주소서 -성 프란치스코-

전문적 학습공동체는 내가 할 수 있는 일일까, 할 수 없는 일일까?
전문적 학습공동체의 실천을 가로막는 장애물은 학교마다 각각 다른 모습을 하고 있다. 구체적인 실천 방법을 몰라 효율적인 운영이 안 되기도 하고, 교사들 간 갈등으로 모임 자체가 구성되지 않기도 한다. 빈약한 소통문화로 모임의 의미가 퇴색되기도 하고, 학교 지원이 부족하여 반짝하고 사라져 버리기도 한다. 이러한 서로 다른 원인 속에서도 한 가지 공통적으로 발견되는 문제점은 '시간적 여유가 없다'는 것이다. 수업 시간을 제외한 나머지 시간에 주로 업무를 붙잡고 있어야 하므로 수업과 평가를 고민하거나 전문적 학습공동체에 한가롭게 앉아서 무언가 협의할 여유가 부족한 게 현실이다.

대부분의 학교와 교사들은 전문적 학습공동체의 필요성을 인식하고 있다. 웬만한 교사들이 매년 새해 다짐처럼 전문적 학습공동체 참석을 희망하고 실제로 호기롭게 시작하지만 오래 지속되지 못하는 경우가 대부분이다. 바쁜 일상에 치여 여유 공간이 없기 때문이다. 반복되는 일상과 업무에 떠밀려 지쳐갈 때쯤이면 전문적 학습공동체는 '내가 할 수 없는 일'로 인식될 가능성이 높다. 동일한 이유로 내가 만나본 상당수의 학교와 교사들은 전문적 학습공동체를 '필요성은 공감하지만 현장 적용은 불가능한 이론적인 정책'에 불과하다고 비판을 쏟아냈다. '내가 할 수 없는 일'로 받아들인 부정적 신념이 고착화되는 단계에 들어선 것이다.

전문적 학습공동체가 실제로 운영되려면 '내가 할 수 있는 일'로 여기고 최선을 다해 몰입할 수 있게 하는 환경 조성이 필요하다. 현장 교사들이 '이만하면 충분히 해 볼만 한데?'라는 마음이 들 수 있는 수준에서 업무 경감이 이루어져야 한다. 학교는 늘 포화상태다. 덜어내지 않고 새로운 무엇을 채우는 것은 허황된 욕심에 불과하다.

덜어내야 할 업무가 구체적으로 무엇이 될지는 특정할 수 없다. 학교마다 교사의 발목을 잡고 있는 문제는 저마다 다르기 때문이다. 중요한 것은 전문적 학습공동체가 실질적으로 운영될 수 있도록 공론화 시키고 학교별 해결 방법을 모색하는 과정이다.

또한 업무가 줄어들고 교사들의 여유가 확보되었다고 해서 전문적 학습공동체가 저절로 이루어지는 것은 아니라는 점을 간과해서는 안 된다. 업무를 덜어낸 빈자리를 교육과정과 수업으로 채우고자 하는 치열한 자기 연찬과 협력적 연구가 있어야 한다. 업무만 경감되면 전문적 학습공동체가 저절로 운영된다는 비현실적인 기대는 하지 않는 게 좋다. 비워낸 자리에 무엇을 채울 것인가 하는 문제는 때로는 덜어내는 것 보다 더 많은 희생과 노력을 요구한다.

전문적 학습공동체를 학교 운영의 구심점으로 삼아 보자. 전문적 학습공동체가 교육과정 중심 학교 운영을 위한 필수 요건이라는 신념을 공유하며, 우리 학교만의 최적의 여건 조성을 함께 고민하고 찾아보자. 전문적 학습공동체가 학교 교육 활동의 구심점이 되었을 때, 교사들의 열정도, 전문성도, 가르침의 만족과 기쁨도 회복될 수 있는 가능성이 생긴다. 교육하는 장소인 학교의 우선순위를 명확히 하자. 덜어내지 않으면 채울 수 없다. 조금 덜 중요한 것들은 덜어내고 빈자리를 전문적 학습공동체로 채우자.

전문적 학습공동체 비·담

 본교는 교육과정 문해력과 수업 및 평가 협의를 중심으로 전문적 학습공동체를 운영하고 있다. 운영의 기본 단위는 동학년(학년별 2개 학급)이며, 동학년에서 수업을 계획하는데 어려움이 있을 경우 타 학년의 도움을 받기도 한다. 때로는 필요에 따라 학년군이나 전체가 함께 함께 모이는 경우도 있다. 본교는 총 13학급 규모로 매주 수요일 15:20 ~ 16:30 동안 전문적 학습공동체로 한 공간에 모이고 있다. 전문적 학습공동체 이름은 비·담으로 지었다. 비담은 '비우고 담다'의 줄임 말이다. (김명숙 외 공동 저자의 책 제목이기도 하다.) '수업에 대한 부담은 비우고 활용 가능한 수업 실천 사례를 담자'는 뜻으로 이름 붙였다. 본교에서 전문적 학습공동체라 이름을 붙이고 본격적으로 적용한 시기는 2017학년도부터이다. 어떠한 과정을 거쳐 지금의 모습으로 정착될 수 있었는지 다음의 자료를 통해 살펴보자.

2017학년도	
대상	참여를 희망한 교사 11명
장소	5-1반 교실 (담당자 교실)
시기	2주 1회, 화요일 15:30~16:30
운영 방법	수업 실천 사례를 담은 책을 읽고 느낀 점 나누기 → 우리 교실에서 실천한 수업 사례 나누고 토의하기 희망 교사를 중심으로 업무 담당자 교실에서 전문적학습공동체 운영
장점	- 비교적 큰 부담없이 시작 가능함 - 낯설고 어색했지만 수업에 대해 이야기할 수 있는 기초가 마련됨 - 전문적 학습공동체의 필요성과 중요성을 깨닫는 계기가 됨
문제점	- 처음 몇 번 모이고 난 후, 학교 업무와 개인적인 일들로 모임이 지속되지 못함 - 책을 잘 읽어오지 않아 제대로 대화가 되지 않음 - 예산이 부족하여 간식비와 운영 물품이 부족했음 - 담임을 하며 수업이 끝난 후 전문적 학습공동체 운영을 준비하려고 하니 체력적으로도 힘들고, 학급에 해결해야할 문제가 있을 경우 모임이 취소되는 경우도 발생함 - 모든 교원이 참여하지 않았고, 학교 차원에서 특별한 관심을 보이지 않았음. 해도 그만 안 해도 그만인 분위기가 자연스럽게 형성되었으며 업무나 기타 행사 운영에 비해 우선순위가 밀려남

	2018학년도
대상	모든 교사
장소	각 학년 대표 교실
시기	격주 1회, 목요일 15:20~16:30

학년 대표 교실에서 동학년 중심 전문적 학습공동체 운영

운영 방법	· 2월에 재구성 된 단원 내, 단원 간, 주제 중심 재구성 내용 보완 및 활동지 제작, 평가 문항 개발,수업 적용 · 다음 주에 예정된 수업 및 평가 계획 협의 · 지난 주 수업과 관련된 반성 및 성찰
장점	- 2월에 계획된 교육과정 재구성이 실제로 실천되는 경험을 함 - 학년 단위 공통의 주제와 관심사로 협의할 수 있어 적극적으로 참여하며 수업에 적용되는 전이력이 높음 - 동학년 중심으로 운영되기 때문에 전문적 학습공동체가 정해진 시간 외에 쉬는 시간에도 지속되는 효과가 있음 - 실제적인 내용을 다루므로 수업 개선을 체감했으며 만족도가 높음
문제점	- 학년별 서로 다른 공간에서 하다 보니 운영 시간과 횟수에 학년별 편차가 크고 학년 대표의 개인적인 성향이 운영 방법에 고스란히 반영됨 - 학년별 모임 장소와 시간이 유동적이라 간식 제공이 제한적임 - 학년에서 자체적으로 해결하기 어려운 문제가 드러날 경우 해결하는데 시간이 지연되거나 쉽게 포기하는 일이 발생함 - 격주 1회 운영하다보니, 학교 일로 생략될 경우 월1회 운영하게 되고, 평가 문항 개발이나 재구성 수업을 의논하기에 횟수가 충분하지 못함 - 다른 학년의 의견을 묻기에 어려운 운영 형태

2019학년도	
대상	모든 교사
장소	창의체험실
시기	주 1회, 수요일 15:20~16:30
운영 방법	· 2월에 재구성 된 단원내, 단원 간, 주제 중심 재구성 내용 보완 및 활동지 제작, 평가 문항 개발,수업 적용 · 다음 주에 예정된 수업 및 평가 계획 협의 · 지난 주 수업과 관련된 반성 및 성찰

전 학년이 한 공간에 모여 동학년 중심 전문적 학습공동체 운영

장점	- 2018학년도와 내용적인 측면에서 변화의 폭이 적어 3월부터 안정적으로 운영할 수 있었으며 전입 교사들도 쉽게 적응함 - 2월에 계획된 교육과정 재구성이 실제로 실천되는 경험을 함 - 학년 단위 공통 주제와 관심사로 협의할 수 있어 적극적으로 참여하며, 수업에 적용되는 전이력이 높음 - 동학년 중심으로 운영되기 때문에 전문적 학습공동체가 정해진 시간 외에 쉬는 시간에도 지속되는 효과가 있음 - 실제적인 내용을 다루므로 수업에서의 효용성을 경험함 - 같은 공간에 모여 학년 간에도 소통하고 협의할 수 있음 - 같은 공간에 모이게 되므로 시간을 지키고 참여의 책무성을 높임 - 전달할 내용이 있는 경우, 운영 전 시간을 효율적으로 활용할 수 있으며 교육과정 문해력과 관련된 연수도 짧게 운영할 수 있는 여건이 마련됨 - 함께 모여 간식을 먹기에도 편리하고 동료성이 형성되기에도 좋음 - 주1회로 횟수를 높여 교사의 수업 및 평가 역량 함양에 도움이 되며, 모임에 불참하게 되어도 공백이 길지 않아 연속성 있게 운영됨
문제점	- 주변 환경에 영향을 많이 받는 교사의 경우 산만한 분위기에서 집중하는데 어려움이 있을 수 있음 - 담임교사가 모여 있으니 종종 교육과정과 직접 관련이 없는 내용의 전달 연수도 일부 이루어짐 - 이야기 주제가 잘못 흘러갈 경우, 전체적으로 불필요하게 시간을 낭비하게 될 우려도 있음

〈 본교 전문적 학습공동체 운영 로드맵 〉

▸ 교육과정 중심의 학교 문화 조성 (11~ 2월)

비전과 신념을 공유하는 교육과정 워크숍	새 학년 맞이 교육과정 재구성 주간
– 전문적 학습공동체 운영 성찰 – 차기년도 발전적 적용 방안 모색 – 전문적 학습공동체 활성화를 위한 업무 　덜어내기	– 교사의 교육과정 문해력 함양 　(국가 및 학교 교육과정 이해) – 동학년 중심의 전문적 학습공동체 구축 – 교사 수준 교육과정 수립

↓

▸ 학년별 전문적 학습공동체 운영 (3~12월)

수업 ➡	전문적 학습공동체 ➡	수업 ➡	전문적 학습공동체
· 배움 중심 수업 · 과정 중심 평가 및 피드백 · 교육과정 재구성 수업 실천	· 다음 주 수업 협의 · 다음 주에 적용될 평가 문항 개발 · 지난 주 수업 성찰 및 사례 나눔 · 2월 재구성된 내용 구체화 및 활동지 제작	· 협의된 수업 적용 　– 배움 중심 수업 　– 과정 중심 평가 및 피드백	· 다음 주 수업 협의 · 다음 주에 적용될 평가 문항 개발 · 수업 성찰 및 사례 나눔 · 2월 재구성된 내용 구체화 및 활동지 제작
※ 준비물: 교사 교육과정 바인더, 교과서, 기타 도움 자료			

⬆ 선순환 체제– 완성도 높은 수업에서 오는 만족과 보람

↓

▸ 전문적 학습공동체 실천 사례 나눔 (7, 12월)

7월 말 (1학기)	12월 말 (2학기)
– 전 교원이 함께 모여 1학기 학년별 수업 실천 사례 나눔 – 교육과정 재구성 – 수업 – 평가 – 기록의 일체화 관점에서 발표 – 학년별 전문적 학습공동체가 전 교원의 전문적 학습공동체로 확장되는 경험 – 학년별 성취기준의 종적 계열성 확인, 교사의 교육과정 문해력 확장 – 수업 중심의 나눔과 격려로 서로를 세워주는 긍정적 문화 조성	

〈 본교 전문적 학습공동체 운영 모습 〉

따로 또 같이, 한 공간에서 학년별 전문적 학습공동체 운영

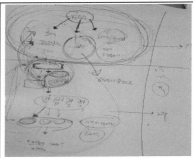

전문적 학습공동체에서 협의된 내용은 자유롭게 기록하고 수업 적용 시 활용

학기 말, 모든 교원들과 함께 재구성하여 실천한 수업 사례를 나누며 협력하는 배움

〈 전문적 학습공동체 운영 Tip 〉

1. 입이 즐거우면 마음도 즐겁다.
   - 번아웃(burn-out)된 몸과 마음을 소통에 적합한 심리적 환경으로 바꾸는데 도움을 준다.
   - 교육과정 워크숍 때 제안하고 예산을 확보하자.
2. 습관이 될 수 있도록 시스템을 만들자
   - 고정된 날짜를 선정하고 학교교육과정에 반영하자
   - 학교의 다른 행사가 중복되지 않도록 사전에 선점하라
   - 월중계획 및 학교 일과에 반영하여 잊어버리지 않고 준비하자
3. 가급적 예외를 두지 말자
   - 정해진 시간에 함께 모여 밥만 먹더라도 그 시간을 몸이 기억하도록 하자.
   - 단 두 명만 학교에 남아있더라도 정해진 시간에 운영하자
4. 불필요한 모든 형식에서 벗어나자
   - 별도의 형식을 만들어 결과를 기록하여 스스로의 굴레를 만들지 말자
   - 협의 내용은 실천을 위한 보조 자료의 목적으로 자율적으로 기록하자
5. 이왕이면 같은 공간에 모이자
   - 서로의 시선을 긍정적으로 활용하여 책무성을 높일 수 있다
   - 규모가 큰 학교는 학년 군별로라도 같은 공간에 모여 하는 것이 시너지효과를 낸다
6. 운영의 연속성을 갖자
   - 최소 2주 1회, 가급적 주 1회 모일 수 있도록 계획하고 장애물을 제거해 나가자
7. 효용성을 느낄 수 있도록 프로그램을 구성하자
   - 전문적 학습공동체에서 협의한 내용은 다음날 수업에 적용하여 효용성을 확인하자.
   - 명확한 도착점 행동을 설정하고 운영 목표와 내용을 선정하자. 뜬 구름 잡는 이야기 보다 교육과정, 수업, 평가에 직접 활용할 수 있는 내용을 중심으로 운영하자.
8. 칭찬하고 격려하자
   - 전문적 학습공동체는 학교교육력의 핵심이다. 서로를 격려하고 칭찬하자
   - 수많은 학교교육활동 중 가장 중요한 시간임을 모두가 인식하도록 하자.
9. 중간 리더가 중요하다
   - 전문적 학습공동체는 전문성과 영향력을 갖춘 교사가 책임지자
   - 학교의 중간 리더가 적극적으로 나서서 이끌어가자
10. 마치는 시간은 확실히 지키자
   - 계획된 시간을 지키기 위해 철저히 노력하자
   - 종료 시간 약속은 전문적 학습공동체를 지속 가능할 수 있게 하는 중요한 요인이다.

이처럼 본교에서는 몇 번의 시행착오를 거쳐 변화한 끝에 지금의 전문적 학습공동체를 안착시킬 수 있었다. 물론 지금의 형태도 완전하지는 않으며 더 좋은 방법이 있다면 공동체 협의를 통해 지속적으로 개선해 나갈 것이다.

주목할 것은 전문적 학습공동체가 긍정적인 효과를 보이고 있다는 점이다. 전문적 학습공동체를 통해 수업 개선이 피부로 느껴지고, 형식적인 재구성이 아닌 실질적인 재구성으로 바뀌었다. 책에서만 보던 내용들이 현실로 그려지기 시작했다. 함께 소통하며 도전하는 과정에서 끈끈해진 동료애는 또 다른 선물이다. 이러한 이유로 많은 학교에서 전문적 학습공동체가 하나의 학교 문화로 자리 잡기를 바란다. 정착 과정의 어려움을 극복하고 전문적 학습공동체가 학교 문화가 된다면 학교 혁신은 한 걸음 더 우리 옆에 다가와 있을 것이다.

Episode9.

교육과정은 민주적인 학교 문화에서 열매 맺는다

- 소통과 나눔이 있는 안건 중심 교직원 회의 -

민주적인 학교 문화와 교직원 회의는 그 자체로 목표가 될 수 없다. 교육공동체가 함께 만들어가는 교육과정, 학생 중심의 맞춤형 교육과정, 미래지향적인 역량 중심 교육과정 등 교육과정 중심의 학교 실현을 위한 하나의 조건이다. 교사의 자발성과 전문성을 존중하며 소통하고 공감하는 학교 문화의 토양에서 교육과정 중심 학교는 풍성하게 열매 맺을 수 있다. 교육과정이 결실을 맺게 된다면 그 혜택은 오롯이 아이들에게 돌아가게 된다. - 본문 중 -

Episode9. 교육과정은 민주적인 학교 문화에서 열매 맺는다
- 소통과 나눔이 있는 안건 중심 교직원 회의 -

들어가는 말

"답은 정해져 있고, 넌 대답만 하면 돼"

라는 말을 들어본 적이 있는가? 소위 '답정녀'라고 한다. 우리 사회 저변에 자리 잡고 있는 현실을 위트 있게 비판한 표현이라 느껴진다. 유행은 알게 모르게 다수의 동의와 공감을 전제로 하기에, 씁쓸한 미소가 지어진다. 그런데 학교도 '답정녀'의 현실을 벗어나지 못하고 있다는 사실은 우리를 더욱 안타깝게 한다. 자유롭게 소통하고 토론하지 못하는 학교 문화 속에서,교실은 어떤 모습일까? 교실은 그렇지 않다고 단언할 수 있을까?

- 우리 학교는 구성원의 의견을 존중하며 소통하고자 노력하는가?
- 우리 학교는 답이 이미 정해져 있는 회의를 형식적으로 운영하지 않는가?
- 교직원 회의 시간에 주로 어떤 행동이나 생각을 하는가?
- 내 생각을 적극적으로 표현하기 위해 노력하는가?

소통과 나눔, 토의와 토론이 있는 교직원 회의는 민주적인 학교 문화를 조성하는데 가장 중요한 요소이다. 민주적인 학교 문화 속에서 교육과정은 풍성하게 열매 맺을 수 있다. 하지만 대부분의 학교는 민주적인 소통에 익숙하지 않다. 소통보다는 전달에 익숙하다. 사실 효율성의 측면에서는 소통보다 전달이 낫다. 그럼에도 우리가 소통을 강조하는 이유는 그곳에 답이 있기 때문이다. 좀 느리고 더디더라도 모두가 평등한 관계 속에서 의견을 주고받을 때 문제 해결의 실마리를 찾을 수 있고, 이해의 폭을 넓힐 수 있다.

혁신 학교의 출발을 민주적 학교 문화 조성에 두는 것도 같은 맥락이다. 혁신 교육의 목적이 교육과정 중심의 학교 만들기라면, 그 출발은 민주적 학교 문화에서 시작해야 한다. 내실 있는 교육과정은 민주적 학교 문화에서만 꽃 피울 수 있기 때문이다. 뿌리 깊은 나무는 바람에 흔들리지 않는다. 민주적인 학교 문화를 통해 소통과 나눔이 있는 교직원 회의가 잘 뿌리 내린 학교는 미래 교육을 향해 흔들리지 않고 나아갈 수 있다.

소통과 나눔이 있는 교직원 회의 만들기

▶ 소통과 나눔이 있는 교직원 회의를 만드는 과정(경상남도 교육청, 2017)

❶ 민주적인 회의 규칙 수립하기
❷ 회의 안건 정하기
❸ 함께 결정하기
❹ 회의 결과를 공유하고 실천하기

❶ 민주적인 회의 규칙 수립하기

소통과 나눔이 있는 교직원 회의를 위해서는 먼저 구성원들이 지켜야할 기본적인 약속을 정하는 것이 중요하다. 합의를 통해 만든 회의 규칙은 소통의 시작이며, 민주적인 회의 문화를 만드는 기초가 된다.

<학교 교육과정에 반영된 본교 회의 규칙>

안건과 토의 중심의 교직원 회의

교직원 회의 규칙

인평초등학교

1. 교직원 회의에서 무엇을 이야기 할까요?

인평초등학교 교직원회에서는 전체 교직원에게 전달할 내용(예: 학교 행사, 친목회 업무, 업무전달 및 교직원 연수 등)과 전체 교직원이 논의할 내용을 다룬다.

2. 교직원 회의 참석 범위는 어떻게 되나요?

전체 교직원이 모이는 것을 기본으로 하고, 회의 내용에 따라 교원만 모일 수 있다. 이때 행정실은 행정실장이 대표로, 교무행정원은 공무직 대표로 참석할 수 있다. 또한 배움터 지킴이와 원어민 교사의 경우 본인 의사에 따라 학기초-학기말에 참석할 수 있다.

3. 교직원 회의는 언제 열리나요?

인평초등학교 교직원 회의는 정기회와 임시회로 구분한다. 정기회는 매월 (1,3)주 (월)요일에 개최되며, 임시회는 학교장의 긴급한 소집요구가 있거나, 부장회의에서 회의참석자의 절반 이상의 소집요구가 있을 경우 개최된다.

회기는 회의 소집일 하루로 하고 시간은 (15:30 ~ 16:30)으로 하되, 회의의 내용이나 진행순서에 따라 조정될 수 있다.

4. 교직원 회의를 하기 전에 필요한 과정은 무엇일까요?

교직원 회의 전주 (목)요일 (15)시까지 회의 안건과 내용에 대한 자료를 제안자가 작성하여 (교무기획)부장에게 제출하고 (교무기획)부장은 이를 교직원에게 사전 안내하여야 한다.

❷ 회의 안건 정하기

회의 안건 양식

본교의 교직원 회의 규칙 4항에는 「교직원 회의 전주 목요일 15시까지 회의 안건과 내용에 대한 자료를 제안자가 작성하여 교무기획부장에게 제출하고, 교무기획부장은 사전에 교직원에게 안내하여야 한다.」로 명시되어 있다. 즉 회의 안건은 전주 목요일까지 교무기획부장에게 제출하면 된다.

어떤 안건을 회의 주제로 상정할 것인가는 담당자가 신중하게 판단해야 할 문제이다. 특정 안건은 전체 회의를 통해 오히려 업무가 가중되고 소모적인 논쟁을 유발할 수 있고, 어떤 안건은 그와 반대로 업무 경감의 효과를 가져다주기 때문이다. 일반적으로 전교생이 참여하는 교육활동, 다수의 학부모가 참여하는 교육활동, 안전 사고의 위험성이 있는 교육 활동, 전교원이 업무 추진 과정을 공유하고 있어야 일이 원활하게 추진되는 활동 등은 교직원 회의 안건으로 함께 다루는 것이 효과적인 경우가 많다.

❸ 함께 결정하기

이렇게 제안된 안건을 중심으로 교직원 회의가 전개된다. 교직원 회의에서는 합의에 이르는 결정을 위해 토론 과정에서 찬성과 반대 의견을 충분히 드러내야 한다. 최대한 회의 참여자가 1인 1발언을 할 수 있도록 유도하고 학년, 업무, 행정실, 급식소, 보건실, 교육공무직 등 다양한 관점의 의견을 수렴하고자 하는 노력이 필요하다. 때에 따라 다수결의 방법을 활용하기도 하지만 가급적 합의가 될 수 있도록 운영한다.

❹ 회의 결과 공유하고 실천하기

회의 결과를 공유하는 모습

회의 결과는 모든 교직원이 확인하고 실천할 수 있도록 홈페이지나 메신저를 이용하여 공유한다. 그리고 회의에서 결정된 내용은 원칙대로 추진하는 것이 중요하다. 의견을 제시한 사람에게 일임한다거나 책임을 떠넘기면 안 되며 모두가 관심을 가지고 각자의 역할을 실천해야 한다. 함께 의논하고 결정하였기에 업무 추진 과정에서 드러나는 문제와 갈등도 모두의 책임이 되는 것이다. '함께 계획하고 함께 결정하며 서로의 짐을 나눠지는' 마음가짐이 필요하다.

〈 안건 중심의 교직원 회의 사례 〉

2019학년도 민주적인 교직원 회의(안건번호-2019-09)			
제안자 (부 서)	김현우	회의일시	2019.06.17.(월). 15:30
	행복연구부	대 상	교직원
제목	여름 성품학교 운영 방안은?		
협의를 위한 설명	· 준비물: 2019학년도 학교교육과정 · (핵심 가치) 학생 주도의 동아리 활동 편성, 학생의 자발성을 유도하고 흥미, 진로, 특기를 고려한 운영 · (실천 방침) 동아리 10시간 활용, 다정다감 캠프 연계 　　　　　　　계절에 맞는 놀이 활동 연계 · (사용 예산) 총 6,500,000원 내외 　- 200,000원 * 20개 학생 동아리 = 4,000,000원 　- 400,000원 * 6개 학급 동아리 = 2,400,000원		
논의해야 할 사항	○ 동아리 시수 편성 방안은? (전일제, 고정형, 혼합형 등) ○ 동아리 구성은? (1~3학년은 학급별 동아리, 4~6학년제 무학년제 동아리 등) ○ 예상되는 강점, 약점, 난점은? ○ 다정다감 캠프 운영 방안은?		
협의 결과	○ 동아리 시수 편성 방안 ① 1학년: 고정형- 2시간씩 5일간 운영(교사주도) ② 2-3학년: 전일제- 5시간씩 2일간 운영(교사주도) ③ 4-6학년: 전일제- 5시간씩 2일간 운영(학생주도) ○ 동아리 구성 · 수영, 모험 등의 동아리는 인솔교사 필요 (학급임원 및 그 외 학생 주도의 동아리에서 강사섭외, 예약 등을 위해 교사의 지원 필요) · 교내활동 동아리: 동아리 3개 당 관리교사 1명씩 · 동아리 모집, 편성: 인평관에 해당학년이 모여 홍보, 동아리 편성 등을 운영 ○ 다정다감 캠프 운영 방안 · 계절학교 주간 운영 후 다정다감 캠프 운영을 하기에 어려운 점이 있으므로 다정다감 캠프는 5일(금)-6일(토)로 1박 2일 운영 · 3-4학년군은 5일(금) 일과 중 캠프와 관련된 프로그램을 운영하고 오후에 귀가함. · 5-6학년군은 5일(금) 일과가 끝난 후 캠프를 시작하여, 6일(토) 오전에 귀가함.		

※ 여름 성품학교 회의 결과가 실제 교육활동으로 구현된 사례는 Episode13에 상세히 기술함

민주적 회의 문화와 교육과정

껍데기만 있고 알맹이가 없는 교직원 회의, 그럴 듯한 구색만 갖춘 교직원 회의, 회의 결과가 교육과정에 반영되지 않는 무의미한 교직원 회의도 있다. 이러한 잘못을 답습하지 않도록 경계해야 한다. 몇 해 전, 어느 연수에서 '회의를 확실하게 망치는 방법이 무엇일까요?'를 주제로 토의한 적이 있다. 지금까지 교직원 회의를 망치게 만들었던 각자의 경험을 떠올려보고, 실패가 주는 교훈을 바탕으로 바람직한 회의의 모습을 그려볼 수 있었다.

〈 교직원 회의를 확실하게 망치는 방법 〉

❶ 회의 중 내 생각과 다른 의견이 제시될 때, 감정 조절을 잘하지 못하여 얼굴을 붉히거나 언성을 높이는 경우 (원활히 진행되던 회의가 중단됨)

❷ 회의 주제에 대한 정답을 머릿속에 정해놓고 상대방이 발견할 수 있도록 은연중에 단서를 제공하며 회의를 유도해가는 경우 (교사들은 순식간에 이러한 분위기를 파악하고 회의의 대한 '회의'를 느낌)

❸ 내가 원하지 않는 의견이 채택되었을 때, 표정으로 심경의 변화가 노골적으로 드러나는 경우 (일부 교사들의 주도로 불완전하게 회의가 마무리됨)

❹ 회의 때 결정된 내용에 대해 회의가 끝난 후에도 반복적으로 문제와 불만을 제기하는 경우 (회의의 의미와 가치를 떨어뜨림)

❺ 계획된 회의 시간을 초과하여 무리하게 진행되는 경우 (교사들의 관심과 참여가 급격히 떨어지고 대충 마무리 됨)

❻ 일부 교사가 발언권을 독점하는 경우 (학교 교육활동과 회의에 냉소적인 교사들이 늘어남)

❼ 상대방의 말에 끼어들거나 비난조로 되받아치는 경우 (회의의 발언 빈도가 급격히 줄어들게 되고 자신의 의견을 표현하고자 나서는 교사가 줄어듦)

❽ 회의 안건 제안자가 무엇을, 어떻게 의논해야할지 방향성이 없고, 알아서 하라는 식으로 문제를 던져 놓을 때 (회의가 산으로 가거나 소모적인 논쟁으로 전개되는 경우가 많음)

민주적인 교직원 회의 문화는 하루아침에 형성되지 않는다. 교직원 간 따뜻한 관계 형성을 시작으로 빈약한 토의·토론 문화가 개선되기까지 지속적으로 관심을 갖고 노력해야 변화를 체감할 수 있을 것이다.

학교 내 민주적 회의 문화는 담임교사-부장교사-관리자 간 소통 방식, 의사결정 과정, 업무 처리 방법 등의 영향을 받아 형성된다. 일상적인 학교 생활에서 권위적이고 경직된 관계와 문화가 만연하다면, 교직원 회의에서 원활한 소통을 기대하는 것은 욕심에 불과하다. 평소 교직원들의 의견이 자주 무시되는 학교 문화 속에서 민주적으로 교직원 회의를 한다고,

"자, 선생님들 편하게 이야기해 주세요"
"제 의견은 참고만 하시면 됩니다. 마음껏 이야기해 보세요"

라는 식의 발언이 효력이 있겠는가?

현재 우리 학교의 교직원 회의에서 자유롭고 원활한 소통이 되지 않는다면, 일상적인 관계와 학교 문화부터 겸허히 되돌아볼 필요가 있다.

민주적인 학교 문화와 교직원 회의는 그 자체로 목표가 될 수 없다. 교육 공동체가 함께 만들어가는 교육과정, 학생 중심의 맞춤형 교육과정, 미래 지향적인 역량 중심 교육과정 등 교육과정 중심의 학교 실현을 위한 하나의 조건이다. 교사의 자발성과 전문성을 존중하며 소통하고 공감하는 학교 문화의 토양에서 교육과정 중심 학교는 풍성하게 열매 맺을 수 있다. 교육과정이 결실을 맺게 된다면 그 혜택은 오롯이 아이들에게 돌아가게 된다.

민주적인 학교 문화와 교직원 회의는 교육과정을 열매 맺게 하는 건강한 토양이다. 모든 학교들이 민주적 학교 문화라는 건강한 토양 위에서 내실 있는 교육과정을 통해 아이들의 미래를 아름답게 꽃 피워 가기 희망한다.

Episode10.

교사는 수업으로 말한다

- 교육공동체와 함께하는 '재구성 수업' 나눔의 날 -

공개 수업은 다른 의미로 교사의 전문성을 공개할 수 있는 좋은 기회이다. 부담감만으로 채우지 말자. 재구성 수업을 통해 준비에 대한 부담은 줄이고, 교사, 학생, 학부모 모두에게 유익한 시간으로 채우자. 부담스럽던 공개 수업이 교육공동체가 함께하는 나눔의 날로 바뀌는 열쇠는 바로 재구성 수업에서 찾을 수 있다. – 본문 중 –

Episode10. 교사는 수업으로 말한다

- 교육공동체와 함께하는 '재구성 수업' 나눔의 날 -

들어가는 말

일 년 중 교사가 가장 부담을 느끼는 날은 언제일까? 아마도 수업 공개 날일 것이다. 교사라면 누구나 수업 공개에 대한 트라우마를 저마다 한두 가지씩 간직하고 있다. 신규 교사, 경력 교사 할 것 없이 수업을 공개하는 것은 여간 부담스러운 일이 아니다.

이처럼 수업 공개가 부담스러운 이유는 공개에 대한 심리적 압박과 과중한 준비 때문이다. 누구나 관리자, 학부모, 동료 교사에게 잘 짜인 수업을 통해 좋은 모습을 보여주고 싶어 한다. 공개 수업 날은 교사의 유능함과 책임감을 평가 받는 자리라 여겨지기 마련이다. 그래서 수업 준비에 힘이 들어간다. 수업의 맨 얼굴을 그대로 보여줄 수 없기에 잔뜩 포장을 한다. 최상의 수업을 보여주고 싶은 욕심은 과도한 준비로 연결되고 수업 공개에 대한 부담으로 이어진다.

그렇다면 수업 공개의 부담을 줄일 수는 없을까?
해답은 '재구성 수업'에 있다.

2월 새 학기 맞이 교육과정 재구성 기간 중 이루어진 학년별 재구성 내용을 공개 수업 주제로 선정하면 된다. 재구성된 수업을 공개할 경우 아래와 같은 장점이 있다.

첫째, 단위 수업에 지난 프로젝트 과정이 자연스럽게 드러나 수업이 풍성하고 깊이가 있다.

둘째, 학생의 흥미와 특성을 고려하여 학습 내용을 재구성하였기 때문에 학생들이 수업에 적극적으로 참여한다.

셋째, 배움의 연속성과 계열성이 확보되어 탐구, 체험, 발표 등 학생 중심 수업이 가능하다.

넷째, 교사의 수업 준비 부담이 줄고, 아이들의 돌발 행동이 적어 자신감 있게 수업을 공개할 수 있다.

다섯째, 학년별로 동일한 주제와 방법으로 수업을 구성할 수 있기 때문에 동학년 간 서로 비교하지 않고 협력하여 함께 수업을 준비하고 고민할 수 있다.

재구성 수업의 뼈대는 2월에 마련해 놓았기 때문에 재구성 수업을 공개 수업 주제로 한다면 어떤 교과로 어떤 수업을 할 지 고민하지 않아도 된다. 그리고 미리 고민하고 준비한 내용이기 때문에 공개 수업 부담이 줄어드는 효과도 있다.

또한, 교육과정을 재구성했다는 것은 그만큼 교사가 관심과 열정을 발휘하여 수업을 기획하고 준비했다는 의미이다. 그리고 재구성된 수업은 교과서의 학습 단계를 따라가지 않고 우리 반 학생의 발달 단계와 흥미를 고려한 맞춤형 수업이므로 학생들도 수업에 적극적으로 참여한다.

공개 수업은 다른 의미로 교사의 전문성을 공개할 수 있는 좋은 기회이다. 부담감만으로 채우지 말자. 재구성 수업을 통해 준비에 대한 부담은 줄이고, 교사, 학생, 학부모 모두에게 유익한 시간으로 채우자. 부담스럽던 공개 수업이 교육공동체가 함께하는 나눔의 날로 바뀌는 열쇠는 바로 재구성 수업에서 찾을 수 있다.

2월 재구성된 수업의 과정과 결과를 공개하자

수업은 교사의 생명과도 같다. 축구 선수는 경기장에서 실력으로 말해야 하고, 교사는 교실에서 수업으로 말해야 한다. 교사의 교사됨은 수업에서 찾을 수 있다. 교사의 수업 공개도 동일한 맥락에서 생각해볼 수 있다. 수업을 공개하는 것은 교사의 전문성을 공식적으로 드러내는 자리이다. 따라서 최대한 교사의 자율성과 전문성을 인정하고 존중하는 방향으로 운영되어야 한다.

본교에서는 학부모 대상 수업 공개 날짜를 교사별로 다르게 선정한다. 2월 재구성 한 교사 교육과정 일정에 맞게 수업 공개 날짜를 다르게 하는 것이다. 예컨대 4월 둘 째 주에 지속가능발전교육과 연계한 프로젝트 학습을 설계했다면, 프로젝트를 마무리하여 결과를 나누고 발표하는 시간에 수업을 공개하는 것이다. 수업 공개를 중심으로 학교 교육과정 운영 과정을 아래와 같이 도식화할 수 있다.

〈 재구성 수업 공개 과정 〉

2월 교육과정 재구성	전문적 학습공동체 (공개 수업 전)	교사별 재구성 수업 공개	전문적 학습공동체 (공개 수업 후)
·단원 내, 단원 간, 주제 중심 교육과정 재구성 ·교사 수준 교육과정 수립 ·학기별 연간수업계획 및 평가 계획	·2월 재구성된 내용을 기초로 수업 공개 내용 결정 ·차시별 활동지 및 과정 평가 계획 수립 ·지난 배움의 과정을 잘 드러낼 수 있는 수업 차시 선정	·2월에 재구성 된 수업 중 한 차시 공개 ·체험, 실습, 탐구 결과 발표, 프로젝트 결과 나눔 등	·수업 후 알게 된 점 배운 점 함께 공유

3월과 7월을 제외한 4 ~ 6월 중 교육과정 재구성 일정에 맞추어 교사별 수업 공개의 날을 선정하고 이를 취합하여 각 가정에 안내장을 발송한다. 교사가 자신의 학급 교육과정(교사 교육과정) 일정에 맞추어 수업을 공개한다는 것은 교사의 자율성과 전문성을 인정한다는 상징적인 의미를 갖는다. 또한 2월부터 운영된 교육과정 재구성이 계획에만 머무르지 않고 실제로 실현된다는 것을 의미한다.

더불어 본교는 수업 공개 후 학부모와 대화의 시간을 갖는다. 본교는 학교 활동에 대한 학부모 참여율이 저조한 편이지만 공개 수업만은 많은 학부모들이 학교를 찾는다. 그래서 교사는 공개 수업 후 대화 시간을 활용하여 배움중심수업, 과정중심평가,

〈공개수업 후 학부모와 소통의 시간〉

역량 중심 학력관 등에 대해 연수하고, 학급 운영에 대해 학부모와 의견을 나누는 시간으로 활용한다.

〈 교사별로 선정한 공개 수업 일정 〉

배움과 삶의 행복을 가꾸는 인평 교육

인평 교육 통신

http://www.inpyong.es.kr
교육지원실 645-4883
행정지원실 641-7988

2019학년도 교사별 수업 나눔의 날 운영 일정 안내

학반	날짜	교시	교과	장소
보건	5. 31. (금)	1교시	보건	5-2반 교실
영양	5. 16. (목)	5교시	영양	6-1반 교실
특수	5. 22. (수)	2교시	수학	학습도움반
과학	5. 2. (목)	5교시	과학	과학실

교사별 재구성 수업 공개 사례

❶ 3학년, 내가 사는 통영 프로젝트

주제 : 내가 사는 통영   🗂 기간 : 4월 중순~5월 초

재구성 의도	학생들이 생활하는 공간인 통영과 관련된 옛이야기와 문화유산의 역사적 가치 등을 인식함으로써 통영에 대한 자긍심을 갖도록 하는데 주안점을 두고 있다. 학생들이 통영에 오래 살았지만 고장의 옛이야기와 문화유산에는 흥미를 잘 느끼지 못하므로 지역의 문화유산이 있는 장소를 방문하여 직접 눈으로 확인하고 체험하여 우리 고장에 대한 친밀감을 기르도록 한다.	
성취기준 및 관련 단원	[4사01-03]고장과 관련된 옛이야기를 통하여 고장의 역사적인 유래와 특징을 설명한다.	2. 우리가 알아보는 고장 이야기
	읽기[4국02-02]글의 유형을 고려하여 대강의 내용을 간추린다.	5. 중요한 내용을 적어요
	[4사01-04]고장에 전해 내려오는 대표적인 문화유산을 살펴보고 고장에 대한 자긍심을 가른다.	2. 우리가 알아보는 고장 이야기
교과서 배당 시수	사회 15+국어 5+창체 4+봉사 1	계 25차시
주제 목표	고장의 역사적인 유래와 특징을 바탕으로 고장에 대한 친밀감을 갖는다. 옛이야기를 읽고 대강의 내용을 간추린다. 고장의 문화유산의 특징과 가치를 파악함으로써 고장에 대한 자긍심을 함양한다.	(표) 성품학교 3-2 4사01-04 ESD

소주제	관련(교과차시)	주요 배움 활동 (★-평가)	과정 중심 평가 (방법)
통영의 옛이야기	사회4 국어5	▶ 글을 읽고 내용을 간추리는 방법 알기 ▶ 통영의 옛 이야기 조사하기 ▪우리고장 통영 지역화 교과서 활용(부록) ▶ 통영의 옛 이야기 내용 간추려 친구들에게 소개하기	(국어)글의 유형을 고려하여 대강의 내용을 간추릴 수 있는가?(자료) (사회)고장의 옛이야기를 통해 유래와 특징을 설명할 수 있는가?(관찰)
통영의 문화유산	사회9 창체1 봉사1	▶ 통영의 문화유산이 소중한 까닭 알기 ▶ 통영의 문화유산을 조사하는 방법 알기 ▶ 통영의 문화유산을 조사하는 계획 세우기 ▶ 답사하기(문화체험학습 연계) ▶ 답사보고서 작성하기 ▪ 우리고장 통영 지역화 교과서 활용(활동지)	사회과 공개 수업
통영 문화유산 홍보전	사회2 창체3	▶ 문화유산 소개 계획서 작성하기 ▶ 다양한 방법으로 소개 자료 만들기 ▶예: 문화 해설사 되어보기, 신문 만들기, 모형 만들기 ▶ 문화유산 소개하기를 통해 우리 고장에 대한 자긍심 기르기	(사회)고장의 문화 유산을 다양한 방법으로 정리해서 소개할 수 있는가? (관찰)
재구성 시수 총계	25차시	※ 관련 체험활동: 1학기 문화체험학습	

▶ 공개 수업 전, 프로젝트 활동

주요 활동	수업 장면
· 글을 읽고 간추리는 방법 알기 (교과서 활용) · 우리 지역 통영의 옛 이야기 조사하기 　－ 우리 고장 통영 지역화 교과서 활용(부록) · 통영 지역의 옛 역사와 문화 유산과 관련된 글을 읽고 내용 간추리기 · 통영의 옛 이야기 내용 간추려 친구들에게 소개하기	
· 통영의 문화유산이 소중한 까닭 알기 · 통영의 문화유산을 조사하는 방법 알기 · 통영의 문화유산을 조사하는 계획 세우기 · 우리 지역 통영의 문화유산 종류, 특징, 답사 방법을 모둠별로 정리하여 발표하기	
· 중요 내용을 간추리고 메모하는 방법 알기(교과서 활용) · 통영의 문화 유산 답사하기 (문화체험학습, 세병관 외) · 문화해설사의 이야기를 들으며 중요한 내용 메모하기 · 답사보고서 작성하기	
· 다양한 방법으로 소개 자료 만들기 　* 문화 해설사 되어보기, 신문 만들기, 모형 만들기 등 · 우리 지역의 문화유산 소개하기를 통해 우리 고장에 대한 자긍심 기르기	

▶ 학부모 초청 공개 수업

공개 수업 내용	공개 수업 장면
· 우리 고장 문화유산 소개 자료를 발표할 때 유의할 점 알아보기 · 모둠별 발표 연습하기 · 모둠별로 발표하고 질의 응답시간 갖기 · 모둠별로 잘된 점, 보충할 점, 칭찬할 점 이야기 나누기 · 프로젝트 활동 마무리 차시 예고 하기	

사회과 공개수업 지도안

수업교과	사회	대 상	3학년 1반 21명	수업자	...
지도단원	2. 우리가 알아보는 고장 이야기			차시	22/23

주제	**우리 고장의 문화유산 소개하기**
수업자 의도	'내가 사는 통영' 이라는 주제 중심 프로젝트의 마무리 단계로, 학생들이 우리 고장 통영의 문화유산을 직접 조사하고 발표함으로써 통영에 대한 자긍심을 기르는 것이 수업의 목표이다. 대부분의 학생들이 통영에 계속 살고 있으면서 유명한 관광지가 무엇인지, 어디에 있는지 잘 알지만 고장의 자랑스러운 문화유산은 무엇이 있는지는 대답하기 어려워한다. 그래서 프로젝트 활동을 통해 지역의 문화유산이 있는 장소를 방문하여 직접 눈으로 확인하고 체험하여 문화유산에 대한 관심을 가질 수 있도록 했다. 본시 수업에서는 모둠별로 통영의 문화유산을 한 가지씩 선정하여 자세히 조사하고 발표함으로써 문화유산의 역사적 가치를 느끼고, 앞으로 학생들이 생활할 지역인 통영을 자랑스러워하는 마음을 가질 수 있도록 수업을 운영하고자 한다.
수업의 흐름	▣ 동기유발(프로젝트활동 동영상) ▣ 배움 주제 안내 ▣ (활동1) 문화유산 소개 준비하기 -문화유산을 소개할 때 주의할 점 이야기하기 -모둠별로 소개할 자료 준비하고 연습하기 ▣ (활동2) 문화유산 소개하기 - 모둠별로 만든 다양한 소개 자료를 가지고 발표하기 - 소개 자료와 발표를 보고 궁금한 점이 있으면 물어보기 ▣ (활동3) 문화유산을 소개하면서 느낀 점 이야기하기 - 모둠별로 활동을 하면서 잘된 점, 보충할 점, 느낀 점 등에 대해 이야기하기 ▣ 차시 예고 (프로젝트활동 정리)
평가 및 피드백 계획	▣ 본 수업에서는 학생들이 문화유산을 소개하는 과정을 통해 얼마나 고장의 문화유산에 관심을 가지고 자긍심을 가지는지 관찰을 통해 수행평가를 실시한다. ▣ 활동1에서 준비한 자료를 다시 살펴보면서 수정해야 할 내용이 없는지 살펴보고, 소개할 때 주의할 점을 생각하며 발표를 준비하도록 한다. ▣ 활동2에서 자신이 발표하는 문화유산에 대해 잘 알고 있는지 확인하고, 친구들의 질문을 통해 통영의 문화유산에 대해 더 생각해 볼 수 있는 기회를 제공한다. ▣ 소개 자료 중 어려운 낱말은 쉬운 말로 설명할 수 있도록 하고, 다른 친구들이 발표한 문화유산을 보면서 통영의 다양한 문화유산에 관심을 가질 수 있도록 한다.

자치 활동 연계 PBL 재구성 (6학년 1학기)　　기간: 2019. 6월

주제	말·말·말 프로젝트	길러줄 핵심 역량	정보 처리, 의사소통, 태도 및 실천
재구성 의도	학생들 실생활에서 일어나고 있는 문제를 학생들 스스로 토의하고 해결책을 찾아 실천하는 경험을 통해 민주시민으로서의 자질을 함양하고 자기 주도적 학습을 함양하고자 한다. 학생들이 선택한 욕 설문제를 해결하기 위해 말·말·말 프로젝트를 진행하고자 한다. 이를 위해 수학 그래프를 활용하 여 학생들의 욕설을 사전에 조사하고 이를 극복 및 예방하는 방법에 대해 학생 자치활동을 통해 해 결해보고자 한다.		
성취기준 및 관련 단원	일상생활에서 국어를 바르게 사용하는 태도를 지닌다. 적절한 근거와 알맞은 표현을 사용하여 주장하는 글을 쓴다. 자료를 수집, 분류, 정리하여 목적에 맞는 그래프로 나타내고, 그래프 를 해석할 수 있다. 제재곡의 노랫말을 바꾸거나 노랫말에 맞는 말붙임새를 만든다.	국어 7. 우리말을 가꾸어요 수학 5. 여러 가지 그래프 음악 1. 음악으로 하나되는 우리	
교과서 배당 시수	국어10 + 수학10 + 음악2 + 창체6	계	28차시
주제 목표	욕설, 비속어를 사용하는 이유를 조사하여 그래프로 나타낼 수 있다. 조사한 결과를 바탕으로 문제 상황을 해결하기 위한 방법을 제시할 수 있다. 바르고 고운 말을 사용하여 노랫말을 만들 수 있다.	학교: 행복학교　목표4 6국04-06　6국05-04 인성교육	

소주제	관련교과 (차시)	주요 배움 활동　　(★-평가)	과정중심평가 (방법)
바른 언어생활 마음가지기	국어8 수학10	▸자신의 언어생활 점검하기 ▸우리학교 학생들이 비속어를 사용하는 이유 조사하기 - 각 반 학생들이 스스로 정한 방법 사용 - 설문조사, 인터뷰 등 ▸자료를 그래프로 나타내는 방법을 알고 조사한 결과를 그래프로 나타내기★	[수학]자료를 수 집, 분류 정리 하여 목적에 맞 는 그래프로 나 타내고 해석할 수 있는가?(관찰 법)
말하고 듣는 서로의 의견	국어2 창체2	▸문제해결을 위한 방법을 자신의 주장과 근거를 담아 나타내기 - 대자보 제작, 주장하는 글쓰기 등 ▸자신이 생각한 방법을 발표하기★ 〔수학과 공개 수업 차시〕 ▸우리 반 친구들이 생각한 방법을 바탕으로 우리 반 대 표 의견 정하기	[국어]목적이나 주제에 따라 알 맞은 내용과 매 체를 선정하여 글을 쓴다.(지필 평가)
우리가 만드는 학교규칙	창체4 음악2	▸학년군, 전교생 다모임을 통해 서로의 의견 교환하기 ▸우리들의 약속 정하기 ▸바르고 고운 말을 사용하여 노랫말 만들어 마음다지기	[음악]노래에 리 듬에 맞는 노랫 말을 만들어 부 를 수 있는가? (실기법)
재구성 시수 총계	28차시	※별도 프로젝트 활동: 말말말 프로젝트 공익광고 제작(추후 변경 가능)	

▶ 공개 수업 전, 프로젝트 활동

주요 활동	수업 장면
· 욕설 사용의 심각성 인식하기 　- EBS 다큐 '욕 해도 될까요?' 시청 후 토의 토론 · 우리 학교 욕설 사용 실태 설문 조사하기 　- 설문지 제작하고 학년별 설문조사하기 　- 설문지, 인터뷰 등 다양한 방법 활용 · 표를 읽고 해석하며 다양한 그래프로 나타내는 방법 익히기 　(교과서 활용)	

▶ 학부모 초청 공개 수업

수업 내용	수업 장면
· 우리 학교 욕 사용 실태 조사 결과를 표로 제시하기 · 제시된 표 중 하나의 항목을 선택하여 적절한 그래프로 나타내기 · 그래프로 나타낸 내용을 발표하기 · 배운 점, 느낀 점 함께 이야기 나누기	

▶ 공개 수업 후, 프로젝트 활동

주요 활동	수업 장면
· 우리 학교 욕 사용 실태를 알리는 그래프 만들고 중앙 복도에 게시하여 욕 사용의 심각성 알리기 · 학급 다모임을 통해 우리 학교 언어 사용 문제의 해결 방법 찾기 · 학년 다모임을 통해 우리 학교 언어 사용 문제 해결 방법 결정하기	
· 욕의 의미와 유래 조사하기 · 욕 사전 내용 구성 및 표지 결정하기 · 욕 사전에 들어갈 만화 내용 구성하기 · 욕, 은어, 비속어 사전을 제작하여 욕의 뜻을 모르고 사용하는 후배들에게 알려주기	
· 말말말 콘텐츠 경연대회 참가 포스터 제작하기 · 말말말 콘텐츠 경연대회 운영하기 　- 홍보 포스터, UCC, 랩, 만화, 공연 등 9개 팀, 40명 참가 · 전교생 다모임을 통해 언어사용 문화 개선 캠페인 활동과 병행 운영	

본교에서는 배움중심수업, 과정중심평가 등 최근 교육적 변화와 가치를 바탕으로 수업을 보는 관점이 형성될 수 있도록 학부모 대상 수업 참관록을 개발하여 활용하였다. 교사의 교수 기술에 초점을 맞추기보다 아이의 배움과 성장에 관심을 두고 수업을 바라볼 수 있도록 균형 잡힌 기준을 제시하였으며 비교적 간단하고 적은 문항으로 참관록 작성의 부담을 덜어내고자 하였다.

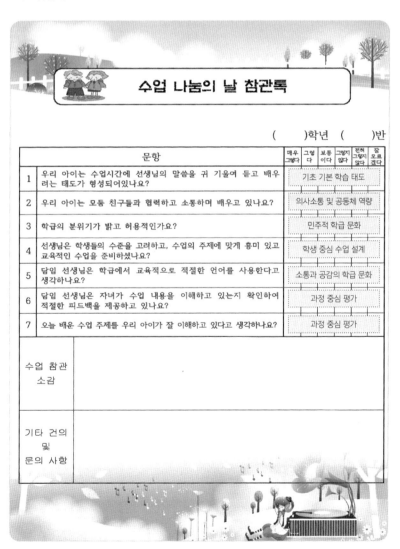

수업 나눔의 날 참관록

(　　)학년 (　　)반

	문항	매우 그렇다	그렇 다	보통 이다	그렇지 않다	전혀 그렇지 않다	잘 모르 겠다	
1	우리 아이는 수업시간에 선생님의 말씀을 귀 기울여 듣고 배우려는 태도가 형성되어있나요?							기초 기본 학습 태도
2	우리 아이는 모둠 친구들과 협력하고 소통하며 배우고 있나요?							의사소통 및 공동체 역량
3	학급의 분위기가 밝고 허용적인가요?							민주적 학급 문화
4	선생님은 학생들의 수준을 고려하고, 수업의 주제에 맞게 흥미 있고 교육적인 수업을 준비하셨나요?							학생 중심 수업 설계
5	담임 선생님은 학급에서 교육적으로 적절한 언어를 사용한다고 생각하나요?							소통과 공감의 학급 문화
6	담임 선생님은 자녀가 수업 내용을 이해하고 있는지 확인하여 적절한 피드백을 제공하고 있나요?							과정 중심 평가
7	오늘 배운 수업 주제를 우리 아이가 잘 이해하고 있다고 생각하나요?							과정 중심 평가

수업 참관 소감	

기타 건의 및 문의 사항	

수업, 작지만 큰 변화

사람이 온다는 건 실은 어마어마한 일이다.

그는
그의 과거와
현재와
그리고 그의 미래가 함께 오기 때문이다.
한 사람의 일생이 오기 때문이다.

-정현종의 〈방문객〉 중-

자취를 할 때 내 밥상에는 라면이 자주 올라왔다. 번거로운 칼질 없이 손쉽게 한 끼가 완성됐다. 뭐 먹을지 고민할 필요도 없었고, 맛도 그럴 듯 했다. 이러나저러나 배부르면 그만이었다. 다음 날도 그 다음날도 라면은 단골 메뉴였다. 인스턴트 라면을 먹은 날은 한 끼를 먹은 게 아니었다. 한 끼를 때운 거였다.

그런데 생각해 보면 수업도 그렇다. 교사는 늘 고민한다. 내일 수업 어떻게 하지? 교사에게 수업은 늘 고민거리다. 무슨 일이든 하면 할수록 익숙해진다는데, 어떻게 수업은 하면 할수록 버거워진다. 그 버거움의 끝에 찾는 것은 수업 자료 사이트고 남이 만든 자료이다. 그것이 나쁜 것은 아니다. 자신이 구성한 수업에 필요한 자료라면 얼마든지 환영이다. 그런데 때로는 수업에 대한 고민 없이 찬장에 있는 라면을 꺼내듯이 사이트를 열고 자료를 다운 받는다. 그럴 때 우리는 수업을 했다고 생각하지 않는다. 한 차시 때웠다고 생각한다.

공개 수업이 부담스러운 이유는 누군가에게는 인스턴트 라면을 쓸 수 없기 때문이기도 하다. 귀한 손님이 왔는데, 라면 하나 달랑 끓이기에는 손이 무안하다. 체면이 안 선다. 하지만 그럴듯한 요리를 준비하자니 부담이다.

어느 집이나 매일 진수성찬을 먹지 않듯이, 수업도 매일 매일 신기하고 재미있는 활동으로 채울 수는 없다. 하지만 손이 많이 가지 않아도, 반찬이 많지 않아도 영양가 있는 밥상을 준비할 수는 있다. 수업을 재구성하는 것은 영양가 있는 밥상을 준비하는 것과 같다. 수업을 재구성 하는 것이 꼭 거창할 필요는 없다. 교과서 속 사소한 소재를 우리 학교 주변에서 찾아도 재구성이다. 국어 시간에 배운 이야기를 미술 시간에 그려보는 것도 재구성이다. 교과서를 벗어나 학생들이 하고 싶은 주제로 수업해 보는 것도 재구성이다. 재구성을 위한 재구성은 무의미하다. 재구성의 중심에는 학생이 있어야 한다. 학생들에게 영양가 있는 밥상을 차려 주고 싶은 마음이 있어야 한다.

공개 수업은 학생들과 함께 차린 밥상을 교육공동체와 나누는 시간이다. 좀 부족해도, 손이 가는 반찬이 없어도, 함께 차린 밥상은 부끄럽지 않다. 오히려 모두를 미소 짓게 만든다. 보는 이에게 차린 정성과 진심을 느끼게 해 준다. 거짓이 아니기 때문이다. 단순한 꾸밈이 아니기 때문이다.

재구성된 수업을 공개하는 것은 이러한 마음에서 출발했다. 수업에 화장을 줄이고, 최대한 평상시 모습으로 마주하는 것, 진수성찬보다는 따뜻한 밥 한 끼를 나누는 마음에서 시작했다. 그것이 교사의 부담을 줄이고, 학교혁신의 길을 열어 준다고 생각했다. 뒤돌아보면 꽤 먼 길을 잘 걸어 왔지만, 아직 갈 길이 멀다. 줄었다 하더라도 여전히 공개 수업은 부담이고, 못 다 푼 숙제 같다. 그 사소한 부담은 잘 안고 걸어갈 예정이다. 어항 속 미꾸라지를 살게 하는 메기처럼 부담은 때로 우리를 나아가게 하는 힘이 된다.

수업은 교실 속 작은 이야기다. 이야기 속에는 아이들의 과거와 현재, 그리고 미래가 담겨있다. 아이들의 살아 있는 삶이 담겨있다. 교사는 수업을 통해 매일 매일 아이들의 삶과 마주한다. 그리고 아이들도 수업을 통해 자기의 삶과 마주한다. 그래서 수업의 변화는 아이들의 배움에 큰 변화를 일으킨다. 아이들의 삶에 큰 파동을 준다. 수업은 작지만 큰 변화를 일으킨다. 수업의 힘을 믿고, 수업을 준비하자. 완벽하지 않더라도 조금씩 시도하자. 수업을 재구성 하는 것도, 수업을 공개하는 것도, 부담을 버리고 함께 준비하자. 막연한 부담에서 벗어나 자신 있게 수업을 나눌 때 교사도 학생도 부쩍 커 있으리라 믿는다.

Episode11.

나눌수록 커지는 반성적 실천 전문가들의 모임

- 학년별 '재구성 수업' 실천 사례 나눔의 날 -

설득 끝에 모든 선생님들이 수업 사례 나눔의 필요성과 취지에 동의해 주었고, 이에 수업 사례 나눔의 날은 실현될 수 있었다. 다행이도 처음 시작한 후부터는 더 이상 사례 나눔이 교사들에게 큰 부담이 되지 않는 모습을 확인할 수 있었다. 오히려 학년별 10분을 훌쩍 넘어 우리 학급의 수업 이야기를 적극적으로 나누고자 하는 선생님들이 더욱 많아졌고, 학기 초부터 사례 나눔을 염두에 두고 배움의 과정을 꾸준히 기록하고 정리하는 모습도 볼 수 있었다. - 본문 중 -

Episode11. 나눌수록 커지는 반성적 실천 전문가들의 모임

– 학년별 '재구성 수업' 실천 사례 나눔의 날 –

들어가는 말

배움의 공동체 사토마나부 교수는 교사가 '반성적(reflective) 실천가'로 거듭 나야 한다고 강조했다. 반성적 실천가는 '행위 중의 성찰'을 성실하게 수행하는 전문가를 말한다. 교사의 성찰을 가장 필요로 하는 행위는 바로 매일의 일상적인 수업이다. 교사가 끊임없이 자기 수업에 대해 성찰하고 더 나은 실천을 위해 노력하는 것, 이것이 반성적 실천가의 모습이며 교사에게 요구되어지는 전문성이다.

미국의 메사추세츠 공과대학 철학 교수인 숀(Schon)은 듀이(Dewey)의 반성적 사고에 대한 개념을 바탕으로 새로운 개념을 제시했다. 행동 중 반성과 행동 후 반성이 그것이다. 행동 중 반성은 즉각적으로 행동이 계획되는 것(반성하는 것)을 말하고, 행동 후 반성은 심사숙고하여 다음 행동을 계획하는 것을 말한다.

사토마나부와 숀의 개념을 종합해보면, 반성적 사고란 교사가 수업 상황에서 자신의 교수 행동을 성찰하고 스스로 문제 원인을 진단·평가하며 더 나은 의사결정을 모색하는 자기 성찰과 향상 과정으로 정의할 수 있다.

매 학기말 이루어지는 '학년별 재구성 수업 나눔의 날'은 반성적 실천을 통한 교사 전문성을 강화시키는 효과를 가져다준다. 이는 숀이 언급했던 '행동 후 반성' 과정으로 학년별 실천사례를 나눔을 통해 다음 학기 교사 교육과정 설계에 도움을 준다. 또한 학기 중 학년별로 이루어지는 전문적 학습공동체의 계획과 결과를 다른 학년과 함께 공유하는 과정에서 학습공동체가 전 교원으로 확장되는 경험을 하게 된다. 이를 통해 전 교원이 학교 교육과정의 관점에서 각 학년별 수업을 유의미하게 연결 짓는 안목을 획득하게 된다.

이처럼 수업 사례 나눔은 한 학기 수업을 되돌아보는 반성적 성찰에 기초한 전문성 강화와 더불어 타산지석의 배움을 가능하게 하는 뜻깊은 시간인 것이다.

본교의 '재구성 수업' 실천 사례 나눔의 날을 함께 만나보자.

심리적인 부담 줄이기

학기 말, 학년별 수업 실천 사례를 나눈다는 것에 대한 교사들의 심리적인 부담이 많았다. 몇 분의 선생님은 수업 사례 나눔을 흔쾌히 동의하였지만, 다양한 이유로 거부감을 드러내시는 분들도 있었다. 그분들과 대화하는 과정에서 다음과 같은 원인들을 발견할 수 있었다.

① 한 번도 내 수업 이야기를 발표해 본 적이 없다. (물론, 동료 교사와 이야기는 하지만, 발표라는 형식이 불편하다)
② 부족함이 드러날까 염려된다.
③ 발표 자료를 만들고 준비하는 과정이 쉽지 않을 것 같다.
④ 나는 많은 사람들 앞에서(특히, 교사들 앞에서) 말하는 것이 버거운 사람이다. (타고난 성향이 그렇다)
⑤ 보여주기식 행사가 아닌가? 그냥 학년별로 운영되는 전문적 학습공동체만 가지고도 충분하지 않은가?

설득을 위해 가장 중요한 근거로 제시한 것은 '반성적 실천가로서의 전문성'이었다. 재구성한 수업의 실천 결과를 나누는 과정에서 모든 교사들의 역량이 함양될 수 있고, 준비하는 과정에서 나 또한 동일한 성장이 있을 것이란 사실을, 관계를 바탕으로 설득하기 위해 노력하였다.

그리고 외적인 형식과 방법에서 오는 부담을 최소화하기 위해, 발표 시간은 학년별 10분으로 제한하고 발표 내용도 2월에 재구성한 수업으로 한정하였다. PPT는 다른 효과나 꾸밈없이 사진을 중심으로 - 수업 활동 장면, 학생 활동지, 과정중심 평가지 등 - 간단하게 제작하도록 안내하였다. 또한 발표 준비에 참고할 수 있도록 시나리오 흐름을 예시 자료로 만들어 아래와 같이 제공하였다.

〈 수업 나눔 발표 시나리오의 흐름 (예시) 〉

학기 전(2월)	학기 중	재구성 수업	학기 말(7, 12월)
▸ 2월 교육과정 재구성 결과 ▸ 수업자 의도, 성취기준, 시수 배당, 평가 계획	▸ 학년별 전문적 학습 공동체를 통해 수정 보완한 내용	▸ 수업 활동 사진 ▸ 과정중심평가지 ▸ 기타 학생 활동 결과물	▸ 학생의 배움과 성장, 소감 나눔 ▸ 교사의 성찰 나눔

　설득 끝에 모든 선생님들이 수업 사례 나눔의 필요성과 취지에 동의해 주었고, 이에 수업 사례 나눔의 날은 실현될 수 있었다. 다행이도 처음 시작한 후부터는 더 이상 사례 나눔이 교사들에게 큰 부담이 되지 않는 모습을 확인할 수 있었다. 오히려 학년별 10분을 훌쩍 넘어 우리 학급의 수업 이야기를 적극적으로 나누고자 하는 선생님들이 더욱 많아졌고, 학기 초부터 사례 나눔을 염두에 두고 배움의 과정을 꾸준히 기록하고 정리하는 모습도 볼 수 있었다. 또한 수업 나눔으로 인해 2월 재구성된 내용이 계획에 그치지 않고 아이들의 삶과 배움으로 이어질 수 있었다.

　수업 사례 나눔은 반성적 실천가로서 교사 전문성을 강화하고 수업 중심의 교사 수준 교육과정 운영을 촉진하는 '교육과정 중심 행사'로서 우리 학교의 자랑과 특색으로 자리매김하였다.

2018학년도 재구성 수업 사례 나눔의 날 운영 모습

2019. 1학기 수업 사례 나눔

▶ 6학년 수업 사례 나눔 발표 자료

– 프로젝트 주제: 말·말·말 프로젝트 (우리 학교 언어 사용 개선 프로젝트)

▶ 교과 및 시수: 국어, 수학, 음악, 창체, 총 28차시 ▶ 시기: 6월 중

▶ 관련 성취기준

[6국04-06] 일상생활에서 국어를 바르게 사용하는 태도를 지닌다.

[6국03-04] 적정한 근거와 알맞은 표현을 사용하여 주장하는 글을 쓴다.

[6수05-04] 자료를 수집, 분류, 정리하여 목적에 맞는 그래프로 나타내고, 그래프를 해석할
수 있다.

[6음01-03] 제재곡의 노랫말을 바꾸거나 노랫말에 맞는 말붙임새로 만든다.

▶ 주요 배움 활동

학급 다모임으로 말말말 프로젝트 계획 수립하기, 욕 사용의 심각성 알기, 욕 사용 실태조사 설문지 만들기, 욕 사전 만들기, 말·말·말 콘텐츠 경연대회, 바르고 고운 말을 사용한 노랫말 만들기, 프로젝트 소감문 작성하기 등

〈 말·말·말 프로젝트 ppt 발표 자료 (6학년) 〉

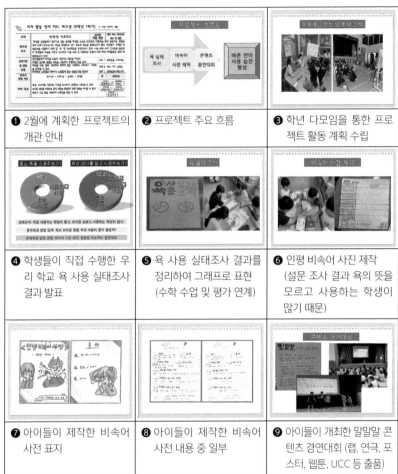

❶ 2월에 계획한 프로젝트의 개관 안내	❷ 프로젝트 주요 흐름	❸ 학년 다모임을 통한 프로젝트 활동 계획 수립
❹ 학생들이 직접 수행한 우리 학교 욕 사용 실태조사 결과 발표	❺ 욕 사용 실태조사 결과를 정리하여 그래프로 표현 (수학 수업 및 평가 연계)	❻ 인평 비속어 사진 제작 (설문 조사 결과 욕의 뜻을 모르고 사용하는 학생이 많기 때문)
❼ 아이들이 제작한 비속어 사전 표지	❽ 아이들이 제작한 비속어 사전 내용 중 일부	❾ 아이들이 개최한 말말말 콘텐츠 경연대회 (랩, 연극, 포스터, 웹툰, UCC 등 출품)

▸ 4학년 수업 사례 나눔 발표 자료

– 단원명: 9. 자랑스러운 한글 (단원 내 재구성)

　▸ 교과 및 시수 : 국어, 12차시(순증), 창체　▸　시기: 3월
　▸ 관련 성취기준
　　[4국04-05] 한글을 소중히 여기는 태도를 지닌다.
　　[4국01-06] 예의를 지키며 듣고 말하는 태도를 지닌다.
　▸ 주요 배움 활동

문자의 필요성 알기(그림 문자를 중심으로), 우리나라의 글자 훈민정음에 대해 바르게 알기 (스토리텔링), '말모이' 영화를 시청하며 우리나라 말의 중요성 느끼기, 한글이 위대한 이유를 알고 표어 만들기, 우리 동네 외래어와 외국어 간판을 조사하여 우리말로 바꾸기, 일상에서 사용하는 비속어, 은어 바르게 고치기

〈 단원 내 재구성 PPT 발표 자료 (4학년) 〉

❶ 성취기준 중심의 단원 내 재구성 계획 안내	❷ 영화 '말모이'를 보고 한글의 소중함 느끼기(활동지)	❸ 한글의 소중함을 표현하는 표어 만들기
❹ 우리 마을의 외래어, 외국어, 비속어 조사활동(창체)	❺ 마을 간판의 외래어, 외국어, 비속어를 우리말로 바꾸는 활동	❻ 모둠별 수업 결과 나눔

▸ 5학년 수업 사례 나눔 발표 자료

− 프로젝트 주제: 도서관 공간 혁신 프로젝트 (주제 중심 재구성)

　▸ 교과 및 시수: 국어, 미술, 창체, 총 16차시　▸ 시기: 6~7월
　▸ 관련 성취기준
　　[6미01-05] 미술 활동에 타 교과의 내용, 방법 등을 활용할 수 있다.
　　[6국01-02] 의견을 제시하고 함께 조정하며 토의한다.
　　[6미01-02] 대상이나 현상에서 시각적 특징을 발견할 수 있다.
　▸ 주요 배움 활동
　　도서관 탐색하기, 도서관 프로젝트를 위한 학년 다모임하기, 교육공동체의 의견을 수렴하고 마인드맵 만들기, 도서관 컨셉 및 디자인 정하기, 도서관 설계도 만들기, 도서관 소개 PPT 자료 만들기, 우리가 설계한 도서관을 전체 다모임에서 소개하기

〈 도서관 공간 혁신 프로젝트 발표 PPT 자료(5학년) 〉

❶ 프로젝트 재구성 의도

❷ 프로젝트 계획 안내

❸ 프로젝트 주요 흐름

❹ 우리 학교 도서관의 문제점과 불편한 점 찾기

❺ 학년 다모임을 통한 프로젝트 계획 수립

❻ 도서관 개선을 위한 의견 수렴 설문지 제작

❼ 도서관 공간 개선을 위한 의견 수렴 활동

❽ 의견 수렴 결과를 마인드맵에 나타내기

❾ 도서관과 관련된 참고 자료 검색하기

❿ 의견 수렴 결과와 검색 결과를 활용하여 도서관 디자인하기

⓫ 전체 다모임에서 도서관 디자인 결과 발표하기

⓬ 아이들의 의견을 반영하여 TF팀에서 작성한 설계도

⓭ 아이들의 의견을 반영한 도서관 공사 모습 (방학 중)

⓮ 완성된 도서관 모습

나눌수록 커지는 교사 전문성

키 큰 나무 숲을 지나니 내 키가 커졌다.
깊은 강물을 건너니 내 영혼이 깊어졌다.
– 박노해 시인의 「사람만이 희망이다」 中 –

올 해로 2년째 접어드는 재구성 수업 나
눔은 연간 학사 일정과 학교 교육계획서
에도 반영되어 있다. 새로 전입해 온 선생
님들도 사례 나눔을 위해 수업 실천 과정
을 다양한 형태로 '기록'할 수 있도록 2월 [나비올라 교육과정 사례 나눔 후]
교육과정 재구성 기간에 미리 안내하였다. 수업 사례 나눔은 학기 중 교육
과정 재구성 – 수업 – 평가 – 기록이 일관성 있게 실천될 수 있도록 돕는
본교의 소소한 장치이다.

올해는 도내 여러 선생님들을 초청하여 통영교육지원청 대강당에서 수
업 사례 나눔을 개최하였으며 약 23개 학교 60명의 교원이 참여하였다. 이
때에는 기존 학년별 재구성 수업 사례 나눔에서 범위를 확장하여 본교에
서 운영되는 학교 교육과정 사례도 함께 나누었다.

〈 도내 초청 나비올라 교육과정 사례 나눔 계획 〉

구분	주요 나눔 내용	비고
1부	▶ 실효성 있는 신학기 준비기간(2·8월) 운영과 학년별 전문적 학습공동체의 연계 ▶ 교육공동체 토론회, 교육과정 워크숍 등 민주적인 학교 문화 조성 과정	개략적인 흐름 제시
	「학년별 재구성 수업 사례 나눔」 ▶ 1학년: 에너지 절약 프로젝트 외 ▶ 2학년: 복도 생활 프로젝트 외 ▶ 3학년: 급식소 프로젝트 외 ▶ 4학년: 한 학기 온 책 읽기 프로젝트 ▶ 5학년: 도서관 공간 혁신 프로젝트 ▶ 6학년: 말 · 말 · 말 프로젝트	학년별 주제 중심 재구성 사례 나눔 (학년별 12분 내외)

본교의 사례 나눔은 경남 도민일보에도 기사화되었을 뿐만 아니라 주변 학교에도 긍정적인 영향을 주었다. 이처럼 수업 사례 나눔은 서로가 서로에게 키 큰 나무가 되어주는 시간이었다. 이 시간을 통해 우리들의 수업도 더 자라고 더 깊어질 수 있었다. 나눌수록 커지는 교사 전문성을 경험하는 뜻깊은 시간이 되었다.

인평초, 나비올라교육과정 실천 사례 나눔

경남도민일보 (webmaster@idomin.com) │ 입력 2019-08-22 15:25 목 │ 노출 2019-08-22 15:27 목 │ 댓글 0

│ 교수평 일체화를 적용한 학교 현장의 생생한 목소리

통영 인평초등학교(행복학교 교장 김보상)는 8월 22일(목) 통영교육지원청 교육장(박혜숙)을 비롯한 경남도교육청 장학관과 장학사, 경남 지역의 교장, 교감을 포함하여 약 80여명의 교사들이 참석한 가운데'나비올라 교육과정 실천 사례 나눔'을 실시했다.

인평초등학교는 매년 한 학기당 1회씩, 년 2회의 교육과정 실천 사례 나눔을 자체적으로 해오고 있고 올해는 보다 많은 교사들과 미래사회를 위한 학생중심의 교육과정에 대해 함께 생각을 나누고 방법을 모색하기 위해 통영교육지원청 대강당에서 교육과정 실천 사례 나눔을 실시하였다.

교육과정 사례 나눔은 1부(오전), 2부(오후)로 나누어 진행되었다. 1부에는 인평초등학교 학년별 교육과정이 소개되었고, 질의·응답시간을 통해 교육과정 편성과 실제 운영에 대해 참석자들과 다양한 의견과 생각을 나누었다. 2부에는'함께 만들어가는 학생중심 나비올라 교육과정 편성·운영'이라는 주제로 학교교육과정에 대해 깊게 생각해보는 시간을 가졌다. 이번 사례 나눔은 학교교육과정과 전 학년의 학년별교육과정이 어떤 과정으로 편성되었는지, 실제로 교실에서 어떻게 운영되었는지를 소개하여 기존 나눔에서 볼 수 없는 매우 이례적인 일이어서 일선 교사들은 물론 많은 교육 관계자들에게 관심을 받았다.

이날 참석한 양산시 모 초등학교 교사는"지금까지 보여주기 식의 재구성을 위한 재구성만 해왔는데 인평초등학교의 사례를 보고 스스로 많이 반성하였고 새로운 의지를 복 돋는 기회가 되었다."고 소감을 전했다.

교장 김보상은 "학생들에게 미래사회를 대비하기 위한 역량을 길러주는 배움 중심의 교육과정을 편성하고, 그것이 실제로 교실에서 운영되도록 하기 위해서는 민주적인 학교 문화 및 활발한 전문적학습공동체가 형성되어야하고, 교육과정은 어느 한 사람에 의해서가 아니라 모두가 함께 만들어가야 한다는 교육공동체 간의 약속이 전제되어야 한다. 앞으로도 행복교육을 위해 교육공동체가 함께 노력하는 인평초등학교를 지켜봐 주기를 바란다"라고 전했다.

Episode12.

학생 자치, 교육과정 운영의 기본 원리

- 아이 스스로(AI-SSRO) 초등 자치 프로젝트 -

학생 주도적인 자치활동은 수업을 포함한 학교 교육과정 전반에 기본적인 운영 원리가 될 수 있다. 학생 자치활동을 강화하여 미래 교육의 요소인 학습자 주도 교육활동이 활성화 될 수 있는 계기를 마련하자. - 본문 중 -

Episode12. 학생 자치, 교육과정 운영의 기본 원리

- 아이 스스로(AI-SSRO) 초등 자치 프로젝트 -

들어가는 말

　학생 자치활동은 교육과정 운영에 꼭 필요한 것인가? 아니면 명목상 그럴듯한 구호에 불과한 것인가? 자치활동은 학교 교육과정을 구성하는 많은 요소 중 어느 정도의 비중을 차지할까? 앞으로 더욱 강조될까? 아니면 일부 혁신학교를 중심으로 잠시 유행처럼 반짝하고 사라져버릴까?

　최근 학교는 행정적이고 소모적인 업무를 경감하고 있으며, 가치치기를 통해 교육적으로 의미 있고 필요한 것들을 중심으로 통합하고 있다. 공문에 단골로 등장하는 '교육과정과 연계하여 운영'하라는 문구를 보더라도 단발적으로 운영되던 행사들이 감축되고 교육과정 중심의 학교 운영을 지향하고 있음을 확인할 수 있다. 그렇다면 자치활동은 경감되어야 할 '행사'일까? 아니면 교육과정 '기본 운영 원리'일까? 이 문제에 대한 답을 찾기 위해서는 먼저 자치활동의 필요성과 중요성에 대한 철학과 가치를 살펴 볼 필요가 있다.

　교육기본법 5조, 초중등교육법 17조, 초중등교육법 시행령 9조에는 학생 자치활동의 법적 근거가 제시되어 있다. 그리고 각 시도교육청별 교육과정 편성·운영 지침에도 자치활동의 활성화와 현장 확산을 위한 내용과 방법이 반영되어 있다. 즉, 자치활동은 단순한 '행사'가 아니라 교육과정 기본 운영 원리인 것이다.

　그럼에도 7차 교육과정 시기 자치활동이 국가 교육과정에 반영된 후, 자치활동은 학급 반장, 1인 1역 활동, 전교 어린이회 정도로 내용과 방법이 고착화된 채 현장에서 적용되어 왔으며 교과와 별개로 엄격하게 구분되어 일종의 '형식적인 행사'로 취급되었다.

　본교에서는 지금까지 현장에서 실천되고 있는 자치활동이 교과와는 별개로 독립적으로 운영되었다는 비판적인 관점에서 교과와 연계한 새로운 접근 방식의 자치 활동 모델 - 아이 스스로(AI-SSO) -를 구안하여 적용하였다. 이를 통해 아이들이 학교생활에서 경험했던 '실제적 문제'를 프로젝트 수업의 중심 주제로 설정하여 자치활동과 교과 수업을 연계할 수 있었다. 아이 스스로(AI-SSRO) 프로젝트는 초등 자치활동 실천 모델로써 교과에서 자치로, 교사 중심에서 학생 중심으로 배움의 주도성과 자발성을 확장시켜가는 모델이다.

이 모델은 학생 자치활동의 한계점인 자기 실천력 부족과 소수의 학생들만 참여하는 문제에 대한 해결책이 될 수 있다. 뿐만 아니라 '교과와 상호보완'하고 '교과와 적극적으로 연계 및 통합'한다는 창의적 체험활동의 방침을 구현함으로써 교육적 효과를 극대화 시킬 수 있다는 장점이 있다.

학생 주도적인 자치활동은 수업을 포함한 학교 교육과정 전반에 기본적인 운영 원리가 될 수 있다. 학생 자치활동을 강화하여 미래 교육의 요소인 학습자 주도 교육활동이 활성화 될 수 있는 계기를 마련하자.

※ Episode12는 본교 자치활동 중 아이 스스로 초등 자치 프로젝트(2019, 하움출판사)
로 출판된 내용 중 일부를 재편집하여 수록함

교과와 연계한 아이 스스로 (AI-SSRO) 프로젝트

자치활동은 교과활동과 상호 보완적인 관계에 있는 교육활동이다. 교과활동은 교과 고유의 지식, 기능 습득에 중점을 둔 반면 자치활동은 교과를 통해 습득된 내용을 적용해보고 실현하는 데 중점을 둔다. 따라서 자치활동은 교과활동을 통해 이론적 기반을 얻고, 교과활동은 자치활동을 통해 삶으로 발현된다. 학생들은 자치활동의 과정과 결과를 통해 교과활동에 대한 흥미도 높이고, 교과 지식 적용력도 키울 수 있다.

이처럼 학생들은 자치활동을 통해 다양한 체험을 하고, 앎을 실천적으로 체득하며, 교과 지식을 적용해 보는 기회를 갖게 된다. 뿐만 아니라 자치활동은 교과 지식을 적용하고 목표에 도달하는 경험을 통해 학생들의 자신감과 성취감을 고양시켜 준다. 학생들은 교과 활동에서 달성할 수 없는 능력을 자치활동을 통해 배양하게 되는 것이다.

이러한 필요에 따라 교과와 연계한 자치활동을 위해 본교에서는 아이 스스로 (AI-SSRO) 자치 활동 모델을 구안하여 교내 자치활동에 적용하였다.

〈 아이 스스로(AI-SSRO) 자치 활동 모델의 단계별 세부 내용 〉

단계	과정		세부 내용	구분
A	정보 탐색하기 호기심과 흥미 갖기 필요성 느끼기		학(년)급별 주제 중심 수업	교과 수업
I	탐구하기	학급별 다모임	학급별 문제 해결 방법 찾기 학년별 문제해결 방법 결정하기	
S	같은 마음, 같은 생각 갖기	학년별 다모임	학급별 다모임 결과 공유하기	자치 활동
		전교 어린이회	학년별 다모임 결과 ➜ 전교 어린이회 회의 안건으로 상정 ➜ 전체 학급으로 실천의 확산	
		전교생 다모임	학급별 실천 사항 발표 추가 협의사항 논의 자치활동 실천 결과 나눔	
S	문제 해결하기	해당 학(년)급	학급별 아이 스스로 실천하기	자치 또는 교과
RO	성찰하기	해당 학(년)급	실천 결과 나누기	자치 활동

↓

〈 아이 스스로(AI-SSRO) 단계별 의미 〉

단계	용어	뜻	주요 내용	편성

A	Appreciate	진가를 알아보다
		
		인식하다
			· 자치활동 주제와 직간접적으로 연계된
			  교과 기반 배움
			· 자치활동의 필요성, 중요성을 인식하는
			  주제 중심 수업
			· 자치활동의 주제를 나의 문제로 인식하
			  는 과정
				교과

의미			주제 중심 수업을 통해 자치활동과 직간접적으로 연계된 다양한 활동을 하며 배경지식을 확충하고 자치활동의 필요성과 중요성을 느낄 수 있도록 하는 단계입니다. 학생의 인식과 관심 밖의 범위에 머물렀던 자치활동이 나의 문제로 인식되며 공동체를 위해 해결되어야 할 문제로 자리 잡게 됩니다. 지금까지 우리의 시야에 들어온 적 없고, 우리의 감성과 부딪치거나 우리가 하는 사색의 주제가 되지 못했던 문제(자치활동 주제)를 우리의 삶과 앎으로 연결하는 의미를 갖습니다.	

단계	용어	뜻	주요 내용	편성
I	Inquiry	탐구하다	• 주제 중심 수업과 관련된 문제 상황 도출 • 다모임을 통한 문제 해결 방법 찾기 • 해결 방법의 구체적인 실천 방안 토의하기	자치 학급 다모임
의미			A단계 주제 중심 수업에서 학생들이 경험했거나 발견한 문제점에 대한 해결 방법을 학급 다모임을 통해 이야기하는 단계입니다. 주제 중심 수업에서 학생들이 스스로 발견한 문제의식을 기초로 교사가 해결해야할 문제를 찾아 학급 다모임 안건으로 제안하는 과정을 통해 주제 중심 수업에서 자치활동으로 자연스럽게 배움이 연결되는 경험을 하게 됩니다.	

↓

단계	용어	뜻	주요 내용	편성
S	Same think & mind	같은 생각, 같은 마음갖기	• 학급 다모임 결과를 학년 다모임 및 전교 어린이회에서 나눔 • 전교 어린이회 임원들이 각 학급별로 돌아가 주요 내용 안내 ➔ 학급별 실천 계획 수립 및 전개 • 학급별 실천 결과를 전교 다모임에서 나눔	자치 학급 학년 전교 다모임
의미			특정 학년이 중심이 되어 운영하던 자치활동이 전교생에게 확산되는 단계입니다. 학급 다모임 결과를 학년 다모임에서 나누며 공감대를 형성하고, 필요시 전교 어린이회 안건으로 상정하여 각 학급 임원이 교실로 돌아가 자치활동의 주제를 안건으로 학급별 실천 방안을 토의하기도 합니다. 이렇게 결정된 학급별 실천 방안을 전교생 다모임에서 발표하며 자치활동에 대한 전교생의 실천 의지와 마음을 하나로 모으는 과정을 의미합니다.	

↓

단계	용어	뜻	주요 내용	편성
S	Solve the problem	문제를 해결하다	• 학급별로 결정된 문제 해결 방법을 실천 • 실천 과정에서 발견된 문제점은 학급 다모임을 통해 대응 방안 모색 및 재적용	자치 자율적 실천
의미			전교생이 같은 마음과 같은 생각을 가지고 꾸준히 자치활동을 실천하는 단계입니다. 가급적 별도의 시수를 배정하지 않고 1~3주 간 학생들의 학교 생활 중 자연스럽게 실천하는 과정을 거칩니다. 전교생이 같은 마음과 같은 생각을 가지고 노력할 때 자치활동의 값진 열매를 모두가 함께 누리는 결과를 얻게 됩니다. 타 학년 교사, 선후배, 친구들의 동참과 변화 과정을 생생하게 경험하며 자율과 책임을 배우게 되는 중요한 과정입니다.	

↓

단계	용어	뜻	주요 내용	편성
RO	ROund off	마무리 짓다	· 자치활동 실천 결과 나눔 · 자치활동을 통해 배운 점, 알게 된 점, 다짐 나누기	자치 반성 성찰
의미			자치활동을 마무리하며 스스로를 되돌아보는 단계입니다. 자치활동을 통해 변화된 나의 모습과 더불어 친구들, 선후배 등 다양한 성장의 열매를 이야기하며 더 나은 내일을 다짐하고 배움의 행복을 누리는 시간을 갖습니다.	

교과와 연계한 아이 스스로(AI-SSRO) 자치활동 단계는 반드시 고정적인 형태로 운영되어야 하는 것이 아니며 학년별 특성에 따라, 자치활동의 주제에 따라 유연하게 변형하여 적용하는 것이 적절하다. 진행 과정에서 학생들의 주도성과 자발성에 기초한 상호작용 과정을 통해 탄력적으로 운영될 때 비로소 자치활동다운 모습을 갖출 수 있기 때문이다.

〈 학년별 아이 스스로 초등 자치 프로젝트 운영 계획 〉

학년	문제 해결 중심의 수업 주제	시기	관련 교과	자치 시수
2학년	복도 생활 프로젝트	4월	국어, 통합, 수학	자율10
3학년	급식소 프로젝트	5월	국어, 수학, 미술	자율10
4학년	연못 프로젝트	7월	국어, 수학, 미술	자율12
5학년	도서관 프로젝트	6월	국어, 수학, 미술,	자율 3
6학년	말·말·말 프로젝트	7월	국어, 수학, 미술, 음악	자율 6

아이 스스로 자치 프로젝트 수업 사례 (2학년, 복도 생활)

▶ 2학년 복도 생활 프로젝트 개요

실천 기간		‣ 2019. 4. 8. ~ 4. 15. (주제 수업) ‣ 2019. 4. 16. ~ 5. 3. (자치 활동)
배움과 성장	주제 수업	‣ 복도 달리기하기, 복도 배구하기 ‣ 몸으로 복도 길이재기 ‣ 내가 교장선생님이라면 만들고 싶은 복도 그리기 ‣ 복도 주제로 시 쓰기 ‣ 시에서 복도 생활의 문제점 찾기 및 사례 나누기 ‣ 복도 통행 표지판 만들기 ‣ 프로젝트 소감문 작성하기
	자치 활동	‣ 학급 다모임으로 학급 복도 생활 규칙 정하기 ‣ 학년 다모임으로 복도 생활 규칙 수립하기 ‣ 복도 생활 규칙 실천하기 ‣ 복도 생활 규칙 캠페인 하기 ‣ 복도 지킴이제 운영하기 ‣ 전교 어린이회에 안건 상정하기 ‣ 전교생 다모임에서 학급별 실천 결과 나누기
관련 성취기준		문학[2국05-02] 인물의 모습, 행동, 마음을 상상하며 그림 책, 시나 노래, 이야기를 감상한다. 읽기[2국02-05] 읽기에 흥미를 가지고 즐겨 읽는 태도를 지닌다. [2수03-07] 여러 가지 물건의 길이를 어림하여 보고, 길이에 대한 양감을 기른다. [즐01-03] 나의 몸을 창의적으로 표현하고, 활발하게 움직일 수 있는 놀이를 한다. [바01-02] 몸과 마음을 건강하게 유지한다.
시수 편성		‣ 국어10, 창체(자율)10, 바·생2, 즐·생2, 수학1
아이 스스로 자치 프로젝트 흐름		복도를 살펴봐요 → 우리 복도를 지켜요 → 안전한 복도를 만들어요 → 학급 및 학년 다모임을 통한 규칙 수립 → 전교 어린이회의 안건 상정 → 각 학급별 복도생활 규칙 수립 및 공유 → 전교생 다모임에서 학급별 실천 결과 나눔 → 전교생 자치활동으로 확산

chapter1- 우리 복도를 살펴봐요.

AI-SSRO - 복도 생각 그물 만들기

프로젝트의 첫 시작은 '복도'하면 떠오르는 것을 주제로 한 생각그물 만들기였다. 주로 복도에서 볼 수 있는 물건들, 사람들, 행동들이었다. 아이들 스스로 생각해낸 것들로 수업을 구성하고자 하였으나 위와 같은 것들만 나오면 생각그물 만들기 활동이 복도 숨은 그림 찾기로 끝나버릴까 걱정이 되었다. 그래서 아이들에게 복도에서 하고 싶었던 것들이나, 복도에서 있었던 경험들을 적어보자고 제안하였다.

한 아이가 달리기를 하고 싶다고 작게 말을 하고는 망설이자, 달리기든 뭐든 원하는 것을 마음껏 써도 괜찮다고 격려해주었다. 그러자 아이들은 자신들이 진짜 하고 싶었던 것들을 쏟아내기 시작하였다. 우리가 수업 시간에 했던 활동도 괜찮다고 이야기 했더니 길이재기 활동, 풍선 띄우기 활동들도 나왔다. 아이들이 왁자지껄 자신들이 평소에 하고 싶었던 활동들을 말하며 적는 와중에 복도에서 있었던 경험들을 적는 아이도 있었다. 그 후 자신이 적은 것을 말하고 비슷한 것들을 유목화 하여 생각그물에 정리하여 붙였다.

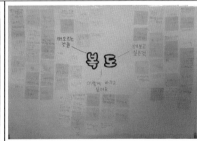

[복도 생각 그물 만들기]

AI-SSRO - 복도 생각그물 만들기를 수업으로 연결 짓기

최종적으로 만들어진 생각 그물은 크게 세 가지 범주로 구분할 수 있었다.

❶ 복도에서 볼 수 있는 것들 ❷ 복도에서 있었던 일 ❸ 복도에서 해보고 싶었던 것

학생들과 함께 바닥에 전지를 두고 훑어보며 함께 이야기하는 시간을 가졌다. 복도에서 볼 수 있는 것과 있었던 일은 몇 마디 이야기가 나오고 끝났지만 복도에서 해보고 싶었던 것에 대해선 아이들이 아주 열정적으로 대화하였다. 함께 이야기하는 과정에서 비교적 실현 가능성이 높은 것들을 몇 가지 선택해볼 수 있었다. 아이들이 여러 활동들에 대해 실현 가능 여부를 이야기 하는 과정에서 프로젝트 활동의 범위가 점차 구체화되기 시작했다. 최종적으로 정해진 활동은 다음의 다섯 가지다.

① 복도에서 낙서하기   ③ 복도 길이 재기   ⑤복도 꾸미기
② 복도 달리기   ④ 복도 배구

수업 시간이기에 활동을 통한 지적인 성장과 교훈이 있어야 할 것 같다는 고정관념이 있어 낙서하기 활동이 좀 망설여진 것도 사실이다. 하지만 지금 이 활동을 통해 복도에 대한 아이들의 관심을 불러일으킬 수 있고 아이들 스스로 결정하고 참여하는 것에 의미가 있다 생각하여 그대로 진행하였다. 또한 프로젝트 계획 단계에서 교사가 준비한 활동 외에도 아이들의 의견을 수렴하여 수업을 구성할 수 있도록 여유시간을 확보해 둔 덕분에 아이들이 하고 싶은 활동을 다양하게 할 수 있었다.

AI-SSRO - 복도 길이 재기

복도 길이 재기 활동에서는 수학 시간과 연계하여 우리 몸을 이용하여 복도의 길이를 재어보았다. 양팔, 우리 발의 길이, 다리를 쭉 찢어 큰 걸음으로 재기 등을 하였다. 몸으로 복도의 길이를 재어보더니 아이들은

양팔로 복도의 길이 재어보기

"선생님, 우리 생각보다 복도가 엄청 길어요.",
"그동안은 그냥 지나다니면서 몰랐는데 우리 학교 복도는 좁지만 길이가 길다는 걸 깨닫게 되었어요."라고 이야기 하였다.

아이들이 가장 좋아했던 것은 달리기와 복도 배구다. 누가 봐도 뛰고 싶게 생긴 복도를 뛸 수 있고, 심하게 장난치다 혼나기만 했던 장소에서 놀 수 있다니 아이들이 즐거워하는 것이 당연하다. 복도에서 달리기는 '[즐01-03] 나의 몸을 창의적으로 표현하고,

복도에서 자유롭게 달리기

활발하게 움직일 수 있는 놀이를 한다.'라는 성취기준의 평가와 연계하였다. 복도에서 빠르게 달리기, 빠른 걸음으로 걷기, 한발로 달리기 등 자신의 몸의 균형감, 속도 등을 느껴 볼 수 있는 활동들을 하는 과정에서 '즐거운 생활' 평가를 자연스럽게 실시하였다. 복도에서 달리기를 한 후 복도에서 자주 뛰어서 혼나던 한 아이가 "저번에 두 번이나 복도에서 달리기 시합해서 혼났는데 오늘 마음껏 달리기 했으니까 이제는 복도에서 안 뛰어다닐래요."라고 이야기하는 극적인 장면도 볼 수 있었다. 또 다른 아이는 "복도는 조용히 지나가야만 하는 곳이라고 생각했는데 이렇게 복도에서 노니까 복도가 더 좋아졌어요."라며 소감을 나누어 주었다.

복도 꾸미기 활동은 미리 생각해두었던 '교장선생님이라면 복도를 이렇게 만들어요.' 활동으로 살짝 변형하여 실시하였다. 아이들마다 개성이 묻어나오는 복도 작품이 나왔다. 가장 기억에 남는 작품은 '화이팅 복도' 이다. 왜 이런 복도를 만들고 싶은

화이팅 복도

지 물어보니 복도를 지나다니는 모든 사람들에게 응원을 해주고 싶어서라고 한다. 아이의 예쁜 마음이 고스란히 느껴졌다. 복도를 꾸미는 방법에 따라 복도를 지나다니는 사람들에게 다른 메시지를 전달할 수 있음을 아이 스스로 생각해낸 것을 보며 아이들이 우리가 생각하는 것보다 훨씬 깊고 넓은 생각을 할 수 있다는 것을 알 수 있었다.

AI-SSRO - 복도에서 뛰는 이유를 읽고 경험 나누기

복도에서 뛰는 이유

내가 복도에서 뛰는 건
발뒤꿈치를 들고
사뿐사뿐 걷다 보면
나도 모르게
발걸음이 가벼워지기 때문이다

가벼운 발걸음이
쟁걸음이 되고
쟁걸음으로 걷다 보면
환한 복도 끝이
백 미터 결승선처럼
기다리고 있기 때문이다

복도에서 뛰다가도 멈추지 않는 건
운동장에서 아이들 뛰노는 소리가
어서 나오라고 손짓하는데

30 김은영 편

복도와 관련된 시 읽고 경험 나누기는 서클 모임 형식으로 진행하였으며 이를 '문학[2국어05-02] 인물의 모습, 행동, 마음을 상상하며 그림책, 시나 노래, 이야기를 감상한다.'와 연계하여 국어 수행평가를 실시하였다. 그리고 국어1단원 「시를 즐겨요」를 복도에서의 경험을 나누고 관련된 시를 쓰는 과정으로 재구성하였다.

이야기의 대부분은 선생님께 복도에서 혼이 나기도 했지만 그래도 재미있었다는 것이었다. 아이들의 이야기를 듣고 나니 복도에서 뛰다가 선생님께 혼나는 것은 그저 그들에게 익숙한 일일 뿐이었나 하는 생각이 들었다. 무작정 복도에서 뛰지 마라, 장난치

내가 쓴 시를 친구들과 함께 읽기

지 마라 하는 것들은 아이들에게 큰 영향을 주지 못하며, 규칙을 지켜야겠다고 스스로 생각하고 느끼지 않은 아이들에게는 규칙을 어기는 것은 그저 선생님에게 들키지만 않으면 되는 일이었음을 알게 되었다. 이 과정은

자치 프로젝트의 교육적 의미에 대해 다시 한 번 성찰하는 계기가 되어 주었다.

AI-SSRO - 복도에서 있었던 경험을 시로 쓰고 발표하기

아이들이 아직 시를 많이 접해보지 못 하였으며, 글 쓰는 것 자체를 어려워하는데 시의 형식을 이해하여 복도에 대한 자신의 경험을 표현할 수 있을까 하는 걱정이 많았다. 그래도 줄 바꿈과 시적 표현 방법 등을 미리 설명하고 시작하니 아이들이 써 온 작품들은 제법 시의 형태를 갖추고 있었다.

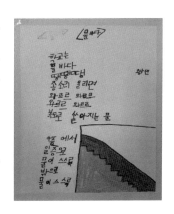

가장 인상 깊었던 시는 복도에서 쉬는 시간 점심시간에 우르르 뛰어나가는 학생들을 물에 비유하여 쓴 <물바다>라는 시였다. 항상 글쓰기 시간이 되면 '모르겠어요, 생각이 안나요.'라고 하던 학생이 써 온 터라 더 놀랍고 감동적이었다. 시 발표 후 서로의 시를 듣고 느낀 점을 나누는 과정을 통해 아이들은 복도에서도 크고 작은 문제점들이 있음을 자연스럽게 인식할 수 있게 되었다.

chapter2- 우리 복도를 지켜요.

AI-SSRO - 우리가 함께 만드는 복도 생활 규칙 (학급 다모임)

'우리 복도를 살펴봐요!'를 통해 유발된 복도에 대한 관심을 복도 생활의 문제점으로 연결시켜 확장하기 위해 학생들이 쓴 시에서 복도생활의 문제점을 찾아보았다. 책상 위에 각자 쓴 시를 올려두고 모둠별로 이동하며 친구의 시에서 나타난 복도 생활의 문제점을 찾아 붙임쪽지에 적었다. 이후 서클 활동을 통해 시에서 나타난 문제점과 자신이 겪은 사고 경험, 불편했던 경험을 나눔으로써 뛰면 안 되는 이유를 스스로 찾아보도록 하였다. 서로 경험을 나누고 뛰면 안 되는 이유를 찾는 과정에서 아이들은 자신들의 특정한 행동이 다른 이에게 불편함을

복도 생활의 문제점 찾아보기

주고 다치게 할 수 있음을 느꼈다. 또한 "선생님, 우리 다 같이 규칙을 만들어서 붙여야겠어요."라며 공통으로 합의된 규칙의 필요성을 느끼는 배움이 확장된 모습을 보였다.

복도 통행 규칙을 생각할 때 우리는 "뛰어다니지 말고 걸어 다녀요." "장난치지 않아요." 등의 정형화된 답을 떠올린다. 아이들도 유치원, 1학년을 거치며 기계적으로 학습된 규칙들이 있기 때문에 다양한 아이디어가 나오지 않고 사고가 제한적 일까봐 고민이 많았다. 그래서 다모임에서 다양한 의견이 다루어질 수 있도록 학생들이 불편함을 느끼거나 뛰게 되는 상황을 고려해 아래와 같이 4가지 대화 주제를 설정하였다.

① 복도에서 걸음걸이, 목소리, 걷는 방향은 어떻게 하면 좋을까?
② 급한 일이 생겼을 때에는 어떻게 하지?
③ 여러 사람이 함께 가야할 때는 어떻게 하지?
④ 계속 규칙이 지켜지지 않았을 때는 어떻게 하지?

학급 다모임은 위 4가지 대화 주제를 중심으로 아이들이 다양한 의견을 낼 수 있도록 만다라트 판을 활용하여 실시하였다.

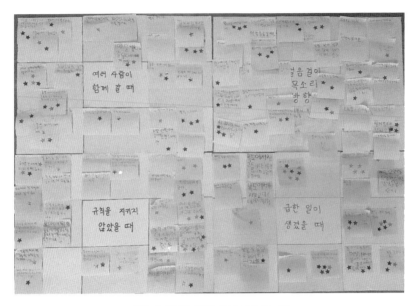

[복도 생활 학급 규칙 만들기]

AI-Ssro - 우리 학년의 복도 생활 규칙 (학년 다모임)

학년 다모임에서 2학년 복도 생활 규칙 정하기

학년 다모임은 반원 형태로 앉아 각 반 회장의 주도로 진행되었다. 과연 2학년이 학년 다모임을 진행할 수 있을까에 대한 부담감으로 인해 동학년, 선배 교사와 오랜 시간 협의를 하였다. 하지만 아이들이 스스로 해결하는 문제이며 아이들이 정하는 규칙이라는 것, 실패 속에서도 성장은 일어난다는 믿음 아래 각 반 회장이 1부, 2부를 나누어 진행하기로 의견을 모았다. 그리고 이를 위해 교사가 사전에 학년 다모임 시나리오를 작성하여 각 반 회장과 함께 연습하는 시간을 가졌다. 모둠별로 주제에 따라 결정된 규칙을 발표하고 각 반의 주제 당 1개씩을 스티커로 투표하여 학년의 복도 통행규칙을 선정하였다. 규칙 선정이 끝나고 서클 형태로 앉아 학년 다모임을 하며 느낀 소감과 다짐을 발표했다. "앞으로 정해진 규칙을 잘 지킬 거예요.", "내가 먼저 모범을 보여서 다른 사람들도 잘 지키게 만들 거예요.", "우리가 만든 규칙이니까 책임감 있게 잘 지킬 거예요."등의 아이들의 소감을 들으며 학생들이 문제해결과정에 참여함으로써 주인의식을 느끼고 해결을 위해 열정적으로 스스로 노력할 수 있다는 것을 느낄 수 있었다.

AI-SSRO - 형, 누나들에게 복도 생활 예절 캠페인 하기

3학년 교실에 찾아가 캠페인 하는 모습

다른 학년 학생들에게도 2학년이 가졌던 문제의식을 공유하고 우리가 실천한 해결 방법을 함께하기 위해 캠페인을 준비하였다. 자신들이 정한 규칙을 알리기 위해 캠페인을 한다고 하니 학생들도 뿌듯한 마음으로 실천의지를 다지며 정성껏 그림을 그리고 규칙을 적어 자료를 제작하였다. 자료 제작을 마치고 짝과 함께 규칙을 순서대로 외치고 설명해주는 캠페인 준비를 하였다. 그리고 각 반에 협조를 구한 후 순서대로 방문하여 복도 통행 예절 캠페인을 실시하였다. 선배들 앞에서 조금은 부끄러워하는 모습을 보이기도 하였는데 캠페인을 마치고 오더니 학생들이 "선생님, 우리보다 나이가 많은 형, 누나들한테 우리가 뭘 알려줄 수 있다는 게 정말 신기하고 뿌듯해요." "우리가 한 캠페인으로 사람들이 복도를 다닐 때 더 신경을 썼으면 좋겠어요."라고 이야기 하였다. 캠페인은 눈에 띄는 변화를 불러일으켰습니다. 4학년의 한 학생은 담임 선생님에게 "동생들이 저렇게 와서 우리 생활의 문제점을 말해주니까 앞으로는 친구들이랑 복도에서 여러 명이 손잡고 가지 말아야겠어요."라고 자신이 느낀 점을 이야기 했다. 또한 복도에서 아이들이 뛰거나 장난치는 친구를 보고 "복도 규칙 지켜야지."라고 말하는 모습도 볼 수 있었다. 위 사례를 보면 알 수 있듯 복도 생활 예절 캠페인은 프로젝트를 진행한 2학년에게는 자신들의 생각을 알리는 과정을 통해 배움을 확장할 수 있게 하는 계기가 되어 준 동시에, 고학년에게는 동생들의 말을 유심히 듣고 문제의식을 공유하는 기회가 되어주었다.

Chapter3- 안전한 복도를 만들어요.

AI-SSRO - 복도 생활 표지판 만들기

캠페인 실시를 통해 전교생에게 문제의식을 알리고 우리가 찾은 해결방법을 공유하였지만 캠페인은 일시적 환기라는 제한점이 있다. 이를 해결하기 위해 복도 프로젝트 기획 단계에서 달리는 사람은 차만큼 위험하다는 아이디어에 착안하여 복도 통행 표지판 제작을 계획해두었다. 그런데 학생들이 시 '복도에서 뛰는 이유'를 읽고 경험을 나누는 과정에서

"우리도 맨날 복도만 보면 찻길처럼 일자로 생겨서 뛰고 싶은데."
"우리 복도에도 도로처럼 신호등이나 표지판이 있으면 안 뛰고 멈추지 않을까?"
라는 이야기를 하였다.

학생들의 이야기를 잘 기억해 뒀다가 복도 통행 표지판 만들기 수업의 동기유발로 활용을 하였다. 자신들이 했던 말을 상기시켜주니 표지판 만들기에 대한 흥미도가 높아졌다. 작년에 재구성 수업을 통해 우리 학교 주변 교통안전에 대해 공부하며 다양한 표지판을 직접 보고 공부를 했던 경험이 있었다. 그래서 간단히 픽토그램에 대해 알려주고 짝과 함께 복도 통행 표지판을 제작하였다.

AI-SSRO - 복도 꾸미기

복도 통행 표지판 만들기

학생들이 지나다니며 지속적으로 문제의식을 유지하며 복도 생활 규칙을 스스로 지킬 수 있도록 하기 위해 학생들이 제작한 캠페인 자료를 그대로 본떠 천정 걸이를 제작하였다. 1층 동, 서편 현관 입구에 하나씩 부착하여 등하교 및 놀이시간에 관심을 가지고 볼 수 있게 하였으며, 2층 복도에도 설치하여 학생들에게 경각심을 심어주는 매개로 활용하였다. 아이들은 "내가 만든 캠페인 자료가 천정걸이로 걸려 있으니까 엄청 대단한 일을 한 것 같아요.",

"내가 만든걸 보고 친구들이 규칙을 생각하고 지키려고 한다는 게 신기해요."
라며 좋아하였다.

또한 아이들과 함께 복도 통행 표지판 그림을 코팅한 후 잘라 뒤에 폼보드를 덧붙여 팻말로 제작하였다. 복도의 양 옆에 부착해 두었더니 표지판 내용을 보고 규칙을 지키는 동시에 표지판을 망가뜨리지 않기 위해 조심스럽게 다니는 이중효과가 나타났다. 2층에만 설치했을 뿐인데 3층에서 생활하는 고학년도 관심을 가지고 보러 오는 등 복도 표지판은 복도 통행에 대해 알리고 규칙을 상기하게 하는 아주 좋은 매개체가 되었다.

아이들의 작품으로 복도 꾸미기

AI-SS**RO** - 복도 프로젝트 소감 나누기

주제 중심 수업이 마무리 될 때 쯤, 학생들과 프로젝트에 참여하며 느낀 소감을 적고 이야기 나누는 시간을 가졌다. 학생들은 "힘들었지만 보람 있었다.", "앞으로도 우리 학교에 다른 어떤 문제가 있는지 잘 살펴봐야겠다." "프로젝트

복도 프로젝트 소감 나누기

가 끝났지만 앞으로도 잘 지켜야겠다." 등의 소감을 발표하였다. 한 아이는 "이때까지 학교에서 한 것 중에 제일 재미있었어요."라고 하였다. 또한 소감문은 아니지만 한 학생은 매일 적는 감사 일기에 "복도에서 이제 뛰어다니는 사람이 조금 없어서 감사하다."라고 적었다. 아이들에게 자치활동의 첫 경험이 긍정적으로 남았다는 것 자체만으로도 수업의 보람을 충분히 느낄 수 있었다.

Chapter4- 프로젝트 그 후, 진짜 자치 활동의 시작

AI-S**S**RO - 전교 어린이회 안건으로 제안하다!

본교는 유치원, 1~2학년과 3~6학년의
점심시간이 다르다. 프로젝트를 마치
고 생활하던 중 아이들이 "선생님, 형 누
나들이랑 점심시간이 다르니까 우리 공
부시간에 복도에서 이야기하고 뛰는 것

3학년 교실에 찾아가 캠페인 하는 모습

때문에 공부에 방해가 돼요. 형, 누나들한테 잘 지켜 달라고 다시 한 번 말
을 해야 할 것 같아요."라는 이야기를 하였다. 아이들이 생활 속에서 느끼
는 문제의식을 자연스럽게 전교 어린이회로 연결해야겠다는 마음이 들었
다. 2학년 각 반 회장이 전교어린이회에 참석하였고, 2학년 복도 프로젝트
의 과정과 결과를 발표한 후 2학년과 타 학년들이 점심시간이 다른 이유
로 현재 2학년의 활동만으로는 어려움이 있음을 밝히며 해당 프로젝트에
함께 참여해줄 것을 부탁하였다. 이로써 전교어린이회에 안건이 제출되어
다른 학년 학생들도 복도 프로젝트에 참여하게 되었다. 전교어린이회에서
학생들은 복도통행규칙을 지키는 것이 잘 이루어지지 않는 이유를 살펴보
고 문제점을 함께 이야기 나누었다. 그리고 이를 해결하기 위하여 학급별
로 복도통행규칙을 정하고 지키기로 결정하였다.

수업 중 느낀 문제 의식	→	전교어린이회 토의 안건 제안	→	전교어린이회 차원의 해결방법 토의	→	전교어린이회 임원들이 교실로 돌아가 각 학급별 복도 생활 규칙 수립 및 실천

전교어린이회의 복도 생활 문제 토의 장면과 토의 결과

AI-SSRO - 복도 프로젝트, 학교 전체로 확산되다!

가장 먼저 나타난 변화는 3학년에서 학급 다모임을 통해 복도에 복도 통행 규칙을 상기시키는 문구를 넣어 중앙선을 만들기로 결정하고 실천한 것이었다. 중앙선을 활용하여 우측통행을 유도하고 규칙을 스스로 지키겠다는 의지와 다짐이 담겨 있었다.

3학년의 복도 프로젝트 활동

이 과정에서 예상치 못한 유치원도 복도 프로젝트에 참여하였다. 복도 중앙에 중앙선을 만들고, 앞문과 뒷문에는 횡단보도를 만들었다. 이에 덧붙여 우측통행을 할 수 있도록 발자국 표시를 하여 아이들이 재미있게 질서를 지킬 수 있도록 하였다. 우리 프로젝트의 과정을 유치원에 한 번도 공유하지 않았음에도 불구하고 복도 부착물 등을 보고 자연스럽게 긍정적 전이가 나타나는 것을 보며 우리의 작은 행동이 큰 변화를 불러올 수 있음을 새삼 느낄 수 있었다.

AI-SSRO - 복도 생활 규칙을 지키기 위한 전교생 다모임

전교어린이회 일주일 후 전체 다모임을 통해 학급별로 만든 복도통행규칙을 공유하는 시간을 가졌다. 3~6학년 학생들은 체육관에 모여 각 반에서 만든 규칙을 공유하며 실천 의지를 다졌다. 또한 복도에서 뛰어가는 친구에게 어떤 말을 하며 권면할지 모두의 의견을 모아 결정하는 자리를 가졌다.

각 학급별로 결정한 실천 규칙은 조금 다른 듯하면서도 비슷한 점이 많았다. 전교생이 인평관에 모여 ㄷ자 대형으로 앉아 각 학급별 회장의 발표를 듣는 자세는 사뭇 진지하였다. 복도 생활 규칙을 실천하는 것이 단지 나와 우리 반 만의 문제가 아닌 인평초등학교 모든 친구들과 선생님의 관심사라는 것을 발견하는 자리였으며 같은 생각으로 함께 할 때 변하지 않을 것처럼 느껴지던 문제들도 해결될 수 있음을 함께 느끼는 소중한 시간이었다.

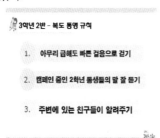

전교생 다모임에서 발표한 학급별 복도생활 규칙 PPT

전교생 다모임 이후 공식적으로 2학년 복도 프로젝트는 마무리되었다. 하지만 몇 달이 지난 지금까지도 아이들은 여전히 복도 지킴이 활동을 꾸준히 실천하고 있으며 자치활동을 통한 배움과 성장은 여전히 빛을 잃어버리지 않고 지속되고 있다. 또한 2학년을 중심으로 확산되었

전교생 다모임에서 각 학급별 복도 생활 규칙 발표하기

던 자치 활동은 다른 학년에도 긍정적인 영향을 주어 학급의 특색에 맞는 복도 통행 규칙이 수립되었고 저마다의 빛깔을 간직한 서로 다른 자치활동 이야기들을 지금까지도 만들어내고 있다.

Episode13.

학생 주도의 더 자람+ 계절학교

- 학교 교육과정과 연계한 학생 주도의 체험 중심 계절학교 -

아이들 스스로 하고 싶은 일이 생긴다는 것이 얼마나 큰 축복인지 모른다. 수업 중 가장 마음이 아픈 것은 시끄럽게 떠드는 아이를 보는 것도, 아무리 가르쳐도 늘 제자리걸음인 아이와 함께 하는 것도 아니다. 무기력하게 허공을 바라보며 학교에서 일어나는 그 어떤 것에도 관심을 보이지 않는 아이를 대할 때 가장 가슴이 아프다. 학생 주도 활동은 태어날 때부터 지니고 태어난 배움의 흥미와 열정을 되돌려주는 힘을 발휘한다. – 본문 중 –

Episode13. 학생 주도의 더 자람+ 계절학교
- 학교 교육과정과 연계한 학생 주도의 체험 중심 계절학교 -

들어가는 말

초등학교 1차시 수업은 40분이다. 학생들은 40분 단위로 교과를 바꿔가며 수업을 듣는다. 이러한 형태를 학문 중심 또는 교과 중심 분과형 교육과정이라 한다. 학생들은 해당 차시의 수업이 끝나면 이해 여부와 상관없이 다음 수업을 준비해야 한다. 다른 교과 다른 학습 방법이 순서대로 학생들을 기다리고 있기 때문이다. 이렇게 정해진 시간표에 따라 정해진 교과를 순서대로 배우는 방식을 혹자는 '산업사회의 공장과 같다'고 비난하기도 한다.

최근 교육과정이 대강화됨에 따라 학교 자치와 교사 수준 교육과정이 강조되고 있다. 교사 수준 교육과정은 교과서를 단순히 시간표에 맞춰 전달하는 수준을 넘어 교사의 교육 철학과 지역사회의 요구, 학생의 흥미와 진로 등에 맞춰 탄력적으로 재구성할 때 효과적으로 운영될 수 있다. 이제는 수업이 더 이상 고정된 시간표에 메이지 않고 자유로운 시간 구성과 내용의 확장으로 변화될 필요가 있는 것이다.

본교에서는 교사 수준의 재구성을 넘어 학교 수준에서 교육과정의 경직성을 극복하고 창의적이며 탄력적인 운영을 위해 더자람+ 계절학교를 계획하였다. 계절학교는 봄, 여름, 가을, 겨울 계절의 변화에 따라 3일 정도씩 교육과정을 재구성하여 고정된 시간표를 벗어나 학생 주도의 체험과 활동 중심의 집중 프로그램을 탄력적으로 운영하는 형태이다. 계절학교를 통해 잠시나마 수업과 평가의 부담에서 벗어나 학생 중심 프로그램을 전 학년이 함께 공유할 수 있었다. 그리고 학생들이 주인공이 되어 스스로 프로그램을 기획하고 운영하며 결과를 나누는 과정에서 학생들은 교실 수업에서 배울 수 없는 다양한 역량들을 함양할 수 있었다.

이번 장에서는 본교의 더자람+ 계절학교 사례를 중심으로 학생 주도 프로그램에 대해 살펴보고자 한다.

※ Episode14는 본교 교사들과 출판한 아이 스스로 초등 자치 프로젝트 (2019, 하움출판사)의 내용 중 일부를 재편집하여 수록함

더자람+ 계절학교 _ 봄 행복학교 운영 사례

1. 학생과 함께 계획하고 운영하는 교내 행사 (봄 행복학교 편)

- 기간 : 2019. 4. 22.(월) ~ 24.(수), 3일간
- 대상 : 유치원, 전 학년
- 목적 : 학생 주도적인 학교 행사 운영하기

    협의 과정에 적극적으로 참여하여 민주적인 의사결정 과정 경험하기

    스스로 선택한 체험활동에 적극적으로 참여하며 창의적으로 생각하기

    집단 활동에 참여하여 공동체 의식 기르기

- 방법 : 과학과 놀자 과학 체험 부스 운영 (22일)

    친구야 놀자 협력 놀이 활동 (23일)

    자연과 놀자 생태 체험 학습 (24일)

- 장소 : 운동장, 체육관, 인근 도농체험협동마을(사천 우천바리안마을 등 6곳)

　우리 학교는 학년 말이 되면 당해 연도 교육과정을 반성적으로 성찰하고 차기 연도 교육과정 편성 운영의 방향을 설정하기 위한 교육공동체 토론회를 개최하고 있다. 토론회는 "인평교육의 원칙, 교육공동체가 함께 만들어요"의 슬로건 아래 학생, 교사, 학부모가 참여하여 서로 다른 주제에 대해 토론하는 월드카페 방식으로 운영되고 있다. 그리고 토론 결과는 최대한 교육과정에 반영될 수 있도록 노력하고 있다. 2018학년도 교육과정 토론회에서는 다음의 4가지 주제에 대해 토론회를 가졌다.

　토론회에서 제시된 다양한 의견은 교직원 협의를 거쳐 실천적인 대응방안과 함께 학교 홈페이지에 탑재하였는데, 그 중에는 이번 에피소드의 주제인 더자람+계절학교의 내용도 있었다.

　토론회를 통해 계절학교에 대한 교육공동체의 기대와 바람은 생각보다 크다는 것을 깨닫게 되었다. 토론회에서는 계절학교에 대한 다양하고 특색 있는 의견이 많이 제시되었다. 이러한 의견을 바탕으로 본교에서는 기

존 봄에 운영되었던 다양한 행사들을 계절학교에 통합하여 업무추진 절차와 업무량을 적정화하고 학부모와 학생의 의견을 반영하여 과학과 놀자, 친구야 놀자, 자연과 놀자의 3가지 테마로 계절학교를 운영하기로 협의하였다.

더자람+ 계절학교의 큰 방향은 정해졌지만, 아직 구체적인 프로그램과 운영 형태에 대한 내용은 결정된 것이 없었기에, 계절학교 내용을 교직원회의 안건으로 제안하여 구체적인 운영 방안에 대한 협의를 월1회 정도 가졌다. 이러한 과정을 거쳐 행사 계획이 구체화되기 시작하였다. 함께 고민하는 과정에서 다양한 의견이 제시되었으나 그 중에서 프로그램 편성과 운영에서 기준이 되어주는 내용은 '학생들이 주도적으로 계절학교 프로그램을 구성하고 운영하게 하자'는 것이었다.

〈 더자람+ 계절학교 _ 봄 행복학교 프로그램 운영 방향 〉

1. 과학과 놀자 체험 프로그램은 아이들이 스스로 계획하고 운영할 수 있는 부스 프로그램을 학급별로 신청 받아 구성한다. (3~6학년 중 학급별 희망자)
2. 자연과 놀자 생태체험학습은 평소 우리 고장에서 경험하기 힘든 자연환경이 배경이 되는 체험프로그램을 선정하되 자연 속에서 아이들이 직접 생태감수성을 함양하고 경험할 수 있는 프로그램을 선정하여 운영한다.
3. 학급별, 학년별 다모임을 통해 위의 내용을 결정하고 반영한다.

위의 원칙에 따라 각 학급(년) 별로 다모임을 통해 더자람+ 계절학교의 운영 프로그램을 결정하고 준비하기 시작하였다.

학급별 다모임에서 프로그램을 결정한 이후 담임 선생님들은 아이들에게 프로그램 운영에 필요한 준비물, 운영 방법, 설명 방식, 회당 참여 학생 수, 체험 소요시간 등을 부스를 운영하는 아이들과 함께 고민하는 시간을 가졌다. 아이들이 생각하는 운영 방법과 교사가 생각하는 효과적인 방법 사이에는 많은 차이가 있다는 것을 알 수 있었다. 체험 키트의 가격이 높아 예산 대비 20명도 참여하기 어려운 부스, 수준이 높아 6학년도 겨우 할 수 있는 부스, 한번 체험하는데 40분 이상 걸리는 부스 등 담임교사와 아이들 간 적극적인 소통과정에서 프로그램의 진행 방법을 수정해나가야만 하는 일들이 많았다. 학생 주도 활동이라고 하면 아이들에게 모든 것은 맡겨둔다고 생각하기 쉽지만, 교사의 예리한 관찰과 피드백, 경청과 소통을 통한 조율 과정은 반드시 필요하다. 학생 주도적인 활동이 교육적으로 의미 있는 결실을 맺기 위해서는 교사의 지원이 필수적이다. 이러한 과정이 있었기에, 아이들이 처음 운영하는 과학 체험부스였지만 물 흐르듯 문제없이 자연스럽게 행사가 진행될 수 있었다고 생각한다. 부스를 운영한 학생들에게는 성공의 경험이, 부스에 참여한 학생들에게는 체험의 즐거움이 함께할 수 있었다.

 학생들은 교사와의 협의를 통해 원활한 부스 체험을 조율하였을 뿐만 아니라 모둠별 협의를 통해 부스별 운영 계획도 작성하였다. 학생들은 부스별 운영 계획을 작성하는 과정에서 운영 방법 및 주의 사항들을 점검해 나갔고, 프로그램 운영 전 다른 친구들과 함께 읽어보면서 프로그램 내용을 미리 짐작해보는 시간을 가졌다.

「과학과 놀다」 우리가 계획하고 운영하는 프로그램

팀원: (이미원, 박한솔, 서혜영, 김현성

프로그램 주제	착시 팽이 만들기
주제 선정 이유	팽이가 1~2학년도 쉽게 만들 수 있고 예전 캠프에서 만든적이 있다
운영 방법	1. 자리로 안내 한다. 2. 준비물을 준다 3. 종이원판에 색칠한다 4. 양면테이프를 붙이게 한다. 5. 회전축 두개를 붙여 팽이를 만들게 한다. 6. 팽이를 돌려 착시현상을 관찰한다
준비물	1. 종이원판, 2. 회전축 상, 3. 양면테이프 4. 60~80개 준비
주의해야할 점	1. 책상에 매직이 묻지 않게 조심한다 (책상 위에 도화지 깔기) 2. 예시 작품을 보여준다 3. 양면테이프 사용에 주의한다 4. 의자 배치

과학과 놀자 프로그램 운영 전 날, 우리는 아직도 해야 할 것이 많이 있다는 사실을 깨닫게 되었다. 부스 좌석배치, 안내 자료 준비, 역할 분담, 준비물 분배, 색연필 준비, 대기좌석 등 미리 고민하고 준비했지만 막상 시작하려고 보니 아직도 해야 할 일은 산더미였다. 교사들은 이러한 부분들도 최대한 아이들이 주도적으로 해낼 수 있도록 해야겠다는 다짐을 했다. 평소

같으면 아이들이 꼼꼼히 챙겨보지 못한 부분을 교사가 기다리지 못하고 처리하는 경우가 많은데, 이번에는 최대한 많은 기회를 학생들에게 주고 싶었다.

금요일 점심시간에 착시 팽이 만들기 부스를 운영하는 아이들을 영어실로 모이게 한 후, 조심스럽게 질문하였다.

교사: "애들아, 월요일부터 부스를 운영해야하는데 아직 뭔가 준비가 안 된 것 같은데?"

학생1: "어? 그렇네요 선생님. 일단 자리 정리를 해볼까요?

교사: 책상은 몇 개 쯤 있으면 될까?"

학생2: "음... 한 10개 정도 하면 어떨까요?"

교사: "너희들은 어떻게 생각해?"

학생2~4: "좋은 것 같아요"

교사: "칠판이 조금 허전한 것 같은데..."

여학생: "칠판은 저희가 꾸밀게요"

교사: "어떤 내용이 들어가면 좋을까?

여학생: "일단.. 우리 주제는 들어가야 하고, 주의사항 같은 거?"

교사: 그렇지! 그럼 일단 한번 시작해보자. 남학생은 책상배치, 여학생은 칠판꾸미기..(중략)

이렇게 시작된 일들이 한두 가지씩 늘어나면서 계획에 다 담아내지 못했던 사소하면서도 중요한 일들을 아이들이 스스로 찾아내어 준비하기 시작했다. 이러한 과정 속에서 나는 아이들이 환경만 갖춰 주면 얼마든지 스스로 해낼 수 있다는 것을 느낄 수 있었다. 교사인 내가 생각하지 못한 것도 스스로 생각해낼 때의 그 뿌듯함이란!

〈 행사 전, 아이들이 스스로 찾아낸 사전 준비 사항 〉

1. 칠판 꾸미기 (칠판에 부스 주제, 주의사항, 착시 현상의 의미에 대해 쓰고 꾸미기)

2. 좌석 배치하기 (활동 좌석 9개, 대기좌석 9개)

3. 준비물 포장을 미리 뜯어 모아두고 쉽게 나눠주기

4. 책상에 싸인펜이 묻을 수 있으니 흰색 도화지 깔기

5. 동생들이 하는 방법을 잘 모를 수 있으니 예시 작품 만들어두기

6. 만드는 방법을 헷갈릴 수도 있으니 다 한 후 순서대로 나눠주기

책상 정리하기 →   칠판에 안내 사항 쓰기 →   준비물 분류하기 →

책상 위 흰 종이 준비하기 →   예시 작품 만들기 →   싸인펜 준비하기

학생 주도의 「과학과 놀자」 체험 부스를 소개합니다!

아름다운 결정을 찾아서   내 맘대로 움직이는 헴스터봇   휴대폰 케이스를 꾸며요!

| 마지막 바둑알을 피해라 | 야광 LED 탱탱볼 | 열감지 시온컵 만들기 |
| 폐식용유를 활용한 천연비누 | 착시팽이 만들기 | 나만의 부메랑 만들기 |

▶ 더자람+ 계절학교_ 봄 행복학교를 마치고

더자람+ 계절학교

「과학과 놀자」 프로그램을 마치고 (부스 진행자)

(ㄴ)학년 (ㅣ)반   (진양은   )

내가 운영한 운영 프로그램	아름다운 결정을 찾아서
좋았던 점	내가 선생님을 해봐서 기억이 오래 남고 추억이 될 것 같았다. 그리고 1학년부터 6학년 까지 거의 와서 뿌듯했고, 다 체험한 학생들한테 배달 할때도 재미있었고 배달할 때도 '아 학생들이 이렇게 많이 했구나' 라고 계속 생각이 들었다. 그래서 다음에 할 기회가 생기면, 또 신청해서 선생님을 하고싶다.
아쉬운 점 바라는 점	아쉬운 점은 체험을 하고 난 학생들이 대부분은 치웠지만, 가끔씩 몇명 학생들이 치우지 않고 가고, 한 학생은 '뭐 이런 걸 만들어 쓸때도 없는데'라고 해서 기분이 안좋았고 다른 학생들 걸 치운다고 더 힘들 있다. 그래서 다음에 또 이런걸 한다면 치우고 갔으면 한다.

계절학교 후 학생 소감 나누기

계절학교는 대규모 학교 행사에 학생들의 의견을 반영하고 나아가 학생들이 직접 프로그램을 계획하고 운영한 첫 사례였다. 본교는 계절학교 운영 경험이 없어 기획단계에서 고민이 많았으나 자치 활동 프로그램을 중심으로 편성하는 것이 계절학교 본연의 취지에 맞다고 생각하였다. 처음에는 막연한 두려움과 걱정이 앞섰지만 계절학교를 마치고 나서는 선생님도 아이들도 뜻밖의 큰 선물을 받은 기분이었다.

교사들 모두 올해 경험을 바탕으로 내년에는 계절학교 운영의 전 과정을 온전히 아이들이 구성해갈 수 있도록 자율성의 문을 활짝 열어주는 것이 좋을 것 같다고 마음을 모았다.

아이들 스스로 하고 싶은 일이 생긴다는 것이 얼마나 큰 축복인지 모른다. 수업 중 가장 마음이 아픈 것은 시끄럽게 떠드는 아이를 보는 것도, 아무리 가르쳐도 늘 제자리걸음인 아이와 함께 하는 것도 아니다. 무기력하게 허공을 바라보며 학교에서 일어나는 그 어떤 것에도 관심을 보이지 않는 아이를 대할 때 가장 가슴이 아프다. 학생 주도 활동은 태어날 때부터 지니고 태어난 배움의 흥미와 열정을 되돌려주는 힘을 발휘한다. 스스로의 힘으로 하나씩 하나씩 성공할 때마다 성취감을 느끼고 내가 살아있다는 존재감을 마음껏 드러낼 수 있는 통로인 것이다. 그 통로를 계절학교로 열어줄 수 있어서 뿌듯했다.

더자람+ 계절학교 _ 여름 성품학교 운영 사례

여름 성품학교는 동아리 활동과 연계하여 운영하였다. 기존에 정일제 형태로 운영하던 동아리 활동을 계절학교 기간에 집중적으로 운영하여 활동의 연속성과 효율성을 높였다.

학생 주도 동아리 Harmony

올 해 동아리 활동의 슬로건은 '동아리를 동아리답게' 이다. 기존에 본교에서 운영하였던 동아리 활동은 무늬만 동아리 활동이었지 사실상 예체능 수업의 또 다른 연장선에 불과했다. 동아리 운영 기간이 되면 교사가 미리 준비해둔 몇 개의 동아리에 배정하였고, 동아리 주제에 따라 정해진 프로그램을 일방적으로 수용하는 형태로 운영하였다. 만약 체육 동아리에 학생들 다수가 몰릴 경우, 기준에 초과된 학생들은 자신의 의지와 흥미에 관계없는 부서에 배정되는 문제도 있었다. 동아리 편성 과정에서 선호도 조사를 통해 학생의 선택권을 일정 부분 고려했고, 동아리 프로그램 자체가 활동 중심 내용으로 구성되어 있었지만, '자발적인 참여'와 '소질과 적성이 계발'되기에 충분한 여건은 아니었다.

동아리 활동이 동아리답게 운영되기 위해서는 학생의 동아리 부서 선택권을 최대한 존중해야 한다. 학생들은 자신의 소질, 적성, 취미에 기초하여 자발적으로 선택한 부서의 활동을 통해 성취감을 느낄 수 있다. 이렇게 운영된 동아리 활동은 학생의 잠재 능력을 찾아 신장시키는데 도움이 된다.

학생의 선택권뿐만 아니라 자치적인 운영 방식은 동아리 활동을 동아리답게 하는데 없어서는 안 될 필수 요인이다. 선택은 시작에 불과하다. 선택 후 동아리 리더와 부원이 자신이 기대하는 동아리 모습에 대해 의견을 주고 받으며 서로의 생각을 하나로 모아가는 과정에서 동아리 활동은 더 큰 가치를 지니게 된다. 또한 자발적인 선택과 자치적인 운영의 과정에서 학생이 스스로 할 수 있도록 믿고 존중해주는 교사와 이를 실현가능하게 하는 탄력적인 교육과정 편성이 뒷받침 되어야 한다.

　동아리를 동아리답게 하는 토대는 학생들의 '자치 역량'일 것이다. 내가 운영하고 싶은 동아리 주제를 기획하고 소질과 흥미가 유사한 학생들을 모집하여 우리만의 프로그램을 계획하는 과정에서 학생들은 자연스럽게 자치 역량을 발휘하게 된다.

　전문적 학습공동체를 통한 협의 과정에서 학생 주도의 동아리 활동 윤곽이 드러나기 시작했고 동아리 활동에 대한 다음과 같은 교육적 의미를 찾을 수 있었다.

〈 여름 성품학교 동아리 활동 방향 〉

· 자치활동과 동아리 활동이 연계·통합되는 학생 주도 동아리
· 기획, 모집, 운영의 전 과정에서 학생이 주도하고 교사가 협력하는 동아리
· 교육과정의 탄력적 편성을 통해 학생의 선택권을 보장하는 동아리
· 지역사회 자원을 활용하고 배움의 시공간을 확장하는 동아리

　동아리 활동의 목적과 방향을 결정하고 난 후, 다음과 같은 과정을 거쳐 학생 주도 동아리를 편성·운영하였다.

1	2	3	4	5	6
학생 희망 동아리 구성 및 홍보 포스터 작성	동아리 모집 홍보 포스터 게시	동아리 부서 확정 및 운영 프로그램 계획 수립	동아리 운영 준비	학생 주도 동아리 활동 전개	활동 소감 나눔
5. 31.~6. 1.	6. 10. ~ 15.	6. 19.	6.20.~28.	7. 3. ~ 4.	7. 5.
생태탐방원	본관 출입구	체육관	각반 교실	학교 및 지역사회	체육관

1. 학생 희망 동아리 구성 및 홍보 포스터 작성

　– 올 해 처음으로 시도해보는 방법이라 모든 학생들에게 원하는 동아리 구성을 할 수 있도록 열어 두는 방법은 쉽지 않을 것이라 생각했다. 이에 따라 학급 임원이 중심이 되어 친구들의 의견을 수렴한 후, 동아리 부서를

구성하였다.

　전교어린이회 임원의 자치 역량 강화를 위한 리더십 캠프 중 동아리 구성 시간을 가졌다. 전교어린이회에서 캠프 운영 내용에 대해 사전에 안내하고, 학급 친구들이 희망하는 동아리가 무엇인지 미리 조사 해 오도록 하였다. 이 때 동아리 구성의 가장 중요한 조건인 '선생님 도움 없이 스스로 운영해나갈 수 있는 동아리'를 강조하여 전달하였고, 아이들은 오히려 스스로 할 수 있다는 사실에 고무되는 분위기였다. 리더십 캠프에서 아이들은 다양한 동아리 부서를 편성하였으며 홍보 포스터도 작성하였다.

| 리더십 캠프 중
학급 임원을 중심으로 동아리 구성 모습 | 동아리 구성 결과 공유 |

2. 동아리 모집 홍보 포스터 게시

　- 올 해는 아이들이 원하는 동아리를 스스로 기획하고 모집하여 운영한다는 사실을 아이들 모두에게 널리 알리고 자신이 원하는 동아리를 미리 결정할 수 있는 시간을 제공할 필요가 있었다. 또한 학급 임원이 아닌 학생들 중에서도 동아리 리더가 되어 운영하고 싶어 하는 학생들에게 기회를 줄 필요가 있다고 생각했다. 이러한 필요에 의해 본교 학생들이 가장 많이 다니는 급식소와 통하는 복도 벽에 동아리 홍보 포스터와 추가 모집 공고를 게시하고 학생들의 참여를 유도하였다. 추가 모집을 거쳐 최종 확정된 동아리는 리더십 캠프에서 구성된 14개, 그리고 학급 임원이 아닌 학생이 운영하는 동아리 1개, 총 15개였다.

〈 아이들이 주도적으로 구성한 동아리 부서 〉

슬라임 동아리, 도전 동아리, 견학 동아리, 수영 동아리, 신나는 스포츠,
유닛 댄스 동아리, 만화 동아리, 영화 감상 동아리, 공예 동아리, 랩 동아리,
책쓸신잡 동아리, 클리어 스매시 동아리

동아리 학생 모집 안내 포스터 게시

학생 주도 동아리가 결정되고 난 후,
담당 교사를 결정하였다. 기존의 모든
동아리활동을 구체적으로 계획하고 운
영하던 역할에서 벗어나 아이들이 동아
리를 운영하는데 조언하는 멘토이자 협
력자가 된다는 의미로 지도 교사가 아닌

동아리 담당 교사 협의 결과

'담당 교사'를 협의하여 결정한 것이다. 담당 교사는 예산 계획 수립 및 업
체 예약 등 일정 부분 교사의 도움이 필요한 경우나 안전에 대한 우려가
있을 경우 개입하고, 그 외 나머지 사항들은 아이들이 주도적으로 추진해
나갈 수 있도록 하였다.

3. 동아리 부서 확정 및 운영 프로그램 계획 수립

학생들은 자신의 흥미와 적성에 적합한, 가장 선호하는 동아리 부서를
마음속으로 결정하였다. 이제 남은 것은 최종 선택이었다. 4~6학년 학생

들은 체육관에 모여 내가 원하는 동아리 부서를 최종 결정하는 시간을 가졌다. 선택 전, 동아리 대표 학생들이 동아리 부서를 홍보 할 수 있도록 시간을 주었고, 이후 아이들이 원하는 동아리 대표 학생 주변으로 동그랗게 모여 앉도록 안

동아리 부원 모집을 위한 최종 홍보

내하였다. 불꽃 튀는 홍보와 눈치작전이 한바탕 휩쓸고 간 후, 누구에게도 선택을 받지 못한 동아리 부서는 자연스럽게 폐지되었고 학년의 경계를 넘어 흥미와 관심에 따라 동아리 부서가 편성되었다.

클리어 스매시 동아리 부원 모집

도전 동아리 부원 모집

그 후 부서별로 실제적인 동아리 운영 계획을 수립하는 시간을 가졌다. 동아리 대표 학생을 중심으로, 동아리 부원들의 의견을 반영하여 무엇을 어떻게 운영할 것인가에 대한 구체적인 내용을 담은 동아리 활동 계획을 동아리별로 수립하였다.

견학 동아리 최종 계획 수립

랩 동아리 최종 계획 수립

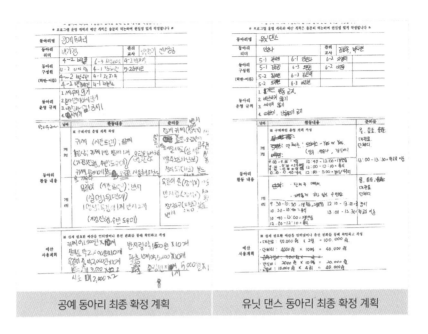

| 공예 동아리 최종 확정 계획 | 유닛 댄스 동아리 최종 확정 계획 |

4. 동아리 운영 준비

– 동아리별 계획을 수립한 후에는 필요한 준비물, 장소 섭외, 에듀파인 기
안 등 아이들이 수립한 계획을 실행에 옮기기 위한 준비 과정이 필요하다.
학교 밖 체험활동을 위해서는 이동할 차편을 알아보고, 체험 장소를 예약
해야 했으며, 여러 가지 도구를 사용하는 동아리는 필요한 물품을 주문해
야 했다. 특별히 동아리 활동의 완성도를 높이기 위해 슬라임 카페, 지역
댄스 학원, 루지 체험, 어드밴쳐 타워, 스크린 야구장, 롤러장 등 지역의 다
양한 장소를 활용할 수 있도록 학교 차원에서 여건을 마련해 주었다.

5. 학생 주도 동아리 활동 전개 및 소감 나눔

– 동아리 당일 아침, 학교는 그 어느 때보다 역동적이었다. 설렘과 기대가
아이들의 표정에서 묻어났고, 동아리별 모임 장소에 누가 시키기도 전에
자연스럽게 모여들었다. 8개의 동아리가 학교 밖 지역사회 자원을 활용하
여 동아리 활동을 전개하였다. 버스와 택시를 타고 나가는 것만 해도 아이

들은 이미 만족한 모습이었다. 배움은 자발성과 주도성에서 시작됨을 온 몸으로 느낄 수 있는 시간이었다. 많은 교사들이 '어느 때보다 갈등과 문 제없이 활동에 참여하는 모습을 보았다', '평소 관찰할 수 없었던 행복함과 의젓함이 묻어나는 동아리 활동이었다.' 고 이야기하며 만족스러워 하였 다. 함께한 교사들의 수고가 보람과 만족으로 채워지기에 충분했음을 직 감할 수 있었다.

〈 학생 주도 동아리 Harmony 운영 모습 〉

유닛 댄스 동아리	신나는 스포츠 동아리	도전 동아리
영화 감상 동아리	만화 동아리	책쓸신잡 동아리
견학 동아리	슬라임 동아리	랩 동아리

  2일간 동아리 활동을 마친 다음 날, 활동 결과를 나누는 시간을 가졌다. 특별히 공연을 중심으로 연습한 댄스와 랩 동아리의 발표가 인상적이었 다. 댄스 동아리는 무용 학원 원장님의 도움으로 이틀 동안 한 곡의 안무 를 완성하였고, 랩 동아리는 두 편의 가사를 쓰고 공연을 준비하여 완성도

높은 공연을 보여주었다. 체험과 견학 중심의 동아리들도 활동 장면을 사진으로 보여주며 좋았던 점과 배운 점 등의 소감을 친구들 앞에서 함께 나누는 소중한 시간을 가졌다.

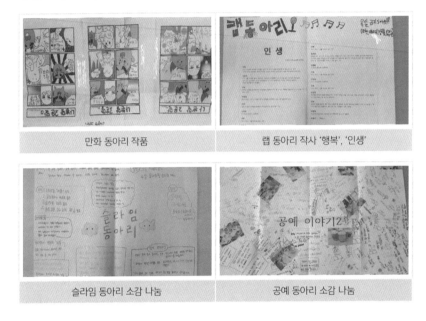

| 만화 동아리 작품 | 랩 동아리 작사 '행복', '인생' |
| 슬라임 동아리 소감 나눔 | 공예 동아리 소감 나눔 |

이번 동아리 활동은 동아리와 학생 주도적인 '자치'가 결합되면서 시너지 효과를 내었고, 아이들의 주도성과 배움의 열정이 한 단계 성장하는 기회였다고 자부한다. 아이들의 가능성을 믿고 기획에서부터 나눔까지 스스로 할 수 있는 기회를 주었을 때 교사를 능가하는 역량을 발휘하는 모습을 경험할 수 있었다.

물론 이러한 일들은 학생들의 자치 역량 존중 및 동아리 선택권 보장, 탄력적인 교육과정 편성, 학교 예산 지원 등 전 교직원의 이해와 협력이 있었기에 가능했다. 앞으로도 교육공동체 모두가 협력하여 이번 동아리 활동처럼 소통과 나눔을 통해 실험적이고 역동적인 시도들을 함께해 나가길 바란다. 멈추지 않고 시도할 때 학교는 변화하며, 교사도, 학생도 모두가 함께 행복한 학교를 꿈꿀 수 있을 것이다.

Episode14.

업무를 덜어낸 자리에 미래 교육과정을

- 1 + 1 전략으로 업무 적정화하기 -

움직이려는 관성은 외부의 힘이 작용할 때 멈춘다. 늘어나려는 행정 업무의 관성을 교육과정으로 멈춰야 한다. 그래야 교육과정이 움직인다. 교육과정에 힘이 생긴다. 힘이 생긴 교육과정은 학교를 혁신으로 이끌 수 있다. 교사를 아이들 곁으로 보낼 수 있다. 비우자. 그리고 채우자. 이것이 우리가 집중해야 할 원칙이다. – 본문 중 –

Episode14. 업무를 덜어낸 자리에 미래 교육과정을

- 1+1 전략으로 업무 적정화하기 -

들어가는 말

1. 교사가 수업에 온전히 전념하지 못하는 이유는?
2. 교·수·평 일체화가 현장에서 실현되지 않는 이유는?
3. 교육과정 중심 학교 운영의 걸림돌은?
4. 학교 혁신을 위해 개선되어야 할 학교 문화는?

이 모든 물음에 대한 공통된 답은 '행정 업무'다. 각종 논문이나 연구 결과를 일일이 언급하지 않더라도 행정 업무에 대한 부담감이 상당하다는 것은 교사라면 누구나 인정하는 사실이다. "교사를 아이들 곁으로" 보내자고 외치고, 상급 기관에서는 행정 업무 경감을 약속했지만 현장의 변화는 더디기만 하다.

그렇다고 변화가 없는 것은 아니다. 행정업무 전담팀 운영, 교무실무원 보강 및 역할 확장, 위임전결규정 적용, 공문 없는 수요일, 집합 연수 최소화, 정책 공모 사업 축소 등 다양한 변화가 시도되고 있다. 하지만 변화가 체감 되지 않는다. 업무를 줄였는데, 줄어든 업무가 없는 것 같다. 전담팀도 운영하고, 이런 저런 사업도 줄였는데 내 업무는 그대로다. 이처럼 업무 경감을 바라보는 시도교육청과 현장 교사 간의 온도차는 여전하다. 같은 듯 다른 동상이몽의 현실은 무엇 때문일까?

행정 업무에는 항상성이 있다. 덜어낸 만큼 새로운 것이 추가된다. 분명 줄였는데, 또 늘어났다. 결국 총량은 그대로다. 총량 보존의 법칙을 만드는 원인 중 하나는 내부결재이다. 결정하기 애매하거나 불확실한 것들은 내부결재를 방패삼아 처리했다. 기존에 해 왔던 것들을 하지 않게 되는 과정에서 오는 불안함이 내부결재 빈도수를 늘리는 부작용을 가져왔다.

행정 업무에는 관성의 법칙도 적용된다. 매년 치열하게 심사숙고하여 지속적으로 덜어내지 않으면 점점 늘어나는 관성이 있다. '이 업무는 더 이상 이런 방식으로 하지 않아도 됩니다'라는 안내 공문을 본 적이 있는가?

따라서 매년 덜어내지 않고 접수되는 공문을 있는 그대로 수용하고 유지해간다면 점점 늘어날 수밖에 없다.

이제는 새로운 원칙이 세워져야 한다. 교육과정 중심의 학교 운영을 위해 '업무를 대하는 원칙'을 함께 세워가야 한다. 업무를 비우고(-1) 그 자리를 교육과정으로 채워(+1) 가야 한다.

움직이려는 관성은 외부의 힘이 작용할 때 멈춘다. 늘어나려는 행정 업무의 관성을 교육과정으로 멈춰야 한다. 그래야 교육과정이 움직인다. 교육과정에 힘이 생긴다. 힘이 생긴 교육과정은 학교를 혁신으로 이끌 수 있다. 교사를 아이들 곁으로 보낼 수 있다. 비우자. 그리고 채우자. 이것이 우리가 집중해야 할 원칙이다.

업무를 덜어낸다는 것은

업무를 덜어내는 효과적인 전략은 무엇일까? 덜어낸다는 것은 내용의 단순 '삭제'에만 국한되지 않는다. 물론 업무의 절대량을 줄이는 것이 가장 쉬우면서도 일반적이지만, 시간이 지나면 한계가 있다는 사실을 금방 깨닫게 된다. 입체적이고 다각도의 전략이 필요하다. 단순 업무 덜어내기를 제외한 본교에서 적용했던 몇 가지 실제적인 사례를 살펴보자.

· 교육과정과 통합을 통한 업무 경감 - 교과 성취기준과 연계
- 교사의 전문성을 최대한 발휘하면서 수업과 업무를 통합하여 효과를 낼 수 있는 방법이며, 적용 범위가 매우 넓다.

예시1) 다문화중점학교를 운영하는 경우, 다문화와 관련된 일회성 행사를 새롭게 계획하여 추진하기보다 학기 초 교육과정 분석을 통해 다문

화와 관련된 성취기준 및 교과서 단원을 추출하여 수업을 재구성하는 것이 좋다. 재구성한 수업에 예산을 투입하고 수업 장면을 기록으로 남긴다면 교육과정-수업-평가-기록-업무의 통합이 가능해지기 때문이다. 통합의 과정에서 업무 경감의 효과는 자연스럽게 따라온다. 각종 정책 공모사업, 학교 행사, 계기 교육은 수업(성취기준)과 연계하는 것이 일반화 가능성을 높이는 가장 현명한 방법이다.

예시2) 다양한 학예행사의 경우도 마찬가지다. 학교장상 시상이 있는 경우와 시상을 하지 않는 경우, 교육청에 기한 내 실적 보고를 해야 하는 경우와 하지 않아도 되는 경우 접근 방법은 조금 다를 수 있지만 기본 원리는 유사하다.

예컨대, 6월 호국보훈의 달과 연계하여 교육청에 실적을 보고해야 하고, 학교장 시상이 있어 기한 내 결과가 마감되어야 하는 경우, 학기 초 연구부장의 계획에 따라 호국보훈과 관련된 성취기준이나 단원의 지도 시기를 6월로 조정하여 수업을 일부 재구성하고 수업과 학예행사가 연계될 수 있도록 한다면 수업과 학교장 시상, 교육청 실적 보고를 수업을 중심으로 통합하여 업무 경감 효과를 얻을 수 있다.

만약 학교장 시상이 없고 별도의 실적보고가 없다면, 관련 성취기준을 분석하고 추출하여 표시 해 두고 계획된 수업을 적용하는 것으로도 기대하는 교육적 효과를 충분히 달성할 수 있다.

그렇지 않고 업무 담당자가 특정 기한 내에 학년별 행사 결과를 제출하라는 일방적인 계획을 수립하면 문제가 발생한다. 학년의 특수성과 자율성을 인정하지 않고 구체적인 활동을 계획하여 안내하면, 이미 성취기준과 연계하여 수업을 했음에도 불구하고 학교 계획에 따라 또 한 번의 번거로운 행사를 치러야 하는 일이 생긴다. 학교의 연구부장이나 업무 담당자들이 업무 경감에 대한 의식이 있다면 업무를 가중시키는 이러한 형태의 기획은 마땅히 지양되어야 한다. 대신 교육과정과 연계하여 운영하는 것이 실질적으로 업무를 덜어내는 가장 효과적인 방법이다. 이를 위해서는 교육과정 전체를 아우르는 안목을 지닌 교사가 기획과 운영의 전 과정에서 컨트롤타워 역할을 적절히 해 줄 필요가 있다.

· 유사 업무 간 유목화를 통한 업무 경감
유사한 업무를 묶어 하나의 범주에 포함시키는 것은 자연스럽게 업무 경감 효과를 가져다준다. 관련 지식이 풍부하거나 경험이 있는 일은 특별한 노력을 기울이지 않아도 일상의 일처럼 간편하게 해결되는 것과 같은 원리이다.

예시1) 학교 신문 업무를 맡은 교사가 동아리 운영 시 신문부를 만들어 운영하는 것도 업무를 쉽게 해결하는 하나의 방법이 된다.

예시2) 학교 교육과정에 대해 잘 이해하고 있는 연구부장이 전문적 학습 공동체 및 연수 업무를 맡으면 효율성과 만족도가 향상된다.

예시3) 도서관 업무를 맡은 교사가 학부모 독서 동아리나 명예 사서 업무를 함께 하는 것이 업무 추진의 효과를 높인다.

위의 사례는 하나의 예시일 뿐이다. 사실 동일한 업무도 학교 특색에 따라 업무 강도가 모두 제각각이다. 중요한 것은 현재 학교의 업무를 객관적인 관점에서 분석하여 통합하는 것이다. 이를 통해 업무 경감 효과를 가져다 줄 수 있는 항목들을 찾아서 유목화하고 교사들의 합의를 이끌어내야 한다.

• 업무 추진 절차 간소화를 통한 업무 경감

‑ 우리는 매우 간단한 업무도 아주 힘든 과정을 거쳐 상당한 스트레스가 될 수 있다는 사실을 잘 알고 있다. 그것은 '망망대해에 표류하는 것 같은' 형태의 업무 추진이 일어나기 때문이다. 예를 들어 부장회의에서 의견을 모아 1안으로 합의를 하였는데, 중간 결재 과정에서 2안으로 변경된 후, 최종 결재 과정에서 3안으로 제고해보라는 의견이 제시되었을 때, 중간에서 어떻게 일을 풀어가야 할 지 모르게 된다. 나는 이런 과정을 거친 업무가 가장 힘들었다. 이런 경우는 계획이 확정되어도 이후 추진 과정에서 다시 잡음이 생기기 마련이다. 이런 형태의 업무 추진은 업무의 양과 상관없이 담당자를 맥 빠지게 한다. 특히 경험이 부족한 교사의 경우 문제 해결의 실마리를 찾지 못해 헤매다가 마감 기일에 임박하여 떠밀리듯 마무리하는 일도 생긴다. 이와 같이 업무가 망망대해를 표류하지 않으려면 업무 추진 절차를 간소화시켜야 한다. 업무 추진 절차를 간소화하는 방법은 다음과 같다.

예시1) 위임전결규정을 철저히 준수하여 부장 전결인 업무는 부장 선에서 완결한다. 이후 담당 부장을 통해 관리자에게 보고될 수 있도록 하고 결재 내용은 공람하여 전달한다.

예시2) 교직원 회의에서 논의된 사항은 추가 협의 없이 소신 있게 추진한다.

예시3) 부장 중심의 업무 추진 과정을 적극 활용한다.

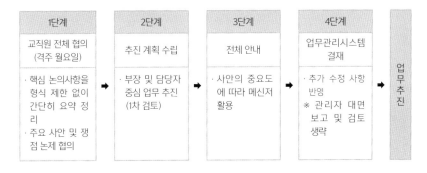

※ 계획수립에서 업무 추진까지 담당자는 업무 부장과 긴밀한 협의 체계 유지

※ 담당자 및 담당 부장에게 업무 추진 권한과 책임 위임, 추진 과정에서 반복적 수 정 및 협의 최소화

※ 업무의 중요도와 익숙함의 정도에 따라 1~3단계 선택적으로 생략

• 교육과정 워크숍을 활용한 업무 경감

　업무 경감을 위해서는 매년 학년 말 이루어지는 업무 반성 시간을 잘 활용해야 한다. 이 시간을 형식적인 시간으로 허비하지 말고, 반성회를 통해 실제적으로 덜어낼 업무를 찾아야 한다. 매년 불필요하거나 교육과정과 통합이 가능한 업무, 절차의 간소화가 필요한 업무를 찾아내어 업무를 줄이기 위한 노력을 지속해 나가야 한다. 한 해를 되돌아보며 심도 깊은 논의가 가능한 시기는 학년 말 교육과정 반성과 워크숍 기간이다. 결정적인 시기를 잘 활용하여 효과적으로 업무가 경감될 수 있도록 학교별 자구책이 필요하다.

〈 교육과정 워크숍을 활용한 업무 경감 절차 〉

```
┌─────────────────┐      ┌─────────────────────────┐
│ 업무 부서별 성찰 │ ⇨   │ 부서별 성찰 결과 전체 공유 및 │ ⇨
│    (12월)       │      │ 업무 경감 영역 확정 (12월)    │
└─────────────────┘      └─────────────────────────┘

┌─────────────────┐      ┌─────────────────────────┐      ┌─────────────┐
│ 워크숍에서       │ ⇨   │ 업무 분장 및 편성 시 적극 반영 │ ⇨  │ 학기 중 실천 │
│ 업무 경감 세부 내용 │    │        (2월)              │      │  (학기 중)  │
│ 확정 (1월)      │      └─────────────────────────┘      └─────────────┘
└─────────────────┘
```

〈 교육과정 중심의 학교에서 업무를 대하는 교사의 태도1234 〉

1. 사전 교육과정에 계획되어 있지 않은 상급 기관 공문에 의한 업무나 학교 내부에서 즉흥적으로 끼어드는 업무는 최대한 저항하여 온 몸으로 막기 ➔ 어떠한 형태로든지 계획된 교육과정의 파행을 가져다주거나 교사의 부담을 가중시켜 수업에 소홀하게 될 가능성이 높음

2. 만약, 그래도 불가피하게 추가되는 행사나 업무가 발생될 경우, 최대한 기존에 편성된 학교 교육과정이나 교사 수준의 교육과정과 공통점을 찾아 연계할 수 있는 방안을 찾기 ➔ 편의점의 1+1행사처럼, 계획된 교육과정과 자연스럽게 통합될 수 있는 방안을 적극적으로 모색하는 것을 우선적으로 해야 함

3. 만약, 계획된 학교 교육과정이나 교사별 교육과정 재구성과도 연계할 수 있는 여지가 없을 경우, 자원하는 마음으로 추진할 수 있는 책임 교사 물색하기 ➔ 강제로 배당하기보다 교사의 자발성을 최대한 존중하면 갈등과 불만이 최소화될 수 있음

4. 끝으로, 이러한 과정을 거쳐 운영되는 추가적인 업무나 일회성 행사는 규모와 범위를 최소한으로 한정하여 최대한 간소하게 해결하기

위에 제시된 절차를 불문율처럼 학교의 모든 구성원이 함께 공유할 때, 교육과정 중심의 학교 문화가 자리 잡을 수 있다. 관리자를 비롯하여 부장 교사를 중심으로 공감대를 형성하고 모든 교사들이 제시된 원리에 맞게 업무를 추진해간다면, 스트레스를 유발하는 행정적인 업무는 크게 줄어들 것이라 생각한다.

이와 별도로 지역교육청에서도 12월 전 중요한 행사나 업무 추진 계획을 학교로 안내하여 교육과정에 반영하거나 관련된 재구성이 사전에 이루어질 수 있도록 안내하는 배려가 필요하다.

또한 학기 중, 학교 내부적인 필요에 의해 생겨나는 업무나 행사들도 사안이 중하여 급하게 적용되어야 하는 경우를 제외하고는 가급적 당해 연도 말 워크숍에서 의논 한 후, 다음해 교육과정에 반영하여 운영될 수 있도록 해야 한다. 더불어 학교에서 영향력 있는 누군가에 의해 즉흥적으로 교육과정 계획이 변경되거나 행사가 추가되어 기존 계획된 교육과정이 침해받는 일이 발생하지 않도록 구성원 모두가 함께 노력해야 한다.

〈참고자료〉 경기도 교육청 교원 업무 정상화 자체 점검표

순	문 항
[Ⅰ.교육과정 자율성 보장]	
1	학교 특색사업, 역점사업 등 사업 중심의 교육과정 운영 관행을 개선하기 위해 노력하고 있는가?
2	교원업무정상화를 위해 노력하고 있는가?(담임교사, 부장 교사 등)
3	교직원 업무분장이 민주적인 의사결정 과정을 통해 운영되도록 노력하고 있는가?(행정실무사, 행정실 업무분장 포함)
4	행정실무사에게 고유 업무 및 기안권을 부여하여 교사의 행정업무경감을 위해 노력하였는가?
[Ⅱ. 효율화 간소화 노력]	
5	전시성 행사, 실적 위주 사업의 축소ㆍ폐지를 통해 교육과정 정상화에 노력하고 있는가?
6	교직원회의, 동학년회의, 교과협의회가 교육활동 중심의 회의로 운영되고 있는가?
7	각종 협의록(회의록)을 간소화하기 위해 노력하고 있는가?
8	학교 내 각종 비법정위원회를 법정위원회와 통합하여 조직ㆍ운영하고 있는가?
9	법정장부 외 학교장 장부를 간소화하기 위해 노력하고 있는가?
10	전자문서, 시스템에서 관리되는 각종 문서(NEIS, 에듀파인 등)의 종이 출력 및 이중 결재가 금지되고 있는가?
11	결재라인 간소화, 위임전결규정을 이행하고 있는가?
12	외부기관의 협조공문에 대하여 접수가 아닌 게시 또는 홈페이지로 안내하고 있는가?
13	1교시 수업 이전에 메신저 등 행정업무전달을 하지 않기 위해 노력하고 있는가?
14	'수요일 공문 없는 날'에 교사가 교육활동에 전념할 수 있도록 노력하고 있는가?
15	가정통신문을 알리는 목적에 따라 효과적인 방법으로 안내하고 있는가?(두 가지 이상의 방법으로 중복하여 안내 지양)
[Ⅲ. 교육과정 중심의 학교문화 형성 노력]	
16	교무조직을 행정 중심에서 교육과정 중심으로 개편하고 적절한 권한 위임이 이루어지고 있는가?
17	교육과정 운영의 전문성과 지속성을 고려하여 인사 규정이 마련ㆍ실천되고 있는가?
18	협력적 연구 활동이 활발히 이루어지도록 시설, 재정지원이 이루어지고 있는가?
19	교육과정 재구성, 수업 개선을 위한 수업 개방과 공유를 통해 전문성이 신장되고 있는가?
20	창의적, 생산적, 역동적 학교문화 형성을 통해 교사의 효능감이 신장되고 있는가?

[출처: 경기도 교육청홈페이지 > 통합자료 > 교원업무정상화]

2년 동안 우리는 무엇을 덜어내었을까?

2018, 2019학년도 덜어낸 업무

〈2018학년도 업무 경감을 위한 협의〉

▶ 학급 경영록
  (나이스 연간시간표, 연간지도계획, 주간학
  습을 출력하여 관리하던 것)
▶ 교통지도 후 기록하는 수기 장부
▶ 주1회 운영되던 교직원 회의를 격주 1회를
  기본으로 하되 회의 안건이 없을 경우 생략

▶ 수당이 지급되지 않는 각종 비법정 장부 최소화
▶ 학교스포츠클럽 활동 누가 기록 장부는 아이들 스스로 기록하고 관리하도
  록 전환
▶ 부장 중심의 업무 추진으로 절차 간소화
▶ 운동회 준비로 인한 교육과정 파행을 막고 진행 강사 적극 활용
▶ 공연 중심의 전체 학예회를 지양하고 교육과정을 기초로 학급 교육과정 발
  표회로 변경
▶ 외부상은 전교 조회 때 가급적 시상하지 않음
▶ 각종 학예행사에 학교장 상 시상 지양
▶ 가정통신문은 업무관리시스템을 통해 결재를 받고 별도 출력 보관 금지
▶ 학급 교육과정 발표회와 꾸메푸메 프로젝트 발표회를 통합하여 12월 말에
  겨울 탐구학교와 연계하여 운영
▶ 운동회, steam 페스티벌, 봄 현장학습을 하나로 묶어 봄 행복학교에 밀도 있
  게 운영하며 업무 추진 절차 간소화
▶ 학년 교육과정은 별도로 작성하지 않고 학급 교육과정으로 대체
▶ 학교 요람과 학교교육계획서의 통합 제작
▶ 10만원 미만의 예산 집행은 담당 부장 전결
▶ 학교주도적 학교 평가는 학년말 교육과정 및 업무 성찰과 연계하여 운영될
  수 있도록 통합적인 계획 수립
▶ 봄, 가을 현장학습은 특정한 날을 정해 학사 일정에 포함시키지 않고 학년별
  교육과정 재구성에 맞춰 자유롭게 운영하도록 변경
▶ 교무실무원의 업무를 명확히 하여 업무 분장표에 제시하고 각종 행정업무를
  전담할 수 있도록 책임과 권한 부여 (에듀파인 기안, 단순 보고 공문 처리 등)

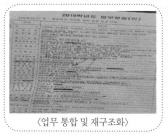

〈업무 통합 및 재구조화〉

▶ 과정 중심 평가지는 학기 말에 상신하고 평가 기준안(루브릭)과 평가 문항을 하나의 양식에 작성

▶ 각종 공개수업 지도안 사전 결재를 폐지하고 전문적 학습공동체 협의를 통해 수업의 질 제고

▶ 업무 전담팀의 실제적 역할 수행을 위해 수업 시수는 경감(주당 21 ➡17차시)하고 업무 집중 비율 상향 조정

자율형 종합감사, 똑똑하게 활용하기 (56쪽 업무 덜어내기 1단계)

경남도교육청이 추진하고 있는 자율형 종합감사가 전국 17개 시·도교육청 중 유일하게 행정안전부 발간 '2018년 정부혁신 100대사례집'에 수록돼 전국에 보급됐다.

지난 해에는 자율형 종합감사의 성과를 인정받아 국민권익위원회의 '2017년도 반부패정책 경연대회'에서 우수 시책으로 선정돼 최고상인 국민권익 위원장상을 수상했고, 작년 5월에는 감사원 학술지 '감사논집'에도 수록됐다. 자율형 종합감사는 학교 스스로 감사 계획을 수립하고 감사반을 편성해 감사를 실시하고 문제점을 스스로 시정·개선하는 제도다.(중략)

경남형 '자율형 종합감사' 모델은 이미 서울·경기·울산교육청에서 도입했으며, 전북교육청에서도 벤치마킹을 위해 방문하는 등 전국에 확산되고 있다.

박종훈 교육감은 "창의력과 상상력이 넘실거리는 창의적인 학교는 자율적인 학교문화 속에서 만들어진다"며 "4차 산업혁명시대를 주도할 미래교육을 위해, 스스로 문제점을 찾아서 고쳐나가는 새로운 자율, 예방 중심의 감사로 패러다임을 전환해 자율적인 학교문화를 조성해 나가야 한다"고 강조했다.

강기명 감사관도 "앞으로 자율형 종합감사가 자율적이고 창의적인 학교문화를 조성하는데 도움이 되도록, 자율감사에 따른 교직원 업무 부담 최소화와 감사매뉴얼 보완, 자율감사관 역량강화 등 학교 현장 정착을 위해 지속적으로 노력하겠다"고 말했다.

출처 : 경남일보 (2019.01.31.)자 기사 中 발췌

정확히 모를 때 오는 막연한 불안감이 불필요한 업무를 양산해낸다. 불확실하지만 다가올 문제에 대비해야할 때, 이것저것 검증되지 않은 일들을 만들어내는 것이다. 무엇을 해야 할 지 정확히 알고 판단할 수 있는 안목은 업무 경감에 직접적으로 도움이 된다. 내 주변을 살펴봐도 업무 처리에 미숙한 사람들의 특징이 해도 그만 안 해도 그만인 일에 시간을 많이 쏟아 붓고, 정작 꼭 해야 하는 일을 간과하는 사례를 자주 목격한다. 안타까운 일이 아닐 수 없다. '필수 VS 선택'을 구분할 수 있는 안목은 선택과 집중에 도움이 되며, 우선순위에 따라 '필수'에 집중하고 '선택해도 되는' 업무를 덜어낼 수 있다. 따라서 필수와 선택을 구분할 수 있는 안목이 중요하다.

행정 업무를 줄일 때 참고할 수 있는 자료는 종합감사 자료이다. 자율형 종합감사 자료를 활용하는 이유는 감사 항목만 철저히 하여 징계를 피하고자 하는 면피성 행정에 목적이 있는 것이 아니다. 교육공무원으로서 법에 따라 필수적으로 해야 하는 일과 그렇지 않은 일을 구분하여 과도한 행정 업무 중 불필요한 부분을 도려내는데 활용할 수 있기 때문이다.

자율형 종합감사 매뉴얼 중 업무 경감을 위해 학교에서 활용될 수 있는 부분은 다음과 같다.

첫째, 학교에서 실행되는 업무를 체계적으로 분류하고, 분류된 업무에 따라 '필수'와 '자율' 항목을 구분하여 필수 업무를 중심으로 불필요한 업무를 덜어낼 수 있다.
둘째, 필수적으로 해야 하는 업무와 관련된 법적 근거가 제시되어 있다.
셋째, 필수 조건을 지키지 못하고 잘못 운영된 실제 사례가 제시되어 있어 이해를 쉽게 한다.
넷째, 필수 업무와 관련된 서류 목록이 제시되어 있다.

자율형 종합감사는 크게 학사와 행정 파트로 나뉜다. 초등학교 학사와 관련된 점검은 총 12가지 분야 27개 항목이며, 분야별 하위 점검항목이 있다. 하위 점검 항목에 따라 필수와 선택 업무가 구분되어 있으며 법적 지침과 잘못 운영된 사례가 상세히 제시되어 있어 업무를 경감하고자 하는 학교에서 효율적인 기준으로 활용할 수 있다.

교육과정·평가 분야의 3-1. 교육과정 운영과 3-2 초등 학업성적 평가 항목의 세부 내용을 살펴보자.

업무 구분	감사 점검 내용	관련 규정
교육과정 운영계획	· 교육과정 편성·운영지침 준수 및 이행 여부 　- 교육과정위원회 조직·운영 여부 　- 교육과정 분석, 학교교육과정편성 기초 설문조사 　　실시 및 결과 반영 여부 　- 교육과정운영계획 수립의 적정성 여부 　- 학급 편성의 적정성 여부 · 교육과정운영계획의 학교운영위원회 심의 여부	▶ 초·중등교육법 제23조 ▶ 경상남도교육과정편성·운영지침 　(초·중·고)
과정운영 및 평가	· 교육과정 운영의 적정성 여부 　- 학기당 이수 교과목 수(8과목 이내) 준수 여부 　- 공통교육과정(초1~중3) 편성 기준 충족 여부 　- 학교급별 수업시수 확보 기준 충족 여부 　- 학년(교과)별 교육과정 계획·운영의 적정성 여부 　- 초등학교 1,2학년 '안전한 생활' 64시간 이상 　　편성·운영 여부 　- 창의적 체험활동 영역별 적정 운영 여부 　- 교과목별 단위배당 기준 이수 여부(20% 이내 　　증감) 　- 선택과목 수요조사 및 대체과목 복수 편성 여부 　- 성별, 직업, 종교, 거주지, 인종 등 편견 배제 노력 　- 학습부진, 장애, 특정분야의 재능아, 귀국학생, 　　다문화학생 등에 대한 지원 노력 여부 　- 결강에 대한 보강수업 대책 강구 및 수업 결손의 　　방지 노력 여부 · 공교육정상화법(선행학습 금지법) 준수 여부 · 교육과정 운영 평가 및 환류(개선)의 적정성 여부	▶ 초·중등교육법 제23조 ▶ 초·중등교육법 　시행령제43조~제50조 ▶ 초·중등학교 교육과정 　총론(교육부고시제2015-80호) ▶ 경상남도교육과정편성·운영지침 　(초·중·고) ▶ 공교육정상화법
관련 서류	· 학교교육과정 운영 계획서　· 학교 일지　· 과목별 시수누계 · 결·보강계획 및 일지　　· 수업 시간표　· 근무 상황부　　· 회의록	

학교교육과정 편성 · 운영 부적정

○○초등학교는 0000학년도 학교교육과정 운영계획을 수립 하면서 '경상남도 초등학교 교육과정 편성·운영지침'을 바탕으로 교원, 학생, 학부모 요구조사를 실시한 후 그 결과를 면밀히 분석하여 교육과정운영계획에 반영하지 않고 전년도 계획을 베껴 쓰기식으로 작성 함. ○○중학교에서는 0000년도에 학교교육과정 운영 방법에 관한 사항을 학교운영위원회의 심의를 거치지 않고 효도방학 등을 학교장 내부결재만으로 시행하였고, 또한 계획 없이 실시한 임시휴업을 관할청에 보고하지 않음

스스로 점검해요!

감사 점검 내용	
필수	· 교육과정 편성 및 학사운영의 적정성 여부
필수	· 수업일수 기준 충족 여부
필수	· 문수업시수 확보기준 충족 여부
필수	· 학교 교육과정의 범위와 수준 내에서 문항을 출제하였는지 확인
필수	· 창의적 체험활동 운영 적절성 여부
필수	· 교과목별 교육과정 편성 기준 준수 여부
필수	· 공교육 정상화법 준수 여부
필수	· 결·보강 처리 기준 충족 여부
필수	· 학습 부진학생 지도 관리 여부
자율	·그 밖의 교육과정 편성 및 운영 적정 여부

◎ 필수 항목은 업무 경감차원에서 단위 학교에서 임의로 삭제해선 안 되는 항목이다.

◎ 자율 항목은 학교에서 판단하여 선택적으로 활용할 수 있다.

◎ 필수 항목을 제외하고 업무 부서별로 운영되고 있는 업무들은 모두 학교 자체적으로 '덜어낼 수 있는' 업무에 속한다.

[초등 학업 성적 평가 영역]

이것만은 꼭 지켜요!

업무 구분	감사 점검 내용	관련 규정
학업성적 관리	· 학업성적관리규정 운영의 적법성 여부 · 수행평가, 지필평가 실시 전 학업성적관리위원회 심의 및 회의록 작성 여부 · 문제출제의 오류, 전년도 기출문제 재출제 등 확인 · 학교 교육과정의 범위와 수준 내에서 문항을 출제하였는지 확인 · 서술형·논술형 평가관련 내실화 여부 · 성취기준 및 성취수준(평가기준)에 따른 채점의 적정성 · 수행평가 계획 사전예고 및 수행평가 절차의 준수 여부 · 수행평가 후 학생의 이의신청 기회 부여 및 적절한 조치 여부 · 평가결과 정답률, 내용, 타당도 등의 분석·환류 여부	▸ 초등 학업성적관리 시행 지침(경상남도 교육청) ▸ 학생생활기록 작성 및 관리 지침(교육부 훈령) ▸ 학교별 학업성적관리 규정 및 과목별 수행평가기준안(각 학교)
관련 서류	· 학업성적관리규정 　　· 협의록 　· 평가계획 　· 평가 결과물 등	

사례 1 　학업성적관리위원회 심의 없이 시행

○○초등학교는 학업성적관리위원회 심의도 거치지 않고 학교장 결재(대면 결재)만 받은 후 시행평가계획을 수립하기 위하여 교과(학년) 협의회를 실시하였다고는 하나 이와 관련된 협의록을 작성한 사실이 없으며, 매년 1학년 1학기 평가계획이 수립되지 않아 1학년 1학기는 평가 미 시행함

사례 2 　학교생활기록부 정정 업무 소홀

「학교생활기록 작성 및 관리지침(교육부훈령 제243호, 2018.1.31., 일부개정) 제19조(자료의 정정)에 객관적인 증빙자료가 있는 경우에만 정정이 가능하며, 정정 시에는 반드시 정정내용에 관한 증빙자료를 첨부하여 정정의 사유, 정정내용 등에 대하여 학교 학업성적관리위원회의 심의 절차를 거친 후 정정 처리를 하게 되어 있음

그런데도 교사 ○○○은 학생들의 출결 사항을 정정하면서 학업성적관리위원회 심의 절차를 거치지 않고 정정하는 등 총 3건을 학업성적관리위원회 심의를 받지 않고 학교생활기록부를 정정함

스스로 점검해요!

감사 점검 내용	
필수	· 학업성적관리규정 운영의 적법성 여부
필수	· 수행평가, 지필평가 실시 전 학업성적관리위원회 심의 및 회의록 작성 여부
필수	· 문제출제의 오류 등 확인
필수	· 학교 교육과정의 범위와 수준 내에서 문항을 출제하였는지 확인
필수	· 서술형·논술형 평가 관련 내실화 여부
필수	· 성취기준 및 성취수준(평가기준)에 따른 채점의 적정성
자율	· 수행평가 계획 사전예고 및 수행평가 절차의 준수 여부
자율	· 수행평가 후 학생의 이의신청 기회 부여 및 적절한 조치 여부
자율	· 평가결과 정답률, 내용, 타당도 등의 분석·환류 여부

단위학교 업무 Q&A 똑똑하게 활용하기 (56쪽 업무 덜어내기 2단계)

경상남도 교육청에서는 교원 업무 정상화를 위해 단위학교 업무 Q&A를 개발하여 보급하였다. 이 자료에는 현장 교사들이 자주 하는 질문과 이에 대한 답변이 담겨있다. 덜어낼 수 있는 업무와 법적 지침에 따라 덜어낼 수 없는 업무를 각 분야별로 친절하게 다루고 있어 현장 활용도가 높다. 단위학교 업무 Q&A에 있는 내용 중, 교육과정 및 평가와 관련된 일부분만 살펴보면서 우리 학교에서 관행에 따라 운영되어 오고 있는 업무는 없는지 확인해보자.

분류	학교급	단위학교의 업무 중 궁금한 사항에 대한 현장 교사의 질의 내용	답변 (O,X)	답변 근거
교육 과정	공통	출장 등으로 인하여 수업 결손이 예상될 때, 타과 교사에 의한 대강 실시가 가능한가요?	O	▶ 학교 자체적인 '결⎾보강계획'에 의함 　– 수업 교환이 원칙임 　– 부득이한 경우 과목에 관계없이 대강을 명할 수 있음
	초	교과진도운영계획표를 분기별 또는 학기별로 제출해서 결재를 받아야 하나요?	O	▶ 교육 관련 기관의 정보 공개에 관한 특례법[제5조(초중등학교의 공시 대상 정보등)2항,4항]참고 2.교육과정 편성 및 운영 등에 관한 사항 4.학교의 학년별·교과별 학습에 관한 상황
	공통	관례적으로 이루어지는 학교의 행사(수학여행, 수련회, 축제, 학예행사 등)를 학교 구성원의 협의를 통해 폐지하는 것도 가능한가요?	O	▶ 학운위의 심의⎾의결사항 　–초중등교육법 제31조 　(학교운영위원회의설치), 제32조(기능)
	공통	교과학습 부진아 교육을 특별보충 수업의 형태가 아닌 정규 교과 시간에 할 수 있나요?	O	▶ 2015.개정 교육과정 총론 해설 　(초등학교)p.67⎾기초기본 요소의 체계적 학습⎾참고 　– 교과의 기초적이고 기본적인 요소들은 교실 수업에서 충분히 이해하고 적용할 수 있도록 배려해야 함
	공통	교육과정 설명회는 반드시 연2회 (1,2학기각1회)개최해야 하나요?	O	▶ 학교장 권한 사항 (학교 자체 계획에 의거함) 　–교육기본법제16조 　–2015. 개정 교육과정 총론
	공통	방학 중 교내 봉사활동 시간을 꼭 배정해야 하나요?		▶ 학교장 권한 사항 (학교 자체 계획에 의거함) 　– 경상남도 교육청 '학생봉사 활동 운영계획'참고
	공통	범교과 학습 주제 관련 각종교육 (독도, 통일, 안보, 금연등)을 관련 교과 시간 속에 포함하여 운영해도되나요?	O	▶ 2015. 개정 교육과정 총론 – 학교급별 교육과정 편성 운영의 기준(아)항 　– 범교과 학습 주제는 관련되는 교과와 창의적 체험활동 등 교육활동 전반에 걸쳐 통합적으로 다루어지도록 하고, 지역사회 및 가정과의 연계 지도에도 힘써야 함

		체육대회나 과학행사의 날 행사의 경우 체육수업이나 과학수업으로 인정할 수도 있나요?	O	▶ 2015. 개정 교육과정 총론 / 초등학교 교육과정(교육부고시제2015-80호)편제와시간 배당 기준 : 초등학교 교육과정은 교과(군)와 창의적 체험활동으로 편성 [단, 교과(군)관련 단원(내용)추출 재구성하여 교과시수로 잡을 수 있음]
공통				
	초	교육과정 개정으로 늘어난 초등학교 1,2학년의 수업에도 전담 교사를 배치할 수 있나요?		▶ 학교장 권한 사항 (학교 자체 계획에 의거함) ▶ 2015. 개정 교육과정 총론 해설: 안전한생활은 학생들의 심리적 안전감, 타교과와의 연계교육 등을 위해 담임교사가 지도하는것을 원칙으로 하나, 시도교육청의 지침과 학교의 여건에 따라 1,2학년 지도 경험이 있는 전담교사가 지도할 수 있음.
	초	영양교육을 반드시 교실 수업 시수로 편성운영 해야 하나요?		▶ 학교장 권한 사항 (학교 자체 계획에 의거함) ▶ '경상남도 초등학교 교육과정 편성¦운영지침' 참고
	초	초등학교 1학년 안전교육을 별도 교과로 활용하지 않고 기존 교과에 통합하여 운영하는 형태로 학교에서 결정할 수 있나요?	X	▶ 경상남도 초등학교 교육과정 편성¦운영 지침(제2017-33호)에 의하면 창의적 체험활동 교육과정을 학년(군)별 기준 시간 이상의 시수로 편성하며, 1~2학년은 '안전한생활'을 64시간 포함하여 편성¦운영하거나일부 관련 교과 및 창의적 체험활동의 영역별 활동과 연계하여 운영할 수 있음.
	초	초등학교 학년 교육과정을 종이 문서로 꼭 만들어야 하나요?		▶ 학교장 권한 사항 (학교 자체 계획에 의거함) -교육기본법제16조 ▶ 2015. 개정 교육과정 총론: 학교는 학년군별로 이수 해야할 교과를 학년별, 학기별로 편성하여 학생과 학부모에게 안내한다.(교육과정문서,학교홈페이지, 나이스학부모서비스 등)
평가	초	과목별로 지필평가 없이 수행평가 만으로 평가를 실시할 수 있나요?	O	▶ 2018. 경상남도 초등학교 학업성적관리시행 지침 제 2조2. 교과의 특성상 수행평가만으로 교과학습 발달 상황의 평가가 필요한 과목은 학교학업성적관리규정 으로 정하여 수행평가만으로 실시할 수 있음

초	과정중심평가에서 각 단원마다 평가를 넣어야 하나요?	X	▶ 단원마다 반드시 평가해야 한다는 지침은 없음. ▶ 학생 평가 계획을 학년협의회에서 정하고 학업성적관리위원회의 심의 후, 학교장의결재를 받아 실시하면 됨
초	교육과정 실시 과정에서 학기 초의 평가 계획과 다르게 수정하여 실시할 수 있나요?	O	▶ 변경 시 학업성적관리위원회 심의 후, 학교장의 결재를 받아 실시하고 정보공시를 하면 됨
초	수시평가 계획 시 과목의 모든 영역에 대해 평가해야 하나요?	X	▶ 교과별 평가 계획은 영역, 방법, 횟수, 성적처리 방법 및 결과 활용 등은 학교별 교과 지도 상황을 고려하여 학년협의회에서 정하고 학업성적관리위원회의 심의 후, 학교장의 결재를 받아 실시하면 됨

※ 공문서 작성, 방과후 학교, 복무, 학생부, 회의록, 체험학습 등 다양한 분야의 Q&A
가 마련되어 있어 실질적인 업무 경감의 기준이 됨

이처럼 자율형 종합감사 점검표와 단위학교 업무 Q&A를 활용하면 필수
가 아닌 업무를 찾아 효과적으로 덜어낼 수 있다. 본교에서도 두 자료를
통해 덜어낼 업무를 선정하고 놓치고 있는 업무를 보완하였다.

급격한 사회 변화 가운데 교육도 새로운 혁신과 변화의 시기를 맞이하고
있다. 이제는 학교가 변화의 선두에서 적극적이고 능동적으로 대응하기
위해 학교 내부의 대오를 정비해야할 시기이다. 하지만 새로운 도전과 변
화는 교육 현장에서 저항과 갈등, 스트레스를 동반하기 마련이다.
저항과 갈등, 스트레스를 줄이고 변화를 향해 나아가기 위해 불필요한
행정 업무를 덜어내야 한다. 그리고 그 자리를 미래교육, 혁신교육을 위
한 가치 있는 것들로 채워 나가야 한다. 지금은 교육이 아닌 것, 의미가 퇴
색된 관행은 과감히 덜어버리고(-1) 미래 교육을 위한 노력과 도전을 채울
때이다.(+1)

<닫는 말>

학교 교육과정을 다시 한 번 DIY 하자!

혁신의 바람이 불고 있다. 학교 현장에도 혁신의 바람은 휘몰아치고 있다. 그리고 그 중심에 학교 교육과정이 있다. 학교 교육과정은 학교 교육의 처음이자 끝이다. 학교에서 일어나는 모든 배움은 학교 교육과정 속에서 시작되고 마무리된다. 학교 교육과정은 학교 교육을 위한 설계도이자, 나침반이다. 하지만 지금까지 많은 학교 교육과정이 캐비닛 속에서 잠들어 있었다. 잠들어 있는 교육과정은 시공되지 않을 설계도였고, 방향을 상실한 나침반에 불과했다.

이제 혁신의 바람이 잠자고 있는 학교 교육과정을 흔들어 깨우고 있다. 학교 교육과정이 튼튼한 배움의 집을 짓고, 올바른 교육의 방향을 가리킬 수 있도록 잠에서 깨우고 있다. 이 글은 인평초 구성원들과 함께 깨워나간 학교 교육과정에 대한 기록이다. 많은 시행착오와 어려움 속에서도 배움의 본질을 떠올리며 걸어간 시간에 대한 기록이다. 함께 했기에 긴 시간을 지치지 않고 걸어갈 수 있었다. 그리고 이제는 우리가 함께 한 기록들이 교육과정이 되어 우리들을 이끌어가고 있음을 느낀다.

학교 교육과정을 DIY하라. 거창하게 들리지만 어찌 보면 당연한 말이다. 내가 아닌 남의 이야기는, 우리가 아닌 다른 사람들의 이야기는 힘이 없다. 우리 학급을 이끌고 우리 학교를 이끌어나갈 힘이 없다. 그건 우리의 목소리가 담긴 우리 이야기가 아니기 때문이다. 교육과정이 힘을 가지려면 우리 이야기를 재료로 스스로 만들어 나가야 한다. 부족하고, 서툴러도 함께 나누고 공감하며 우리가 만들어 가야 한다.

학교 교육과정은 학교 교육을 담는 그릇이다. 그릇은 무엇을 담느냐에 따라 가치가 달라진다. 밥을 담으면 밥그릇이 되고, 보석을 담으면 보석함이 된다. 교육과정이라는 그릇에 무엇을 담을지 그것은 많은 학교의 고민이다. 나는 그 고민을 함께하고자 이 기록을 내놓았다. 혼자 고민하지 않고, 함께 고민하면 좀 더 가치 있는 배움이 담길 것 같았다. 그래서 나는 이 글을 시작으로 더 많은 학교에서 고민의 기록들을 나눠주길 희망한다. 그리하여 학교마다 행복한 배움이 자라나길 소망한다.

바람이 분다. 여름이 가면 가을이 오듯이, 이 바람이 지나면 껍데기는 사라지고 튼실한 열매만 남을 것이다. 불필요한 업무는 줄어들고, 내실 있는 교육과정만 남을 것이다. 다가오는 미래를 기대하며 함께 만들어 나가자. 교육과정을 다시 한 번 DIY하자. 그것이 변화의 시작이고, 미래 교육과 혁신 교육을 완성하는 지름길이다.

학교 교육과정을
DIY하라

지 은 이 김현우

1판 2쇄 발행 2019년 12월 27일

저작권자 김현우

발 행 처 하움출판사
발 행 인 문현광
편   집 유별리
주   소 전라북도 군산시 축동안3길 20, 2층(수송동)
I S B N 979-11-6440-077-5

홈페이지 http://haum.kr/
이 메 일 haum1000@naver.com

좋은 책을 만들겠습니다.
하움출판사는 독자 여러분의 의견에 항상 귀 기울이고 있습니다.

이 도서의 국립중앙도서관 출판예정도서목록(CIP)은 서지정보유통지원시스템 홈페이지(http://seoji.nl.go.kr)와
국가자료종합목록 구축시스템(http://kolis-net.nl.go.kr)에서 이용하실 수 있습니다. I F t. (CIP제어번호 : CIP2019041477)

· 값은 표지에 있습니다.
· 파본은 구입처에서 교환해 드립니다.
· 이 책은 저작권법에 따라 보호받는 저작물이므로 무단전재와 무단복제를 금지하며,
  이 책 내용의 전부 또는 일부를 이용하려면 반드시 저작권자와 하움출판사의 서면동의를 받아야합니다.